白豚貴族ですが前世の記憶が生えたのでひよこな弟育てます

II

やしろ

TOブックス

story

前世の記憶が生えたことで鳳蝶は、弟レグルスを本邸に住まわせ教育を受け持つことに。神々や大人たちに助けられながら、豊かな地を弟に譲るため、目下廃れた領地をコツコツと改革中。

characters

菊乃井伯爵家

レグルス

鳳蝶の母親違いの弟。三歳と半年。好きなものは、にぃに。母方の実家で育てられたが、実母が病死。現在は、菊乃井家で鳳蝶の庇護の下で暮らしている。

鳳《あげ》蝶《は》

主人公。麒凰帝国の菊乃井伯爵家の嫡男。もうすぐ六歳。前世の記憶から料理・裁縫が得意。成長したレグルスに殺される未来の映像を見るも、その将来を受け入れている。

宇都宮アリス

メイド。レグルスのお守役として菊乃井家にやってきた少女。

ロッテンマイヤー

メイド長。鳳蝶の乳母的な存在。愛情深いが、使用人の立場をわきまえて鳳蝶には事務的に接している。

鳳蝶の父

(名前不明)

菊乃井伯爵家の現当主だが、菊乃井家本宅には寄り付かない。レグルスの養育費を捻出するため、事業経営の道を模索中。

鳳蝶の母

(名前不明)

菊乃井伯爵家夫人であるが、従僕を連れ別邸住まい。

菊乃井家を取り巻く顔ぶれ

アレクセイ・ロマノフ

鳳蝶の家庭教師。帝国認定英雄で元冒険家。短くても二千年は生きるエルフ族。鳳蝶に興味を惹かれ、教師を引き受けている。

百《ひゃっ》華《か》公《こう》主《しゅ》

大地の神にして、花と緑と癒しと豊穣を司る女神。六柱の神々の一人。尊大ではあるが弱い者に対しては優しい。鳳蝶の歌声を気に入り、菊乃井家の兄弟を目にかけている。

ヴィクトル・ショスタコーヴィッチ

麒凰帝国の宮廷音楽家。ロマノフと同じエルフ族で、元冒険者パーティー仲間。

イゴール

空の神にして技術と医薬、風と商業を司る神。六柱の神々の一人。百華のお気に入りである鳳蝶に興味津々。

contents

イラスト　keepout
デザイン　團 夢見（imagejack）

生の先達と書く理由

帝都で知り合った歌姫・マリアさんの帝国国立劇場でのお披露目《ひろめ》コンサートから帰ったら、私を待っていたのはひよこちゃんのお説教でした。

「にぃに！」

「はぁい、なんですか？」

「れーのこと、おいてっちゃ、『めーー！』でしょ！」

ぎゅっぎゅっと抱きついてくるレグルスくんに、お腹のお肉をぐりぐりされて痛かったけど「にぃに、おへんじ！」と泣きべそかいてたの、超可愛かったんだよね。

レグルスくんが出掛けるのに合わせて出ていくのは悪い案ではなかったようだけど、彼が帰ってくるまでにお家にいないとやっぱり具合が悪かったみたい。

王都へと私がコンサートに出掛けた後のこと、レグルスくんが先に課外授業から帰ってきて、最初にしたのは私を探すことだったそうだ。

剣術の稽古先で綺麗に光る石を見つけたから、私に見せるんだと張り切って持って帰ってきたのに、当の私が出掛けていて留守だった。

それに気がついて、脱走とギャン泣きが始まって。

宇都宮さんとロッテンマイヤーさんで何とか宥《なだ》めすかしていたそうだけど、レグルスくんが元気すぎてノックアウト寸前だったそうだ。

幼児の体力、恐るべし。

そんな訳で、あの後は先に土埃《つちぼこり》まみれだったレグルスくんとお風呂に入り、ご飯を一緒に食べ、何故か私の部屋のベッドで一緒に寝ることに。

レグルスくんさー、ちゃんと一人寝できるんだからさー、一人で寝ようよー。

私、重たいから潰しちゃったらどうしようかと思ったら、中々眠れなかったんだよね。

ちなみに、レグルスくんが持って帰ってきた石ってのは、シーグラスってやつで浜辺や川べりとかに極々希に流れ着く、漂流して角がとれて丸くなったガラスのこと。

緑や透明なのに混じって赤や紫、水色なんかもあって、あれでアクセサリーとか作ったら可愛いだろうな、なんて。


寝不足でちょっとふらつく足でレグルスくんに手を引かれ、毎朝の習慣である姫君のもとへ向かう。

案の定、姫君の目がつり上がった。

「そなた、妾《わらわ》は健康に気を付けよと言わなんだかえ？」

「あー……申し訳ございません。ちょっと色々ありまして」

ヤバい、眉間にシワを寄せておられる。

どう言ったもんかと考えていると、繋いでいた手を離してレグルスくんがとことこと、大地の豊《ほう》

穣《じょう》を司《つかさど》る花と緑と癒しと恵みの女神であられる百華公主《ひゃっかこうしゅ》——姫君の御前に膝《ひざ》をついた。

「れー……わたしが、あにうえのベッドでねたから、あにうえはよくねむれなかったのです」

「ほう、なぜじゃ？」

「いや、私、ほら、この通り幅が御座いますし、重みもありますから……。潰しちゃったらどうしようかと」

「なんと……。そなた、見掛けによらず神経が細いのじゃな」

うーん、そうなのかな。

誰かと一緒に寝るって凄く緊張するもんだと思うけど。

それはそうとして、姫君のご不快は治まったらしい。

ついでだから、昨夜どうしてレグルスくんと一緒に寝ることになったかを、マリアさんの事件からかくかく然々《しかじか》とお話すると、姫君が大きく眼を見開いた。

「そなた……妾がやった桃を皆で分けたとな？」

「は、はい」

あれ、もしかしてダメだったんだろうか。

レグルスくんと分けて食べろと仰ったのは、文字通り二人だけで食べろってことだったのかな。

それだったらまずかったかと、謝罪を口にしようとすると、姫君が首を横に振った。

「詫《わ》びる必要はない。いや、どちらかと言えば、妾がそなたに詫びねばならぬ話やもしれぬ」

「ふぁ？」

なんで？

驚きに瞬きを繰り返すと、至極真面目な顔で姫君は薄絹の団扇《うちわ》で口許《くちもと》を隠す。その表情は困惑というか、何だか動揺しておられるように見えた。

隙間から垣間見えた紅い唇が、少し震えつつ開く。

「鳳蝶《あげは》。そなた、妾がやった桃が真になんであるか、もしや解っておらなんだのかや？」

「えー……天界のお酒に使われる、滋養強壮《じようきょうそう》に効く美味しい桃で、食べたら怪我とかすぐ治る凄い桃……じゃないんですか？」

「……うむ、妾はそなたを少しばかり大人扱いしすぎておったようじゃ。童《わらべ》ゆえ知らぬこともあろうに、うっかり失念しておったわ」

むうっと唸ると、姫君が眼を伏せる。怒っておられるのではないようで、眉間にしわを寄せつつ、少しだけ長く間をとり、再び唇を動かされた。

「あの桃はのう、『仙桃《せんとう》』と言って、人界では不老不死をもたらすとされておる」

「ふ、不老不死!?」

「然様。実際は一口食さばたちどころに瀕死の重傷ですら治し、体力と気力を回復させ、秘められた才能を引き出す上に、少しばかり若返るだけで不死には至らぬ。しかし、桃を丸一個食したならば、たちまち自身の全盛期頃に肉体が若返るのじゃ。その作用が不老不死に見えたのじゃろう」

「そ、そんな凄いものを頂いてたんですか!?」

「天界には沢山あるゆえ気にせずとも良い。良いが……人界では、あれを巡って友人同士だったものが殺しおうたり、親と子が互いに騙《だま》しおうたりするようなものじゃ。それ故、妾は『ひよこも分けてもらえ』とは言うたが、それでもひよことそなたと二人だけで『仙桃』を食したのだとばかり思っておった」

「私、そんな凄いものだと思わずに、美味しいからみんなで分けたらいいやと思って……その……」

「咎《とが》める気はないのじゃ。妾にとってあれは、そなたに説明した以上の意味は持たぬ。しかし、妾は人間にとっての『仙桃』がどんな価値を持っているか、よく知っていた。だから、そなたがひよこは兎《と》も角《かく》、他の輩《やから》に分けてやるなど想像もせなんだ。つまるところ、妾はそなたを侮《あなど》っていたのよ。人間にとって貴重な桃を、誰かに分けてなどやるはずもない、と」

つまり、不老不死の効果を持つような桃なのだから、普通独り占めするだろうってことかな。

そりゃあ、知ってたらやったかもだけど、知らなかったら単に滋養強壮の効果を持つ美味しい桃でしかない。

皆で分けて食べてもおかしくない……筈《はず》。

姫君の美しい額に、不似合いなシワが深く深く刻まれる。

「や、それは、ほら！　私、そんな凄い桃だとか、知らなかったですし！　知ってたら、もしかしたら独り占めしたかもですよ！」

「うむ。そうやもしれぬし、それでも皆で分かち合ったやもしれん。しかし、それでも今回は、妾が無意識に『人間とはそのようなあさましき者』という偏見を持っていて、そなたにそれを適応させていたことは変わりない。許せよ、妾はそなたを侮っておった」

いや、別に謝られるようなこととされてないし。

どうしようかとアワアワしていると、「じゃが」とため息混じりに姫君が団扇《うちわ》で私を指す。

「そなたは危うい」

「あや、うい？」

「聡《さと》く、大人と対等に渡り合い、時折大人でも舌を巻くような智者ぶりを見せるのに、その知識は足りず欠けることが多いのじゃ」

「それは、私が何か生意気な口をきいて、ご不快になられたということでしょうか……？」

周りの大人も姫君も、私の話をきちんと聞いてくれる。もしかして、それに甘えすぎて私はいつの間にか生意気な口をきいてたんだろうか。

モジモジとブラウスの裾を弄《いじ》れば、困ったようなお顔で姫君は首を横に振る。

「そういうことではない。寧《むし》ろ、大人にこそ非のある話よ。妾はそなたがあまりにこちらの話をきちんと解するゆえ、そなたがまだ五つの童であるのを忘れて『仙桃』がどういったものか知っていると、勝手に思い込んでしもうた。故に、そなたを無意識に侮ったのじゃ」

えぇっと、何か誉められてるような？

でも、そこが良くない的なニュアンスを感じて、何だか混乱してくる。

いつの間にか姫君の前から戻ってきたレグルスくんが、きゅっと私の手を掴んだ。

下から見上げてくるレグルスくんの眼に、困った顔の私が映る。

「大人は聡明《そうめい》であるゆえに、そなたがまだ五つの童であることを忘れて、そなたに自分たちと同じ行動を求めてしまう。しかし、そなたは矢張《やは》り童なのじゃ。大人と同じことなど出来ぬで当たり前。じゃが、聡明であるが故に、そこに目隠しがされてしまう」

「目隠し……。大人扱いされるのが、目隠しになる？」

「そうじゃ。その賢さが、そなたがまだ童であるのを隠してしまう。だから大人はそなたに、同じ五歳の童には求めぬことを、求めるようになるのじゃ」

そうだろうか。

私は別段、五歳以上の働きを求められたことはないような。

考えていると、姫君が重々しく頷かれた。

「そなたの周りには、善良な大人が集まっておるのだろうよ。証拠《しょうこ》にそなたは、他者と何かを分かち合うことを知っている。何より、妾とこうして毎日会っていたとしても、誰にも騒がれず、静かに暮らしているではないか」

「あ……そうか……そうですね」

私は常識に疎《うと》いところがあるって言われるけど、神様にはそんなに会えるものじゃないってのは解る。

だけどこんなに毎日会ってて、知ってるひとは私が神様の加護を受けているのも知ってるのだ。騒ぎにならないのは、それが珍しくないからでないのなら、周りの人たちがあえて口を閉ざしてくれているからで。

知らないところで、私は守られていたのだ。

はふっと姫君の唇から、再びため息が出る。

「気付いておらなんだか」

「はい、恥ずかしながら少しも」

「よい、そなたはまだ童。気付かぬのが当たり前なのじゃ。だが、それが危うさのもとよ」

「気づかなかったことが、ですか？」

「違う」と姫君は首を振られた。

じゃあ、なんだろう。

首を捻っても答えが少しも出てこない。

「気づかなかったのは、そなたが矢張りまだ童であると言う証拠よ。だが、当たり前だと妾は言うたな？」

「はい」

「周囲を深く観察する力なぞは、長く生きている者の方が、他者との関わりがある分高いのじゃ。経験則というのもあるでの。しかるに五年しか生きておらぬものが、二十年近う生きていさえしても気付かぬことに気付くほうが異常なのじゃ」

「えっと、私の今の反応は、五歳児としてはおかしくないってことですか？」

「そうじゃ。しかしの、大人としてなら少しばかり思慮にかけるのではないかえ？」

「ああ、確かに……って、んん？」

「目隠しの意味が解ったか」

周囲に守られていたことに、言われて初めて気付いたのはおかしなことではないし、人間観察力が圧倒的に不足しているのは、私が五歳児だからで、姫君から見てもこどもだから当たり前の範囲。

だけど大人ならば、他者のその気づかいに気が付かなかったらアウト。

私の反応は五歳児としては当たり前だけど、大人としてはダメダメで、私は何だか過大評価されてるっぽいから、五歳児の反応をしたら周りから呆れられるかも、ってことか。

でも姫君は、それで呆れられたら、それは大人の方がおかしいって仰って下さってるわけで。

私の周りのひとは、そんなことで呆れたりはしない気がするけども。

私の考えを読んだのか、姫君が団扇を振る。

「そういったことを弁《わきま》えた大人が沢山おるのであろうよ。大事にするがよいぞ」

「はい！」

わーい、ロマノフ先生、ロッテンマイヤーさん、皆も、姫君が誉めて下さったよー！

じゃ、なくて。

では、危うさというのは何だろう。

考える。

危うい、危険、それは一体何に起因するのか。

私は『仙桃』というものを知らなかった。だから皆で分けてしまった。それ自体は悪いことではないと姫君は仰った。

しかし、それは『危うい』こと。

「なら、危うぃのは知らないこと……？」

「そうじゃ」

ぱしりと姫君が薄絹の団扇でご自身の手を打たれる。

それからひらりと団扇で私を指すと、艶《あで》やかに笑みを浮かべて。

「此度はそなたが皆に食させた『桃』の正体が解らなかったから、騒ぎにならなんだ。しかしの、そなたの周りにもしも妾が思う『あさましき者』がおったとしたら……。それは非常に危うきことだったと思わぬか？」

「『仙桃』を手に入れるために、私を利用する者がいたやも知れない……そういうこと、ですね」

「うむ。そなたは聡いが、上には上がおるものよ。甘く優しい顔で近付いてきて、そなたの物知らずに付け込まぬとは限らぬ。此度は良かった。しかし、次も同じようにいくとは限らぬ。それを防ぐにはどうしたらよいか、解るかえ？」

「勉強する……とか？」

「そう。しかし、それだけでは片手落ちじゃ」

「学ぶだけではいけない……」

ならば、私はどうすれば。

疑問に眉をしかめていると、レグルスくんの指が眉間に出来た溝を擦《こす》る。

レグルスくんといいロマノフ先生といい、眉間にシワを作ると必ず伸ばそうとしてくるのは何なんだろう。

儀式？

私の知らない儀式なの？

お返しにレグルスくんの手を取ると、ふにふにと小さな手のひらを揉んでやる。

きゃらきゃらと声をあげて笑うのが可愛い。

和むわー……じゃなくて。

もう、解んない。

私は白旗をあげることにした。

「姫君様、私はどうしたらよいのでしょう？」

「それじゃ、そのようにすればよい」

「……は？」

「『は？』ではない。解らねば聞けば良いし、相談すればよいではないか。童のそなたが出来ぬなら大人に丸投げすればよいのじゃ。幸いそなたの周りは善良な大人のようじゃし、頼ればよい」

なんだ、それ？

唖然《あぜん》としていると、ふんっと姫君が鼻を鳴らす。

「そなたは人間は植物と似たようなもんじゃと言うたな？　植物は実を付けるために、母体から様々ものを吸い上げる。ならば人間の童が大きゅうなるのに、母体、この場合は大人じゃな。そこから肥やしになるものを吸い上げて、何が悪いのじゃ」

「わ、悪い？　いや、悪くは……ない、のかな？」

「悪いわけがなかろう。でなくば、育つものも育たぬのじゃから。まあ、母体が死んではもとも子もないゆえ、植物はその辺りの加減はしておるがの」

「えぇ……」

姫君こそ、身も蓋《ふた》もない仰りようじゃないですか、やだー。

あまりな言葉にちょっと引いていると、こほんと咳払いを一つして、姫君が団扇で口許を隠す。

「だいたい、そなたにはエルフの師がおるではないか。あやつらはの、長く生きる分だけ知識も経験も山ほど溜め込んでおる。導き手に選ぶなら、これほど最適な存在はおらんだろうよ。ただし、性格には難があるがの。奴ら鼻持ちならんところがあるゆえ」

「姫君、今、さらっとエルフを酷評《こくひょう》しませんでしたか？」

「致し方なかろ、奴ら慇懃《いんぎん》無礼《ぶれい》と傲慢《ごうまん》不遜《ふそん》が服を着て歩いておるような種族なのじゃから。兎も角、エルフは人間を格下と思っておる故、押し並べて木で鼻を括《くく》るような対応しかせんものよ。それなのにあのエルフ、そなたには随分と礼を払っておる。そなたの家の事情を知るまでは、妾は余程そなたは親から可愛がられて育っておるのだと思っておったわ」

「それは……何故かお聞きしても？」

「知れたことよ。エルフは数が少ない。更にその中で人間を軽んじぬ者はもっと少ない。それなのに、そんなエルフを探し当てて来たのじゃ。生半可な苦労ではなかったろうよ。それだけのことをするのじゃ、我が子可愛さ以外に何がある？」

知らなかった。

本当に、私は何も知らなかったのだ。いや、知ろうとさえしていなかった。私は確かに両親には愛されてはいない。しかし、それ以上に愛情を注いでくれる人が、側にいたのに。

何一つ、解っていなかった。

心臓を打ち抜かれたような衝撃に、私はブラウスの胸元を強く強く握りしめた。

「そろそろね、来る頃だと思ってましたよ」

あれから、姫君には「今日は終《しま》いじゃ」と袖を振られて、私はレグルスくんとおてて繋いで屋敷に戻ってきていた。

歌を歌わなかったことでレグルスくんには食い下がられたけど、お昼寝の後で遊ぶ約束をすると、ちゃんとおててを離してくれて。

それで私はロマノフ先生のお部屋を訪ねてみると、先生はにこやかに扉を開けてくれた。

先生のお部屋はお客様用のお部屋で、寝室と扉でつながった書斎《しょさい》がある。

先生は私の教師をしている以外の時間、ここで過ごすか、街に行くか、ダンジョンに潜っているそうだ。

あるのはソファとライティングデスクに椅子、ベッドとその横にチェストとシェードランプ。

あまりごてごてに飾り立てないで、自宅みたいに過ごせるようにというコンセプトなのだそうだ。

入ってすぐに、ソファを勧められて座ると、斜め前に先生が座る。

「そろそろ来る頃だと思ったっていうのは……」

「君のことだから、姫君に昨日あったことを詳しくご報告してるかと思いまして」

「お見通しでしたか」

「それで姫君からどういったお話がありました？」

穏やかな翠の目に見つめられて、そっくり姫君のお話を伝える。

すると、先生は眉を八の字に下げて「流石《さすが》、姫君」と呟いた。

「姫君は先生があの桃の正体を知っていて、私がそれに気付くのを待っておられるのだと……」

「うーん、そこは少し違いますね」

「でも先生。私が桃を持ってた時、あれは『仙桃』だと仰ってましたよね？」

「ああ、はい。よく聞いてましたね」

今から思い返せば、確かに姫君が仰ったように、ロマノフ先生はあの桃に対してリアクションがちょっとおかしかった。

あともう一人リアクションがおかしかった人がいるけど、それはちょっと置いといて。

「あの桃に関して言うならば、最初は『仙桃』かどうか確信はなかったんですよね。何せ私も実物は見たことがありませんでしたから。姫君からの賜り物、それから効用、そして『桃』だから『仙桃』かと思い込んだ次第で。『仙桃』はだいたい百華公主からの賜《たまわ》り物と伝承にありますしね」

「ああ……なるほど」

「あとはソルベの時に、材料は『仙桃』って聞きましたし。それが決め手ですよ」

組んだ足の上下を入れ換えるだけで、美形は様になる。

私じゃ、足が太短いからそんなことしたら、後ろにスッ転びそうだ。

そう思って桜島な足を見ていると、ロマノフ先生が真面目な顔でこちらを見ていて。

「……アプローチの仕方を考えていたんです」

「アプローチ、ですか？」

「ええ、君にどうやって外の世界に興味を持ってもらおうかと思って」

「外の、世界……」

ロマノフ先生と、最初にロッテンマイヤーさんから引き合わされた時、私はちくちくと刺繍に励んでいた。

お客様だと聞いていたから失礼の無いように屋敷の中を案内して、家庭菜園をお見せして、一緒にお食事したのを覚えている。

先生はその後数日、私の様子をこっそり見ていて、家庭教師をするか否か決めるつもりでいたのだとか。

ロッテンマイヤーさんからの前評判は、正直良くなくて、でも「どうにか魔術や勉強を教えてほしい」と懇願《こんがん》されたから、不思議に思ったそうだ。

「だって、箸《はし》にも棒にもかからないこどものために、普通に考えて頭を下げたり出来るかという話ですよね」

「ま、まあ、そう、ですよね」

おおう、霞《もや》がかかったみたいに病気前のことは思い出せないけど、多少はやらかした覚えがあるから胸が痛い。

「忌憚《きたん》なく申し上げますが、ご両親は君に全く関心がない様子が見てとれましたし、私が家庭教師を断ってもロッテンマイヤーさんが処罰されたりは考えにくい。なのに、何故そんなに必死になるのか……と」

確かに。

だから興味があるとしたら、その一点。

その一点が何なのか知るために、私や屋敷の様子をずっと観察していたそうだ。

私はそんなこととは露知《つゆし》らず、庭で野菜を育てて、それを馬小屋に持っていって馬に食べさせたり、鶏の世話を教えてもらいながら、つつかれたりしてたらしい。

どこ見てるのさ、恥ずかしい。

そのうち、『緑の手』やら『青の手』の片鱗《へんりん》を見つけて、試しにエルフに伝わる刺繍《ししゅう》模様を教えてみたら、熟練したお針子《はりこ》さんでも難しい模様を刺繍出来たから、あらびっくり。

更に前評判とは違って、五歳児にしては異様に大人しいし、話すことも筋道が立ってて論理的、だいたい字も数も大人でも読めそうもないのをスラスラ読んでいるではないか。

「まあ、驚きましたよね。だからロッテンマイヤーさんに聞いてみたんですよ、何故私に悪い評判を聞かせたのか」

「何故だったんですか？」

「まあ、簡単に言えば『良い子に見えるけれど、過去そういうことがあった。だからこれからまたそんな面が出てくるかもしれない。それを覚悟の上で関わってほしい。どうか変わってしまっても、見放さずにいてほしい』ってことでした」

あー……本当に申し訳ない。

穴があったら入りたいって感じで、目を逸《そ》らす。

フォローするように、先生がまた言葉を紡《つむ》ぐ。

「まあ、実際はまだそんな場面に出くわしてはいないわけですが。そう言われれば、注意して見てしまうのはエルフも人間も同じだと思うのです」

だから私の一挙一動に気をつけて見ていたら、おかしなことに気づいたのだとか。

「おかしなこと……ですか？」

「はい。私は君にとって初めて来た家の外からの客人です。しかし、君は私に屋敷の外の様子を聞きたがったり、興味を示したりすることが全くなかった。君の世界は屋敷の中だけで完結していたんです」

言われてみれば、私は自分からロマノフ先生に屋敷の外の様子を尋ねたことは無かった。

話してくれるから聞きはしたけれど、それはそれだけで、それ以上何を思うこともなかったような。

普通かどうかは兎も角、ロマノフ先生が過去に家庭教師をしてきたこどもたちは、大小はあっても屋敷の外に興味津々で、勉強そっちのけで街に出たがったものらしい。

その中で私は街に出たいということもなければ、ロマノフ先生の冒険話に感化されて、庭で探検ごっこをするでもなく、淡々と屋敷の中で過ごしていた。

勿論、インドア派な子もいたから、外遊びが好きじゃない子だっている。

けれどそんな子だって、街の様子や、楽しいお祭りの話を聞けば、外に出掛けたがるのがほとんどで。

「かと思えば大きな意味での世界、国政がどうのとか宗教がどうの。そんな話には食いついてくる。でもそれだけでした」

そういえばそんな話はよく聞かせてもらったように思う。

その頃は前世の知識と今の私の知識が中々噛み合わなくて、この世界がなんなのか理解することを優先させてたから、大きな世界の知識が欲しかったんだよね。

日常生活はロッテンマイヤーさんやメイドさんたちが何とかしてくれてたから、そっちの情報はあまり重要じゃなかった。今、そのつけが来てる気がするけど。

「それでね、改めてロッテンマイヤーさんから話を伺ったんですよ。何故、君はあんなに外界に興味がないのか。そしたら大病で死の床につくまでは、外に行きたいと癇癪《かんしゃく》を起こしたこともあったとか」

うーん、そんなこともあったような？

何か、私の人格が残る代わりに、知識や常識を総入れ換えして、双方の記憶は楽しかった物しか残ってない。一勝一敗一分みたいな感じで、中々前のことは思い出せないんだよね。

考え込んでいると、ロマノフ先生の手が伸びてきておでこに触れる。また眉間にしわが寄ってたらしい。

「そういうことを伺って、私なりに考えてみたんです。それで思ったんですよ。大病をしたとき、君は一度死んでしまったのかもしれないな、と」

「ふぁ⁉」

な、なんですって⁉

ぎょっとした私に「言葉の綾《あや》ですが」と前置きしつつ、ロマノフ先生はじっと組んだ手を見つめながら口を開いた。

「癇癪を起こしたり、泣いたり喚《わめ》いたりするって、実は凄く体力がいるんです。それから我儘というか、まあ、『欲』というのは度が過ぎれば困りますが、生きるための力にもなります。前の君はそういうものに溢れていた」

「ああ、良く言えばそうですねぇ」

「そんな風に言わないんですよ、実際元気だったんですから。元気であるというのは、エルフにしても人間にしても、一種の才能みたいなものです。病は君からそんなものを全て奪っていった。逆に言うならば、我儘や癇癪を起こすだけのエネルギーを全て使いきらなければ、君は病に勝てなかった。その時に君は一度死んでしまったんじゃないかと」

「えぇっと、じゃあ、今の私は……？」

「小さな君が生命力の限りに戦って守った、君という剥《む》き出しの魂とでも言うのか……端的に言えば奇跡が起こった証でしょうか」

なんだか詩的な表現が出てきたぞ。

でも一回死んだのかもって思うのは何となく解る。だって、熱が下がった後、生まれ変わったんだなって何となく感じたし。

それは前世の死を追体験したせいもあるのかもだけど。

「医者に匙《さじ》を投げられたのに、君は助かった。それは奇跡としか言いようがない。だから今の君の存在は奇跡の証。ロッテンマイヤーさんも同意しておられましたし、何より泣いておられましたよ。『神様は私たち大人に、やり直す機会をお与えくださったのです』って」

「やり直す、機会……。私じゃなくて、ロッテンマイヤーさんたちに？」

「ええ。貴方の境遇に、真実寄り添うのであれば、我儘に唯々《いい》諾々《だくだく》と従うのでなく、誠実に諭《さと》し叱るべきではなかったのか。君が死んでしまうかもしれないとなってから、そんな後悔を随分したそうです。だから、これは神様から与えられたやり直しの機会で、出来ることは何でもしようと思ったんだとか」

ロッテンマイヤーさんは何故そこまで。

彼女は菊乃井の使用人の一人ではあるけれど、私の養育の責任全てを負う立場にない。まして私は両親がいても棄《す》てられてたような状態だったのだから、そこまで気にする必要はないだろうに。

気付けば震える唇が「何故」と問うていた。

緩くロマノフ先生の首が横に振られる。

「私は彼女ではないので、なんとも。けれど、君が産まれた時からずっと見ていたそうですから、思うことが沢山あったんでしょうね」

先生の表情は柔らかい。

姫君や、先生とヴィクトルさんの話を総合して、エルフは人間に普通こんなに優しくしてくれないそうだ。

でもロマノフ先生は優しいし、おまけに凄いエルフな訳で、そんなひとをロッテンマイヤーさんは伝手《つて》があったとはいえ探してきてくれた。

並み大抵では出来ない。

姫君はそう仰っていた。

「それはちょっと置いておくとして」

ロマノフ先生の声が、思考の海から私を引き戻す。

翠《みどり》の眼は穏和な光を湛《たた》えていた。

「そんな訳でね。私は君が外界に興味を持たないのは、そういうエネルギーを喪《うしな》ってしまったからだと考えていました。だから、そんな君にどうやって外界に目を向けてもらうかが、私の課題だと思ったんですよ。折角助かった命です、どうせならもっと色々見て聞いて知って楽しく生きてもらいたいじゃないですか」

「立派な大人になるために、ですか？」

「この世に立派な大人とやらがいるならお会いしたいもんですね。私は何百年と生きてますが、まだまだ大人にはなりきれてないように思いますし。でなくて、人生は短いんです。辛いこともあるだろうけど、楽しく生きて、幸せになれば充分でしょ。私はそのためのお手伝いをしているに過ぎない」

「え……立派な領主になるとかそんなことじゃなく？」

「領主なんかは君の人生の一面に過ぎません。君がトータルして、君の人生において、君自身を含め、幸せにした人間の数が、不幸にした人間の数を上回れば、人としては上出来だと思いますよ。誰かが誰かを幸せにすることの、なんと難しいことか。君をそこまで導けたなら、私は師として鼻が高いですがね」

組んだ脚を再び入れ換える。その姿が様になっていて、やっぱりちょっと真似したい。

まあ、足が短くて無理なんですが！

うごうごと脚を動かしていたのを、ロマノフ先生に見られたようで「ぷっ」と小さく吹き出された。

「まあ、そういうことなので、どうやってアプローチしようかと思ってたとこだったんですが、なんだか最近君の様子が変わってきまして」

「私が、変わってきた……とは？」

「レグルス君を引き取った後くらいから、突然教育がどうとか、産業がどうとか。外の世界を気にするようになりました。凄まじい変化ですよ。だけど残念なことに、全てレグルス君のため。自分自身のためではない」

「いや、そういう訳じゃないんですけど」

多分に私情が含まれてるんだけどな。寧ろ、突き詰めれば私利私欲なんだけど。

そう言うと、ロマノフ先生は苦く笑いながら頷いてくれた。

「音楽学校を作りたい、『ミュージカル』が観たい、でしたね。外界に興味が無いどころか、外界と繋がりがなきゃ出来ない夢を語るようになったんですから、心臓が口から飛び出るかと思いました」

姫君とお話するようになってから、音楽という趣味が増えたことは解っていたし、姫君が目をかけるのだから才能はあるのだろうとは認識していた。

しかし、それと異母弟の出現が合わさって、何だか知らないうちに外界に興味を持っただなんて。

そう言いつつ、先生は口を尖らせる。

「私もね、姫君から君の音楽の才を伸ばすよう仰せがあったでしょ。だからヴィーチャに連絡を取って、少しずつ君を売り込んで、『連れてきていいよ』って言われたのがあのタイミングだった訳ですよ」

絶妙なタイミングとなったけど、まさか私と姫君が『ミュージカル』がどうのなんて話をしているとか、先生は知らなかった訳で。

音楽家のヴィクトルさんと引き合わせ、帝国一の歌手の歌声を聞かせて、外の世界に興味を抱かせよう作戦だったらしい。

そのためにお小遣いの準備から、色々考えて街に出たりしてたのに、話はロマノフ先生が考えていたより進んでいて。

「全く、こどもから目を離しちゃいけないってのは真理ですね。一足飛びに成長しちゃうんだもの。今の私の気分はあれですよ。立てそうな赤さんがいて、いつ一人で立つのか楽しみに見てたのに、ちょっと脇見をしたら、赤さんが立ち上がっていた的な！」

「その例えられ方は、自分の話だと思うと複雑なんですが、レグルスくんだと思うとめっちゃ悔しいです」

「でしょ？　こういう瞬間を見るのが楽しみで、家庭教師やってるのに。姫君に美味しいところを持っていかれてしまいました」

眉を八の字にしてぷすっと膨れるエルフとか初めて見た。

「でも」とロマノフ先生は続ける。

「まだまだ、君には教えたいことや知ってほしいことがある。私の教えられること、伝えられることは、全て教えたいし伝えたい」

「はい、よろしくお願いいたします」

ぺこりと頭を下げる。

するとツンツンと旋毛《つむじ》をつつかれて。

顔を上げて見た先生は、とても綺麗な顔をしていた。

今そこにある真心

話が終わるのを待っていたように、控え目に扉がノックされた。

コツコツと響く木の音に、ロマノフ先生が入室の許可を出す。

戸口に現れたのはロッテンマイヤーさんで、何故か心臓が跳ねた。

「失礼いたします。こちらに若様がいらっしゃるとお聞きいたしまして」

「はい、いらっしゃいますよ」

ロマノフ先生に一礼して私に目線を向けると、癖なのか眼鏡を押し上げながら口を開いた。

「若様、料理長から『スパイスの準備がととのいました』と連絡がございました」

「わぁ！　じゃあ、直ぐに厨房に行きます」

「承知いたしました」

ソファから滑るように降りると、先生の手が頭を撫でる。

見上げると、いつもと変わらぬ飄々とした表情で。

「例の『カレーライス』のスパイスですか？」

「はい。先ずはすり潰して粉にしたり、色々下準備が必要で。屋敷の皆さんにお願いしてたんですが、揃ったようです」

「じゃあ、ようやくご馳走にありつけるんですね」

「うーん、これから調合したりしなきゃいけないので、今日中に出来るかは謎です」

「そうですか。では気長に次の課外授業の内容を考えながら、楽しみにしていましょう」

「はい！」

とてとてと戸口に行くと、待っていてくれたロッテンマイヤーさんが、ロマノフ先生にお辞儀して部屋を辞した。

同じようなにロマノフ先生にご挨拶《あいさつ》して、案内するように先に歩き出すロッテンマイヤーさんの背中を追う。

先に歩くのは危ないものがないか確認するため。

姫君やロマノフ先生のお話を聞いてから、ロッテンマイヤーさんの行動を見ると、そんな風な意味があることに気づく。

ロッテンマイヤーさんとも話がしたい。

でも、いざ本人を前にすると言葉なんか出てこない。

この人は、病気にかかる前の私が一番困らせた人で、今の私を一番心配してくれている人だ。

その人に、私は一体何をどう報いることが出来るんだろう。

じっと背中を見ていると、くるりとロッテンマイヤーさんが振り返った。

「若様、何か御座いましたか？」

「へ？」

「いえ、背中に視線が……」

「ああ……いえ、ロッテンマイヤーさんは……」

「はい、何でございましょう」

何か、と言われても考えが纏まらない。

だから私は話を逸らすことにした。

「ロッテンマイヤーさんは……嫌いな食べ物とかありますか？」

「嫌いな食べ物、ですか？」

「はい」

「いえ、そういったものは特に。……若様、僭越《せんえつ》ながらお勉強のひとつとしてお聞きくださいませ。私は昔、宇都宮さんと同じ境遇で御座いました。ですので、食べられる物なら何でも食べて生きてきたので御座います。今のところ菊乃井はそこまで貧しくはありません。しかし……」

「今のままではそんな家が出てくるし、個別的に見ればそんな家がもうある。そういうことですね」

「ご明察で御座います。ロマノフ先生より若様に必要なのは、ありのままを伝えることだとお聞きしました。若様には大望があって、そのためには菊乃井を豊かにせねばならぬのだ、と。それに必要なのは、知るべきをきちんと知り、現状を正しく把握せねばならない、とも」

「その通りです。今の私には出来ることが少ないのではなく、ほぼ何も出来ない。それも目を逸らしてはいけないことだと思っています。でも私が何かをなせるまでにかかる時間は、何かが出来るようになったときに直ぐに動けるように準備しておく時間だとも思います。そのために、色々と色んな人に協力してほしい。この料理も、その布石のひとつになれば……」

ロッテンマイヤーさんが眼鏡を上げる。

と、ぶ厚いレンズの下がちらりと見えて、随分と心配そうな榛色の目がこちらを見ていた。

「どうしました？」

「……若様をお守りくださっている神様より、若様は流行病の後遺症《こういしょう》で随分と難儀《なんぎ》な病にかかられたと」

「ロマノフ先生から聞いたんですか？」

「はい。他にもレグルス様からも」

「レグルスくんが……？」

「正確には宇都宮さんが通訳して。『兄上は凄く大変な病気にかかってるけど、魔術のお勉強をして、健康に気をつけていれば大丈夫って、女神様が言ってた』と。何処まで正確かは存じませんが」

「ほぼ合ってますよ。凄いね、レグルスくん。レグルスくんの言葉が解る宇都宮さんもだけど」

レグルスくん、すらすら話せる時もあるけど、まだまだ幼児語だもんね。それをちゃんと理解出来るんだから、宇都宮さんとレグルスくんの関係はかなり良好なようだ。

幼児の話を理解出来るまで聞くって、聞く方にも根気がいるけど、話す方だって理解してくれないことにイライラして投げ出しちゃうことがあるから、並大抵じゃないもん。

頷くと、ロッテンマイヤーさんの眉がぴくりと動いた。

「若様。若様は先程『何かをなせるまでにかかる時間は、何かが出来るようになったときに直ぐに動けるように準備しておく時間』だと仰いました。ならば今は料理や菊乃井の発展を考える前に、若様にはおやりになるべきことがあるのではないでしょうか」

「やるべきことですか？」

「はい」

力強く言うロッテンマイヤーさんに、ちょっと身体が竦《すく》む。

すると難しい顔で、ロッテンマイヤーさんは首をゆるゆると否定系に動かした。

「若様のおやりになろうとしていることを、決して否定する訳ではないのです。しかしながら、発展や開発などはお父上やお母上のお仕事。若様の領分では御座いません。学ぶことは必要とは存じます。実践も良き学び場と心得てもおります。しかし、まだ若様はこどもとしてお過ごしになるべき時間です。そしてこどもとして過ごす間に、大人になる準備をなさらなくては」

「大人になる準備のために、今色々してて……」

「そうではございません。大人になるには心ばかりではなく、身体も成長させねばならぬものです。心が宿るのは身体。身体が丈夫でなければ、心がいくら強くとも、自ら立って歩むこともできません」

「……つまり、健康問題を優先しなさい、と」

重々しく頷くロッテンマイヤーさんに、正直びっくりした。

だって私、丸々しててちょっと見には凄く健康に見えるはずなんだもの。

心配してくれてるんだろうけど、過保護過ぎやしないだろうか。

「えぇっと、私、元気ですよ？」

ワキワキと手を動かしたり、屈伸してみたり。

今のところ身体に支障はないことを全身で表現してみたけれど、ロッテンマイヤーさんの表情は晴れない。

何がそんなに気になるのかと首を捻ると、ロッテンマイヤーさんは屈み込んで、私の肩に両手を置いて目線を合わせてくる。

「若様、どうかご無理だけはなさいませんよう」

「はい、無理なんてしませんよ」

「お約束、していただけますね？」

「勿論。……どうしたんですか、ロッテンマイヤーさん」

そっと肩に置いた手を外そうとしたのを捕まえる。

驚いたのか、一瞬びくりと肩を跳ねさせたロッテンマイヤーさんだったけど、手を払うことはなく、逆に掴み返してきた。

私の知る中でロッテンマイヤーさんは、ある程度までは私に合わせてくれたし譲歩もしてくれるけど、使用人としてきっちり線引きはするひとで。

主人の手を握るなど、およそロッテンマイヤーさんらしくない態度だ。

何がどうしてどうなってるのか、私の方がパニックを起こす寸前で、ロッテンマイヤーさんは唇を震わせながら言葉を紡ぐ。

「私は……若様が流行り病に苦しんでおられた時、お側におりました。ですから真っ赤だった若様のお顔が土気色《つちけ》に変わっていくのも、荒かった呼吸が今にも事切れてしまいそうなくらい細くなっていくのも、熱かったお身体が氷のように冷えていくのも、全て見ておりました」

あ、と思う。

きゅっと手を掴む力が強くなって、でも震えているのか、すぐにでも振りほどけてしまいそうでもあった。

私にしてみれば、苦しかったけど起きたらスッキリしてて、でも前世の記憶が生えてて、そりゃもうてんやわんやで。

だけど、ロッテンマイヤーさんは私が病で体調を崩してから、それこそ葬儀屋さんの手配をしなければいけないくらいまで、弱ったのをずっと見ててくれたのだ。

「ロッテンマイヤーさん、私……」

「差し出口を申しました、お許し下さいませ」

何を言えばいいか戸惑っているうちに、ロッテンマイヤーさんの手が離れていく。

それを咄嗟《とっさ》に捕まえて、逃がさないようにきゅっと力を入れた。

一瞬手を引かれかけたけれど、じっと待っていると引こうとした腕から力を抜いてくれて。

「あのね、ロッテンマイヤーさん。私……沢山言いたいことはあるんだけど、言葉に上手く出来なくて……」

「はい」

「今、凄く、生きてて良かったし、生きるの楽しいなって……。それから、貴方が……ロッテンマイヤーさんが、傍にいてくれて良かったと思う。これからも傍にいてください」

静かに告げれば、ロッテンマイヤーさんが肩を震わせた。

深く息を吸うと、その震えは収まったようで、ふわりと笑みを帯びる。

って、ロッテンマイヤーさんが笑った⁉

「私、アーデルハイド・ロッテンマイヤーは、命有る限り若様のお傍におりますとも」

「ありがとう。その言葉に相応しい大人になりますから、見てて下さいね」

笑顔のまま立ち上がるロッテンマイヤーさんを見上げる。

そして差し出された手を握ると、厨房へと二人で歩き出した。


カレーライス、或いはライスカレーと呼ばれるものは、インド料理を起源に持ち、イギリスを経て日本で独自の変化を遂げて国民食となった料理、らしい。

大変な人気料理だったらしく、前世の『俺』の記憶にも沢山出てきた。

やれ、キャンプに行ったら飯盒炊爨《はんごうすいさん》でカレーだ、運動会で一等取ったらカレーだ、誕生日だからカレーだ、とか。

家庭科の授業とやらでもカレーを作ってたし、友人と原稿用紙に向かう前にもカレーだった。

兎も角、カレー・カレー・カレーで、たまにカレーうどん。

ちなみに、『俺』はカレーうどんのカレーは出汁でちゃんと伸ばす派だった。

それでねー、こっからが問題なの。

前世の『俺』はカレーライスを作るとき、手作りのカレールーを使ってたんですよ、奥さん。いや、奥さんて誰よ。

ご近所のインド料理店の御店主さんから、スパイスのレシピを聞いたことがあるんだよね。

実際やってみたら、自分好みに調合できるのが楽しかったんだ。

それ以来何種類かのスパイスを組み合わせてルーを手作りして、すりおろした果物や玉ねぎ、ヨーグルトとかコーヒーとかを隠し味に作ってた。

頼れるのは記憶と「青の手」と「超絶技巧」のスキル、それから料理長の鋭い味覚。

辛いのはちょっとねー、五歳児だからねー。

ロッテンマイヤーさんと手を繋いで厨房へ入ると、料理長がカレーの具材を前ににこにこしていた。

「お邪魔します、料理長」

「足をお運びくださってありがとうございます、若様。準備は整えて御座いますよ」

「はい、ありがとうございます」

見れば大きさを統一した匙、それから粉にしてもらったスパイスをそれぞれ入れた小皿が、調理台にところ狭しと並んでいる。

先ずはカレー粉を作らないと。

ちょっと私の心の隅っこにいる『俺』に、記憶を絞り出してもらう。

「ええっと、確かクミンとシナモンとコリアンダー、クローブとローレルを少々、カルダモンもそんなに沢山いれなくて……。後はターメリックを三杯入れて……あれも、これも……問題はチリなんだよなぁ。とりあえず、入れとこうかな？」

小皿にそれぞれスパイスを取り分けると、それを料理長に渡す。

中のスパイスの分量をノートに書いていた手を止めると、皿の中をまじまじと眺めて。

「これは少々庶民にはお高いかも知れませんなぁ」

「うーん、沢山買うからって買い付けたら安くなりませんかね？」

「どうでしょうなぁ。これが素晴らしく旨くて、何処でもかしこでも食えるようになるのを狙って、そこに商機を見出だしてくれる商売人がいてくれたら、何とかなるかも知れませんが」

「まあ、先ずは我が家で食べられるようになるのが先決ですね」

「そうですな、微力を尽くします」

「ありがとうございます、よろしくお願いします」

と言うわけで挑戦開始。

フライパンでまずスパイスを混ぜて乾煎り。もうこの時点で、カレー独特の匂いが厨房に満ちてる。

これでカレー粉は完成。

それから自家製のルーを作っていくんだけど、これがまた。

まず、バターと小麦粉を炒ってトロトロにしたところに、すりおろした生姜やニンニク、玉ねぎ、りんご、蜂蜜《はちみつ》、トマト、醤油《しょうゆ》何かを放り込んで、水気がなくなるまで炒めるの。

さて、ここからですよ。

ここからはオーソドックス作っていきたいから、牛肉を一口大にして塩・胡椒・カレー粉で下味を付けて、フライパンで綺麗な焼き色が着くくらいに焼く。

野菜はあらかじめ作ってもらってたスープストック——香味野菜や鶏ガラ、牛骨とかで取ったスープのこと——で煮て、小まめに灰汁を取りつつ火が通ったらお肉をどぼん。

ここで本日のメインイベント、ルー投下。

説明するだけだと簡単なんだけど、実際作業しながらメモを取ってる料理長はかなり忙しくて、途中からメモを取る係りはロッテンマイヤーさんが代わってやってたり。

手伝いたいんだけど、初めて作るものだから、作業は一から自分だけでやりたいって料理長の希望で、スパイスの調合以外私は見てるだけ。

ことこと静かに煮込むことしばし。

小皿にカレーを少しだけ取ってもらって、いざ味見だ。

ふうふう息を吹き掛けて冷ますと、ちょっとだけ嘗《な》めるように舌に乗せる。

熱い。それからスパイスの刺激的な匂いが鼻から抜けて、複雑な味わいにまじって舌をチクチクする辛味が。

やーん!? やっぱり、辛かったー!

でも、記憶にある味に似てて、ちょっとだけ前世の家族の顔が過《よぎ》る。

朧気《おぼろげ》だけど、笑うとエクボが出来る、歳より若く見られがちなことが自慢の母上は、たれ目に見えるけど実はつり目で、優しいけど怒らせると執念深かった。

父上はちょっとお髪《かみ》が心許《こころもと》なかったけど、背筋は同年代の人よりずっと伸びてて、誰の悪口も言わない穏やかで駄洒落《だじゃれ》が好きな人だった。

『俺』は母上似だったから、髪の毛は心配ないとは思ってたけど、ちょっと不安でカレーを食べるときには然《さ》りげなく海藻《かいそう》サラダを一緒に出してたり。

随分と、遠いところに来ちゃったな。

今の両親と折り合いが悪いのは、親より先に逝《い》くなんて親不孝をしたからだろうか。

……なんて考えてると、心の隅っこで『俺』がいじけるからやめよう。

『俺』だって死にたくて死んだ訳じゃない。

ふるふると首を振ると感傷を振り切って、小皿を調理台に置く。

「ええっとね、美味しいんだけど私には辛いです」

「ふむ、ではこども向けでは無いんですかな」

「いいえ、これに更に蜂蜜やリンゴのすりおろしや醍醐《ヨーグルト》を加えれば、こどもでも問題なく食べられますよ。まあ、とりあえず、食べてみてください」

「承知しました」と頷いて、料理長とロッテンマイヤーさんが、それぞれカレーを味見する。

「ふむ、なるほど……！」

「まあ、これは……！」

スパイスの辛味の作用か、二人ともちょっと顔が赤くなった。

極端に辛いわけではないんだろうけど、今までの菊乃井で出てきた料理よりは遥かに辛いはずなんだけど。

固唾《かたず》を飲んで見守っていると、吃驚《びっくり》するほど朗らかにロッテンマイヤーさんが笑った。

「辛いですが、また食べたくなるお味ですね。でももう少し辛くても！」

「おお……確かに……いや、舌が少しばかり痺れますが、それが嫌な感じでなくて……それに辛いだけでなく、奥行きのある味だ」

おお、好感触。

でもまだまだ、ここでライスの出番ですよ。

お皿に少し固めに炊いたご飯を乗せてもらうと、お玉でルーを一掬《すく》い。

トロリと黄色味かかったルーを纏った玉ねぎやじゃがいも、にんじん、牛肉が真っ白なご飯の上に鎮座する。

「ご飯にかけてしまうんですか⁉」

「はい。少し混ぜて、ルーとご飯を一緒に食べると、また違った味わいになりますよ」

言い出しっぺの法則とやらに乗っ取って、ルーとライスを一緒に掬って口の中へ招く。

するとやっぱり辛いのは辛いけど、白米を噛み締めた時の甘さと混じって、これはこれで美味しい。

私の真似をして、二人がそれぞれにスプーンでライスとルーを一緒に食べる。

すると「むほっ」と料理長がおかしな声をあげた。

「これはまた、旨いもんですなぁ！」

「本当に！　ああ、でも、私はやっぱりもう少し辛味が欲しくなりました」

きゃっきゃする二人を見るに、カレーも何とか受け入れられそうだ。

だけど、まだ足りない。

「料理長、どうですか？」

「はい、これはとても旨い。しかし、まだ手を加える余地はありそうですな」

「そうですね。大人向けにもっと辛いのから、こどもでも食べられる甘口。バリエーションは無数に作れるかと」

「では差し当りこども用から始めましょうか」

「はい！」

これで漸《ようや》くカレーライスが食べられる。

やったー！


季節は巡って、晩秋《ばんしゅう》。冬の足音が直ぐそこまできている。

カレーが出来てからと言うものの、スパイスを使った料理が食卓に並ぶことが増えた。

料理長のカレー研究の一貫だそうだけど、私を始め美味しいものが並ぶなら全く問題ない。ヨーゼフやエリーゼも手を取り合って喜んでた。

こどもカレーの方はレグルスくんも食べられるくらいの甘口だから、出てくると「おいち！」とほっぺに手を当てて喜びつつ、いつもより沢山食べるし、お代わりもしているくらい。

ロマノフ先生に至っては、ヴィクトルさんに連絡して、率先してスパイスを買ってくれるほど気に入ったそうだ。

お陰で街の食堂のフィオレさんにもレシピと一緒にカレー粉を回せるほど、スパイスは潤沢《じゅんたく》で。

街と言えば、菊乃井はあれから税金を格安にしたことと、ちょっとした美味しいものが食べられるようになったのが合わさって、少しずつ冒険者さん達が滞在してくれるようになったそうだ。

レシピを渡しに行くのを兼ねて街を訪ねれば、ローランさんがそう教えてくれた。

季節が巡るのと同じくらいゆっくりだけど、菊乃井は少しずつ良くなっているのかもしれない。

それは私の希望的観測ってやつかもだけど。

街が変わるのと同じく、菊乃井の屋敷にも変化はある。

九の月の中頃に植え替えた白菜が、順調に大きくなって、後もう少しで収穫の時期になりそうだ。

源三さんの提案で、庭の土で育てた苗と源三さんの畑で育てた苗を、うちの庭と源三さんの畑で育てることにしてみたんだけど、どうも源三さんの畑で作ってる分は小ぶりになってしまっているらしい。

反対にうちの庭に植えた、源三さん宅の畑の土で育てた苗は、最初は育ちが悪かったけど、今ではうちの土で最初から育てたのと遜色ないくらい。

「やっぱり土ですかのう」

「うーん、土ですかね」

「こちらのお庭の土で育てた苗を、ワシの畑に植えたのも余り大きくならんですじゃ」

この庭の土は私が弄ってる土で、私には「緑の手」があるから、それが作用してるのかもだけど。

まあ、野菜は味だしね。

大きく育っても、味が大味だったりすると意味がないもん。

「とりあえず、収穫して食べ比べないとですね」

「ですなぁ。ワシの畑は最近上の孫が手伝ってくれてますじゃ」

「そうなんですか」

「弟と折り合いが益々悪くなりましてのう。逃げてきておりますじゃ」

士を確かめるために屈んでるからだろうけど、いつも矍鑠《かくしゃく》としてる源三さんの背中が丸く見える。

何だか拗《こじ》れてるなぁ。

「弟さんとそんなに仲が悪いんですか？」

「いやぁ、あれは弟と言うより親との仲かもしれませんな。何せ弟が小さいから、何をしても兄を叱るもんで。親からすれば先に生まれた分、兄の方が親の話が解るだろうから、解る方へ注意した方が早いと言うだけのことなんでしょうがの。自分が悪さした訳でないことまで小言を聞かされますと、いじけるのは当たり前ですじゃ」

「それはご両親には？」

「二人とも頭では解っていても、どうしても兄の方に『何故解ってくれないんだ』と思ってしまうそうで」

「はあ、でもお兄さんはお兄さんになりたくてなった訳じゃなく、お兄さんがお兄さんになったのは大人の都合じゃないですか。選ばせてくれなかったのに、都合だけ押し付けるのはいかがかと……」

「これは耳の痛い話ですなぁ」

源三さんが苦笑いする。

よく、こどもは親を選んで生まれてくるとか言う人がいるけれど、私はあれはないと思う。

こどもは親を選べないし、親だってこどもを選べない。

ただし、親には親にならないという選択肢がある。

そういう意味なら親は子を「生かす」・「生かさない」という選別、つまり選ぶことが出来るのだ。

翻《ひるがえ》って胎児は自殺できない。

だいたい親が選べるなら、うちの両親を選ぶとか、私はどんだけ苦行が好きなんだって話じゃないか。

……いけない。

これは私の蟠《わだかま》りであって、源三さんに八つ当たりして良いことじゃなかった。

素直にそう謝ると、「なぁんも」と、源三さんは朗《ほが》らかに笑う。

「それより」と指差されて、腰の付近に視線を落とすと、レグルスくんが私のブラウスの裾を引いた。

上目遣いにこちらを見る目には、うっすらと涙の膜が張っている。

「えー……なに？　どうしたの？」

「にぃに、れーのにぃに、いや？」

「んん？　嫌じゃないよ。なんで？」

「だって……『なりたくてなったんじゃない』って」

「えー……今のお話、解ったの⁉」

「ちょっとだけ」

あらやだ、ちょっと、私の弟、賢いよ⁉

どうやらちょっとだけ、私と源三さんの話の内容が解ったらしい。

ただ、解った部分が少しだけだったのと、デリケートな箇所だっただけに、レグルスくんのなかで何か違う理解の仕方になったようだ。

ふわふわな金髪を撫でると、ぐすっと本格的に洟《はな》を啜《すす》り出す。

「レグルスくん。今のお話はね、私とレグルスくんのお話じゃないんだよ」

「ちがうの？」

「違うよ。それに私は、レグルスくんのお兄さんになりたくてなったんだもの」

「ほんと？　れー、いらなくくない？」

「要らないとか要るとかじゃなくて……」

要る・要らないとか、そんなことで括ったり出来ない。

「君はね、私の宝物だから」

「れーも！　れーも、にぃにだいじ！」

涙と洟でぐしゃぐしゃの顔で、にっこり笑ってレグルスくんが飛び付いてくる。

最近、レグルスくんは背が伸びて、体重もちょっとずつ増えてきたから、受け止め損ねてふらつくのを、源三さんの手が支えてくれた。

持ってきたハンカチで涙を拭いて、鼻をちーんとしてやると、レグルスくんがすりすりと頬っぺたを寄せてくる。

今日も弟が可愛くて幸せです。

ぎゅっぎゅとくっついていると、ガサガサと中庭の植え込みが揺れる。

微笑ましげに見ていた源三さんがそちらに視線を向けると、植え込みの間から宇都宮さんが現れた。

「若様。お客様がおみえですのでお戻り下さいませと、ロッテンマイヤーさんが……」

「お客様？」

「はい、ロマノフ先生が今お相手なさってまして。えっと……しょ、ショスタコーヴィッチ様と……」

ヴィクトルさんがやってきた⁉


ヴィクトルさんと帝都でお会いしたのは夏の終わり、秋の始めくらい。

その時に再会を約束したのは二か月後。まだ、半月ほどは後の話だと思ってた。

宇都宮さんに伴われ、レグルスくんの手を引いて屋敷に戻ると、エントランスに四つの人影。

頭二つくらい小さいのがロッテンマイヤーさんとして、後はロマノフ先生とヴィクトルさんだろう。でも、それなら残り一人分の影は誰なのかしら。

徐々に近づいていくと、困惑したような雰囲気のロッテンマイヤーさんと、しょっぱい顔のロマノフ先生が、唇を尖らせながら目を逸らしているヴィクトルさんと、ロマノフ先生と同じくらいの体格で、右側頭部が細かく編み込んだ、いわゆるコーンロウ。反対側は緩いウェーブを描いて顎《あご》くらいの長さの透けるようなプラチナブロンドをくるくる指で弄ぶひとに対峙していて。

何か気不味《きまず》いような空気を、寧ろワザとであってほしいくらい明るく、宇都宮さんがぶち壊した。

「ロッテンマイヤーさん、若様をお連れしましたぁッ！」

「まぁ、宇都宮さん！　声が大きいですよ、はしたない」

取って付けたように注意するロッテンマイヤーさんは、なんだかホッとしたような様子で、宇都宮さんに注意するために三人から離れる。

するとプラチナブロンドの人が、くるくる髪を弄っていた手を止め、視線を私に投げた。

お耳が尖ってるし、きっとエルフさんだろう。

菫《すみれ》色した切れ長のおめめも麗《うるわ》しく、ぽってりした唇の艶やかなこと。エルフって皆、本当に美形揃いなのね。

「これは噂に違わぬ、まんまるちゃんだね」

「……は？」

「うん、君のことはまんまるちゃんと呼ぼう。後ろの子はひよこちゃんかな」

男性にしては高く、女性にしては低い声で、さらっと丸いとか言われた。

唖然としていると、ヴィクトルさんが眉を跳ねあげる。

「ちょっと！　いきなりまんまるちゃんとかなんなの⁉　あーたんにはちゃんと鳳蝶って名前があるんだからね！」

「ヴィーチャの『あーたん』も、どうなんだって話ではありますよね」

「はぁ⁉　アリョーシャは僕とラーラ、どっちの味方なのさ！」

「私は鳳蝶君の味方ですよ」

しれっとヴィクトルさんを受け流すロマノフ先生に、「ふふっ」と菫の瞳の人が笑う。

すらっとした長身に、腰に指した剣、長い手足や身体付きは、ロマノフ先生と同じくらいのしなやかさを感じた。

「あー……と、いらっしゃいませ、ヴィクトルさん。それから……」

どなたか問う代わりに視線を向けると、ヴィクトルさんが咳払いした。

「お久しぶり、あーたん。この失礼したのが、前に言ってた『ラーラ』だよ」

「ああ、達筆《たっぴつ》の『ラーラ』さん！」

「そうそう。ラーラ、自分で自己紹介してよ」

水を向けられると、芝居がかった仕草で胸に手を当ててから、一礼。

そんな仕草が様になるくらい格好良くて、何だかドキドキしてしまう。

「ボクはイラリオーン・ルビンスキー。よろしく。ラーラって呼んでくれてかまわないよ。その呼ばれ方は嫌いじゃない」

「初めまして、菊乃井鳳蝶です。ようこそ、菊乃井へ」

「はじめまして、レグルスです！」

握手のために差し出した手を、ラーラさんが握り返す。その手は肉刺があって固く、どちらかと言えばヴィクトルさんよりロマノフ先生に近い感触で。

同じくレグルスくんも握手してもらったようだけど、手を握ったままちょっと考えてラーラさんを見上げた。

「おにい……おねえさん？」

「おや。よく解ったね、ひよこちゃん」

「へ？」

どういうことなの？

ぽかーんとしていると、くふりとラーラさんの唇が三日月を象《かたど》る。

「いかにもボクは、お兄さんじゃなくてお姉さんだよ。でもイラリヤ・ルビンスカヤよりはイラリオーン・ルビンスキーのが、語感が好きだし、お姉さんよりお兄様って呼ばれる方が好きなんだよね。まあ、だからって男になりたい訳じゃないんだけど」

バチコーンとウィンクが飛んできて、私とレグルスくんを直撃する。しかし、美形ビームに怯《ひる》んだのは私だけだったようで、レグルスくんときたら実に平然としたもんだ。

つまりラーラさんは男装が趣味な女性ってことね。

それにしても、これで人間贔屓のエルフ三人組が揃った訳で。

綺麗なお顔が三つもあると、壮観とか眼福とか通り越して、キラキラ眩しい。加えてレグルスくんと宇都宮さんも美形度なら負けてないから、白豚はちょっと逃げ出したいです。

レグルスくんが人見知りを発揮して、私の腰にしがみついてるから無理なんだけど。

私の腰が引けてるのを察したのか、宇都宮さんに注意し終えたロッテンマイヤーさんがおずおずと声をかけてきた。

「若様、お茶の準備が整いましたので……」

「ああ、そうですね。ご案内してください」

「承知いたしました」

そんな訳でお客様方のお相手をロッテンマイヤーさんに任せて、私とレグルスくんは一度身支度を整えるために下がらせてもらう。

急いで部屋に戻ると、レグルスくんと手を洗って、服を着替えて、これまた全速力でレグルスくんを連れて応接室へ。

普段は遊びながら着替えるレグルスくんも、お客様が来てるせいか、すんなりとお着替えしてくれて助かった。

「お客様を待たせちゃだめだものね、レグルスくんは今日も良い子です」

「あい！　れー、良い子です！」

「じゃあ、行こうか」

姫君から頂いた布の残りで作ったお揃いのリボンタイで、首もとに同じ蝶結び。

応接室の扉は開けられていて、中からロマノフ先生やヴィクトルさん、ラーラさんの声が聞こえてきた。

「お待たせしました」

「おまたせしましたー」

声をかけると、三人の視線が一斉に私とレグルスくんに集まる。

両親が不在なので、一応私が屋敷の主ってことでホスト側のソファにレグルスくんと一緒に座ると、ロッテンマイヤーさんが私たちの背後に立った。

「後ろにいるのが、当家の全てを取り仕切ってもらっているロッテンマイヤーです。滞在中、何かしらあれば私か彼女にお願いします」

「ロッテンマイヤーで御座います、何事もお申し付けくださいませ」

ふわりと黒いワンピースの裾をつまんでお辞儀する。

マリアさんほど華麗ではないけれど、ロッテンマイヤーさんのそれは背筋が伸びてとても美しいのだ。

目を細めてラーラさんやヴィクトルさんが頷き、ロマノフ先生が口を開く。

「ロッテンマイヤーさんにはヴィーチャやラーラのことは先に伝えさせていただきました。後は鳳蝶君とレグルス君にご挨拶を、と」

「ああ、そうなんですか」

振り返るとロッテンマイヤーさんが頷くのが見えた。

じゃあ紹介は終わったとして、今日の訪問はどうしてか、理由を伺った方が良いのだろうか。

ラーラさんのことが気になるんだけど。

視線をロマノフ先生に飛ばすと、こくりと頷いてくれた。

「まだ約束の二ヶ月には日にちがあるのにヴィーチャに呼び出されまして。それで彼に会いに行ったんですが……」

「だってラーラが、あーたんに会わせろって煩《うるさ》くて！」

「用事があったんだから仕方ないだろう。いいじゃないか、どうせ半月後にはこっちに越して来たんだから」

「そういう問題ではありませんよ、菊乃井のお屋敷にも準備があるんですから」

ううん？

何か今、「越して」とか聞こえたけど？

首を傾げると、「あのね」とヴィクトルさんが話してくれた。

「あーたんにお歌のレッスンするって言ったでしょ。だから後半月したらこちらに引っ越してきて、あーたんのお屋敷にお世話になる手筈になってたんだよ」

「へ？　そうなんですか⁉」

「うん。サプライズにしようと思って、アリョーシャやロッテンマイヤーさんに協力してもらいながら、ゆるゆる準備してたんだよ」

「ふぁ⁉　そ、そんなことして、大丈夫なんですか⁉　宮廷音楽家は……⁉」

「それは大丈夫。僕も転移魔術使えるし、呼び出しがあったら直ぐに王宮にいけるから。あーたんちには行ったことないから、アリョーシャに連れてきてもらわないと転移出来なくってさ」

「ああ、それでロマノフ先生に呼び出しが……」

頷くヴィクトルさんに、カップの紅茶で喉を潤したラーラさんが、口の端を上げた。

「ボクはそこに居合わせてね、用事があったから一緒に連れてきてもらったんだ」

「違うでしょ！　僕に『菊乃井家のご子息に用事があるから、アリョーシャを呼び出して』って、一週間くらいずっと使い魔使って枕元で囁《ささや》いたんじゃないか⁉」

「ヴィーチャが悠長に『約束は二ヶ月後だから嫌』とか言うからだよ」

睨《にら》むヴィクトルさんをどこ吹く風で、ラーラさんはツンと顎を上げてそっぽを向く。

げっそりとした様子で、ロマノフ先生が肩を竦めた。

「私はこの二人のやりとりに巻き込まれて、今ここって感じですね」

「ははぁ……」

何かよく解らんけど、ラーラさんは私に用事があって、ヴィクトルさんは引っ越しの日にちが早まりそうってことかな？

兎も角、用事があるなら聞かなければ。

そう思ってラーラさんを見れば、にこっと笑って懐から手紙を取り出した。

それをロマノフ先生経由で受けとると、表面には紹介状、裏の差出人には「マリア・クロウ」と記されていて。

「マリアさんから……!?」

「そう、マリア……マリーからの紹介状さ」

ふっと吐息で笑う仕草がカッコ良くて、ついつい見とれてしまった。

友あり、塩を贈られる？

「拝啓、菊乃井鳳蝶様」と流麗な文字の書き出しから始まったその手紙は、時候の挨拶を経て、あれからのマリアさんのことを教えてくれた。

あの後もやはり、嫌がらせ的なことはあるけれど元気にしていること、私が差し上げた髪飾りが社交の場に出ると話題になること、他にも色々。

「『あの頂いた氷菓子《ソルベ》は、少し溶けてしまいましたが再び凍らせて、エルザと一緒に美味しく頂きました』ですって」

「うん、それは僕見てた。っていうか、魔術でもう一度凍らせてあげたの僕だし。きゃっきゃしながら食べてた辺り、マリア嬢も年頃の普通の女の子だったよ」

「ヴィーチャ、それは違うよ。マリーは特に可愛い年頃の女の子だ。訂正してくれたまえ」

「……でたよ、師匠バカ」

呆れたように肩を竦めるヴィクトルさんに、ふんっとツンツンするラーラさん。雰囲気は柔らかいから仲は悪くないなんだろうけど、それよりも気になる言葉が出た。

ラーラさんを見ると「それは後から」と、片手を上げられて、私は手紙の続きを読む。

すると、ヴィクトルさんから色々と私の事を聞こうとしたけれど、元気にしてるくらいしか教えてもらえない、とあった。

だから余計なことかもしれないが、自分のお世話になった先生を紹介したい。その名は——。

「『イラリオーン・ルビンスキー。イラリヤ・ルビンスカヤと名乗ることも、ごく稀にあるそうです』

……って、ラーラさんはマリアさんの先生だったんですか？」

「そう、マリーはボクの可愛い生徒の一人だよ」

まあまあ、凄いご縁だこと。

しかし、ラーラさんはマリアさんの何の先生だったんだろう。

家庭教師ならロマノフ先生がいてくださる、音楽の先生はヴィクトルさん、じゃあ私にマリアさんが紹介したい先生とは？

しぱしぱと瞬きをしていると、にゅっと伸びてきたラーラさんの指が、いきなり頬っぺたをもちりだす。

「ああ、懐かしいな。このもちもち具合。マリーも昔こんなもちもちぶりだったよ」

「まりあひゃんも？」

「そう。キミと同じくらいのまんまるちゃんでね。それはそれでふくふくしくて可愛かったのだけれど、健康にはあまり良くないだろう？」

「そーれすにぇ」

「うん、だからボクの出番」

なんのこっちゃ。

そう思っていると、横にお利口に座ってたレグルスくんが、急に立ち上がってラーラさんと反対側の頬っぺたに自分の頬っぺたを押し付けて、すりすりもちもちしてきた。

「れーもする！　もちもちするぅ！」

「ひょ!?　しょんなもひもひしゃれひゃら、のびひゃう！　のびひゃう！」

なんなんだよ、美形はもちもち好きか。好きすぎるやろ。

揉みくちゃにされていると、ロッテンマイヤーさんが慌てて止めに入ってくれて。

「それ以上はお止めくださいませ！　若様の頬っぺたが削れてしまいます！」

「そうですよ、ラーラ。鳳蝶君のチャームポイントを削らないでください」

「失礼だな、この美の伝道師に向かって。こんな見事なもちもちを削ったりしないさ。たとえ痩せても、この肌のもちもち具合は死守してみせる」

まあ、何か突っ込みどころの多い会話ですよ。

とりあえず、一番の突っ込みどころに突撃しましょうか。

もちもちしていたラーラさんの指が離れると、レグルスくんをくっつけたままで。

「あの、美の伝道師って言うのは？」

「そのままさ。ボクは誰かが美しくなる手伝いをして、『美しい』ということがどういうことなのか、知ってもらうことを生業としているんだ」

「えーっと、つまり？」

「かなりふくよかなひとを、そこそこにふくよかにしたり、或は物凄く華奢な人を柔らかく豊かに。その人に合った、美しくて伸びやかにしなやかな体格・立ち居振る舞い、社交界で必要な舞踊や仕草などなどを教える、言わばお作法の先生だね」

「あら、まあ……」

ダイエットの先生が来ちゃったよ。

微妙な心情が表情に出たのだろう、ニヤリと悪戯にラーラさんが口の端を引き上げた。

「『やだー』ってお顔だね？」

「やだっていうか……、なんでマリアさんが？」

「ああ、そっちか……。簡単な話だよ。マリーも昔はキミと同じ、まんまるちゃんだったたって言ったよね」

「ああ、はい。そうですね……」

「その頃のマリーはいじめられっ子で、いつも泣いてたんだけど、一つだけ特技があってさ。歌が異様に上手だったんだけど、『わたくしは太っていて醜いから』って、人前に出て歌うなんて、とてもじゃないけど出来る子じゃなかった。だからちょっとボクが手を貸して、ね」

ダイエットして、貴婦人として魅力的に見える立ち居振る舞い、ドレスの選び方や着こなし、それから教養ある話し方、徹底的に美しくなる方法を伝授したそうだ。

そして自らマリアさんは、『美しいと思える自分』を手に入れたそうで。

「だけど、あの子、自信に溢れるどころか、初対面の時は鼻持ちならない自信家だったけど？」

「ああ、それは……。あの子、誉められ慣れてないから、過剰な誉め言葉を浴びてしまって感覚が麻痺しちゃったんだろうね。人を誉める目的は、称えるだけでなく、根腐れを起こさせるためだってこともある。それを教える前に、お父上が社交界にデビューさせてしまってね。お陰で五年くらい会えてないよ」

ヴィクトルさんのちょっと嫌みっぽい言葉にも、ラーラさんは肩を竦めるだけ。

誉められ慣れてないからって辺りで、ちらっとロマノフ先生の視線を感じたけど、気のせい気のせい。

「あまり良くない噂——鼻持ちならない女の子になってるって耳にしたから、近々マリーには会いに行くつもりだったけど、それより先に彼女から手紙が来たんだ。『どうか先生、わたくしの命を救ってくださった小さなお友だちに、恩を返させてほしいのです』ってね」

「ふぇぇ……」

そんな大袈裟な。

マリアさんがお困りで、それを解消するものを持っていたから渡した。

字面にすればそれくらいのことなのに。

私の考えを見越したのか、ジト目のロマノフ先生が咳払いをする。

「まぐれで万能薬を持ってるお子さんはいませんからね。それは割りと危ないことでもあるんだから、肝に銘じて下さい。君はマリアさんに一生感謝されてもおかしくないことをしたんです」

「そうだよ。マリーは歌えない自分なんて自分だとは認めない。そうなったら、あの子は最悪自害していた可能性だってある。それにあの日は第二皇子肝煎りの御披露目だったんだ。事情はどうあれ皇子の顔に泥を塗ったと、死を賜ったかもしれない。それをキミは全て覆した。感謝してもしきれるものじゃない」

「あーたんもさ、弟くん……れーたんがそんな目にあって、助けてくれた人がいたら、おんなじように感謝してもしきれないって思うんじゃないの？」

「そりゃそうですよ！」

ってことは、これはマリアさんのご好意を受け取らなきゃ、それはそれで気に病ませちゃうやつか。

うーん、まあ、姫君からも痩せろって言われてるしなぁ。

ロッテンマイヤーさんとも、健康には気を付けるって約束もしたし、何より私も痩せる目標はあるんだよ。

最近、散歩だけじゃお肉減らなくなってきたし。

唸っていると、ロッテンマイヤーさんが後ろから出てきてそっと手を握る。

「若様、僭越ながら……、私と健康には気を付けるとお約束してくださいましたね」

「はい、勿論忘れてません」

「少しくらいふくよかな方が、ひとは長生きすると申します。ですから、若様が乗り気でないのなら構わないのです。しかし、少しでもその気があるのでしたら、どうかこのお話をお受けくださいまし」

「えぇっと」

「何故かと申しますと、貴族には時期が来たら幼年学校に通わねばならぬ義務が御座います。そうなると、どうしても年中行事などで舞踏会が御座いまして」

「そうなんですか。でも幼年学校ってもっと先の話ですよね」

「然様で御座います。然様で御座いますが……」

ロッテンマイヤーさんの眉が八の字に下がって、何だかとても言い難そうな雰囲気を醸《かも》す。

なんだろうと小首を傾げると、ロマノフ先生がため息を吐きながら肩を落とした。

「ロッテンマイヤーさん、それは私から申し上げましょう……」

「はい、私には申せません……」

「えー……やだ、なんですか？　なんでこんな愁嘆場《しゅうたんば》なの？」

目を逸らすロッテンマイヤーさんの手を、ぎゅっと握る。するとそれは握り返されることはなく、ロマノフ先生が重々しく苦い顔で口を開いた。

「鳳蝶君、今まで黙っていましたが……」

「やだ、なに？　なんですか？」

「君は……」

「私は？」

「物凄く運動音痴《おんち》なんです」

「…………は？」

しーんと応接室が静まり返って、耳がとっても痛い。

え？

は？

運動音痴？

「つまり、今からでも練習しておかないと、年頃になった時に舞踏会で踊るとか全然無理ってくらい、あーたんは運動が出来ないってこと？」

「そりゃあもう、壊滅的に！」

ヴィクトルさんの言葉を肯定するロマノフ先生の声は、ショックで燃え尽きるには充分な威力を持っていた。

けれど。

「舞踊にはあんまり運動音痴とか関係ないよ。そりゃ運動出来るに越したことはないけど、それが全てじゃない」

落ち込んだ私を掬い上げたのは、耳元で囁かれたラーラさんの低くて甘い、吐息で話すような言葉だった。

撫で撫でと頭を撫でていく手も気持ち良かったし、きゅっと慰めにこちらの手を握ってくれるのもカッコ良くて、もう心臓がうるさいうるさい。

ついつい「明日からよろしくお願いします」とか言っちゃったよ。

なんでこんなにラーラさんにドキドキするのかと思ったけど、それは翌朝、姫君が答えをくださって——。


「なんじゃ、そのエルフ。菫の園の男役とやらみたいではないかえ」

それだー!?

そうだ、それだ!

ああ、スッキリした。

そうなんだよね、前世でも実は娘役さんより男役さんにハマってて。

あの人たち、本当にカッコ良くて、ついついグッズとか買っちゃってたんだよなぁ。

はー、スッキリ。

「なぁんじゃ、色気のある話を期待したに」

「だって、私は五歳児だって姫君様も仰ってたじゃないですか。そんな愛とか恋とか解りませんよ」

「しかしのう、早いものは初恋は家庭教師とか侍女とか言うぞ。人間の書く物語にも、そんな話があるではないか」

「家庭教師は男性だし、侍女っていうかロッテンマイヤーさんはお母さんって感じだし、宇都宮さんは権力を笠に着て迫るみたいなイメージが湧いて、とてもじゃないけど無理です」

「……そなた、本当に堅いのう。朴念仁《ぼくねんじん》の唐変木《とうへんぼく》は好かれぬぞ」

ぐぬぬ、私は別にお堅くないのに！

ぷすっと口を尖らせていると、姫君の視線がついっとレグルス君の方に向く。

悪戯な笑みを浮かべて団扇をふると、「ひよこは、好いたものはおらぬのかや？」とお尋ねになった。

いやいや、三歳児になに聞いてるんですか。

すると意外なことに、レグルス君がモジモジしだして。

「すきなひと、います！」

「ほ、誰じゃ？　あのそなたの守役の娘かえ？」

「うちゅのみやもすきだけど、いちばんはぁ、ちがうひと！」

えー!?

照れ照れとモジモジが合わさって、身体をじたばた動かすレグルスくんに動揺する。

まだ三つだよ!?

驚いて開いた口が塞げないでいると、姫君が眼を輝かせてレグルス君に迫る。

誰のことかを尋ねる言葉に、きゃっと頬っぺたに手を当てて恥ずかしそうに言うには。

「あにうぇー！　れーがいちばんすきなのはぁ、あにうぇですー！」

ああ、そういう。

叫んだ本人は何だか凄く照れて、顔を両手で覆って「きゃー！」とか可愛く叫んでるけど、聞いた姫君は目が点。

うん、嬉しいけどね。姫君のお顔が凄いことになってて、私の腹筋がぷるぷるしてる。笑ってはいけない何とかってやつか、これ。

「まあ、そうよの。童に色恋など早かろうよ」

だめ押しに姫君の悔しそうな声で、私の腹筋が死んだ。

おだてられなくても豚はおどる

あのお話合いの後でヴィクトルさんもラーラさんも、そのまま屋敷に滞在することになった。

ロッテンマイヤーさん曰く、昔の菊乃井は毎日お客様がいらっしゃるような大貴族だったから客間は沢山あるし、不意の来客に備えて常に使用できる部屋を二部屋ほど整えてあるそうで。

既に滞在が決まっていたヴィクトルさんの部屋は、彼のリクエスト通りに整えられていたそちらを、ラーラさんに関しては来客用に整えてあった部屋を使ってもらっている。

ただ、ヴィクトルさんのピアノだけはお部屋に置くことが出来なかったので、それこそ昔賑わっていた頃にちょっとしたパーティーに使っていたホールを掃除して、そこに置くことになって、歌のレッスンもそこでするそうだ。

ラーラさんのレッスンも、そのホールでするのだそうだけど、カリキュラムはダンスだけに寄らないらしく、歩き方や座り方、果ては社交界で貴婦人が扇を使ってする合図の意味まで多岐に渡るらしい。

「例えば……扇の先端に指で触れれば『貴方とお話がしたい』とか。そう言う貴婦人の所作を知っていて会話なり対応しないと、野暮で気のきかない男だと思われて、まず良い婚約者とはみなされないね」

「あー……ねー……」

ラーラさんの言葉に、思い当たる節があるのかヴィクトルさんの目が暗い。死んだ魚かと思うくらい暗い。

でも婚約者のいない身の上には関係ないんじゃないかなぁ、なんて。

そんな私の考えを読んだのか、ラーラさんとヴィクトルさんが揃って「甘い」と首を振る。

「あーたん、社交界は婚約者を見繕う場所でもあるんだよ。貴族同士の結婚なんて、当人たちの感情よりお家の事情が優先される。家が小さいところはより大きな家と繋がりたいし、お金がない家はある家と結び付きたい」

「だから貴族の子女は自身を磨き、それを武器に余多いるライバルを倒して目的に至る。それだって、自分の幸せのためじゃない。家、つまり自分達に仕えるもの、ひいては領民たちのためでもある。彼、彼女たちには高貴なる者の義務を果たす責任があるからね。責任感の強い子女こそ、その傾向が強いのさ」

「大きな家に組することで、領民を要らぬ争いから守ったり、経済流通の中に組み込んでもらえて、領地全体を豊かに出来るから……ですか」

「他にもあるけど、だいたいそんなところだね」

世知辛《せちがら》い。

こどもなのに、そんなこと考えて結婚相手探さなきゃいけないとか、本当に世知辛い。

まあ、でも私には関係ないや。

豚と結婚したい女の子はいないだろうし、私の将来はもう決まってるしね。

ロッテンマイヤーさんとの約束もあるし、やりたいこともあるから、それまでは健康でいたいだけ。

「それは兎も角として、ヴィクトルさんとラーラさんが一緒にいる理由ってなんですか？」

「ああ、あのね。ラーラのカリキュラムには歩き方とかダンスがふくまれるでしょ？　それを歌いながらやったらどうかなって」

「そもそもダンスにはどうしたって音楽が必要だし、ヴィーチャから聞いたけどまんまるちゃんは歌って踊ったりする劇……ミュージカルだったかな。それをやれる人を教育したいんだろう？　なら先ずはどんな感じか再現する必要があると思うんだ。だけどそれを知ってるのは、神様以外はまんまるちゃんだけだからね」

「わぁ……」

歌って踊るとか、アイドルか。

いや、単なる豚だけど。

大変なことになってしまった……。

とは言え、いきなり歌って踊るなんて無理なので、それは後日ということに。

私はと言えば、踊りながら歌える歌を記憶の隅から発掘がてら、姫君にことの次第をご報告に上がった。

「……呪いをかけられて獣に姿を変えられた王子は、清らかで優しく美しい少女の真心の愛で、自らの姿を取り戻した、めでたしめでたし……のぅ」

「はい。その物語をミュージカルにした時に歌われた曲なんですけど、主役二人がダンスを踊るときに歌われるのです」

レグルスくんの手を取って、拙く踊りながら歌う。

ミュージカル時にはポットに変えられた、王子に仕えていたご婦人が歌っていたけれど、一番新しい映画では主役の二人が歌う歌詞も追加されていた気がする。

ともあれ、優雅とは言い難いけれど、ダンスをしながら歌うのは、姫君の趣向にも合ったようで面白いと頷いておられて。

「痩せられる上に、ミュージカルの再現に役立つのであれば、一挙両得と言うものじゃ。妾のためにもしかと励むがよい」

「はい、頑張ります……」

「れー……じゃない、わたしも、がんばります！」

「はい！」と、おててを上げて良い子のお返事をするレグルスくんだけど、どうしてもまだ「あい！」に聞こえる。

三歳だもんね、舌足らずでも仕方ない仕方ない。

よちよちとワルツどころかフォークダンスにも遠いステップだけど、レグルスくんはお気に召したらしく、くるくると私の手を引いて回る。

揺れる視界で姫君が眼を細めて、柔く美しく微笑んでいるのが見えて、それも何だか得した気分。

「それはそうと」と、姫君からお声がかかるまでレグルスくんと踊っていた。

「ヴィクトルとやらいうエルフじゃが、妾の望み通り譜面を起こし始めたのかえ？」

「あ、はい。一応思い出せる限り、前奏からメロディをお聞かせしつつ、聞き取りしてもらっています」

「然様《さよう》か。なれば対価を払わねばならぬの」

ふわりと薄絹の団扇が閃《ひらめ》くと、何もない空間に木の枝のようなものが一本現れる。

宙に浮いたそれは、姫君が団扇をもう一度振るとふよふよと私の目の前に来て、手を差し出すとその上にポトリと落ちた。

よくよく見れば、木の枝には指で塞げる程の穴が規則正しく空けられていて。

「これは？」

「エルフの始祖が妾に捧げた原初の笛よ。音楽を愛し、人に混じるエルフに渡すにはこれより最たるものはなかろう」

姫君の仰るには、この笛の持ち主の始祖エルフは、人間に混じって生活していたそうだ。

彼が笛を奏でる時には、必ず側に叩いて音を出す太鼓《たいこ》のような物を持った人間の友がいたそうで。

始祖エルフが笛を姫君に捧げたのは、太鼓を奏でる友が死んでしまったからだそうな。

友との永訣の証は、即ち人間との決別の証。

「どんなに心を通わせても、人間はエルフより遥かに先に旅立ってしまう。それが辛いと、彼のエルフは妾にそれを託して去った」

「え……でもエルフって人間のことを見下しているって……」

「かつて始祖が人間と距離をおいて交流を絶ったのは、そういう経緯があったのじゃ。しかし、断絶が続くと最初の意図など忘れ去られ、勝手な偏見だけが独り歩きしおる。今のエルフを見れば、始祖が嘆くぞえ」

図らずもエルフと人間の歴史を垣間見てしまったのだった。


エルフと言うのは草や木、土に親しむ種族らしい。

姫君から託された原初の笛を持って帰ってきた時、エルフトリオは庭で私と源三さんとレグルスくんで手入れしている庭の菜園で、きゃっきゃうふふと戯《たわむ》れていた。

私とレグルスくんが姫君のところにお邪魔している間は、エルフトリオにはすることがない。

暇だからとラーラさんがヴィクトルさんを伴って庭を散歩していたら、たまたま源三さんに出くわして、菜園に連れてきてもらったら綺麗な白菜が出来ていて。

収穫したいと言い出した二人に、私の許可がないと無理だと、これまた通りかかったロマノフ先生が口を出し、それなら他に何か手伝わせてほしいということで、困った源三さんはエルフトリオに腐葉土作りを手伝ってもらうことにしたそうな。

「お客様にしてもらうことではねぇと存じてますが……」

「あー……いや、ご本人たちが楽しそうなら構いませんよ」

「でかいミミズがいるー！」とか「ふかふかの土が出来るね！」とか、ラーラさんもヴィクトルさんも歓声をあげてるし、枯れ葉を集めているロマノフ先生もニコニコしてる。

はしゃぐエルフさんとか珍しいし、喜んでるなら別に良いんじゃないかな。

ぼんやりと三人を眺めていると、さくさくと枯れ葉を踏みしだく音が背後からする。

私も源三さんもレグルスくんもいて、エルフトリオもいるから、音の主はロッテンマイヤーさんか宇都宮さんだろう。そう思って振り返ったら、そこには知らない男の子がいた。

意志の強そうな太い眉に、ちょっとぼさぼさの黒い髪、それからアーモンド型の黒い眼。背は私よりちょっと高いくらい。

「え？　誰？」

「お前こそ、だれだよ？」

「こりゃ、奏《かなで》！」

ムッとしたような顔をした少年に唖然としていると、源三さんが慌てて声を荒らげる。

奏と呼ばれたその子が、大声に肩を竦めた。

「孫がとんだことを……」

「ああ、いえいえ。源三さんのお孫さんでしたか」

「なんだよ!? じいちゃ……いだ!?」

ドタドタと源三さんは奏くんに走り寄ると、その頭を強制的に下げさせる。

「大丈夫ですよ」とひらひら手を振って見せると、押さえつけた手を緩めたけれど、源三さんの顔はちょっと怖かった。

頭を擦る奏くんはちょっと涙目になってたし、レグルスくんはレグルスくんで人見知りを発動して、私の腰にぴったり貼り付く。

「初めまして、菊乃井の嫡男・鳳蝶です。こっちは弟のレグルスです」

名乗った瞬間に奏くんの顔から血の気が失せる。

大人社会の地位とか何とかは、こども社会にも浸透しているらしい。

「う、あ……か、奏です。あ、あの、ごめんなさい！」

「んん？ なんでごめんなさい？」

「だって、お前とか言ったから……」

「ああ！ いや、別に気にしてませんよ。大丈夫、君のが年上だし。あ、年上の子に君とか言ったら偉そう？」

「や、だ、だいじょうぶ！ 気にしない！」

「なら、良かった」

「うふふ」と笑えば、ぎこちなく奏くんも笑う。

確か源三さんには、私より一つ上のお孫さんとレグルスくんの一つ下のお孫さんがいたはず。

と言うことは、奏くんは一つ上のお孫さんの方だろう。

「菜園のお手伝いに来てくれたんですか？」

「……その、お恥ずかしい話なんですがのう」

ぽりぽりと禿《は》げた頭を掻きながら言うには、奏くんは現在家出の真っ最中だそうな。

だけど奏くんは家出の原因を話してくれないらしい。

彼の両親からあらましは聞いているが、本人が帰りたがらない。

親も意地を張るなら帰ってこなくてもいいと、源三さんの元にいるのが解っているから、心配するどころか強硬姿勢だそうで。

「じゃあ、帰らなくて良いんじゃないです？」

「いやぁ、しかし……時間が経てば経つほど帰りにくくなるんでは……」

「今帰っても奏くんの蟠《わだかま》りが解けないなら、やっぱり繰り返しだと思いますよ。気が済むまでいさせてあげれば？　差し出口ですが、経済的な問題とかありますか？」

「いやいや、独り暮らしの爺には余るくらい頂いてますすじゃ。孫一人くらい養えますがのう」

じゃあ、良いじゃん。

そう思って、レグルスくんと準備体操を始める。

うろ覚えのラジオ体操をしていると、きょとんとしていた奏くんが横に並んで運動し出した。

「これ、なに……ですか?」

「普通に喋ったら良いよ」

「や、じいちゃんにおこられる」

「そう? じゃあ、頑張って。私は別に普通で良いけど、困ることもあるもんね」

「こまること?」

「うん。私は別に気にしないけど、私以外の貴族の人は気にするかもしれない。そしたら無礼だなんだって言われるかもだし。将来のために練習したら良いよ」

何処か納得いかない顔で準備体操を続ける奏くんに、慣れてきたのかレグルスくんもちょっとずつ距離を縮める。

すると、ぽつりと奏くんが溢《こぼ》した。

「弟ってさ、ムカつくだろ?」

「あー……奏くんはムカつくんだ」

「う、だ、だって……アイツが何したって、わるいのはいっつもおれだし」

少しばかり恨みがましい目がレグルスくんに注がれて、察しのいいひよこちゃんがぴよぴよと私の背中に隠れる。

源三さんは私たち兄弟の事情を奏くんには教えていないようだ。

「隠れなくて良いよ」とむずがるレグルスくんを、奏くんと対面させる。

「あのね、私とレグルスくんは兄弟だけど、奏くんとことはちょっと違って、つい最近一緒に暮らしだしたの」

「え？　なんで？」

「お母さんが違うから。レグルスくんはお母さんを亡くされて、こっちに来たの。それまで私はここで独りで暮らしてたから、レグルスくんが来てから毎日楽しいよ」

「ひとりでって……父ちゃんと母ちゃんは？」

「私は父にも母にも嫌われてるからね」

ショックを受けた顔をしてるけれど、事実だし特に思うこともないんだけどね。

で、その上で私は弟が可愛い。

そう言うと、奏くんは物凄く神妙な顔をした。

「で、そっちは？」

「お、おれ……？　おれは……」

口ごもって俯く奏くんから視線をはずすと、きゃっきゃうふふしてたエルフトリオと源三さんがこちらを見ている。

エルフトリオは単なる好奇心だろうけど、源三さんは割りと真面目に期待した目をしていて。

奏くんの頑なさが、何処から来てるかってのを聞き出してほしいんだろうなぁ。

でもそんなの知らない。

話したくなったら話すだろうし、話したくないことは話したくないんだよ、こどもでも。

準備体操も終わって、収穫用の篭《かご》を農作業具置きに取りに行く。

するとレグルスくんと反対側に、奏くんが回った。

一緒に来るらしい。

「だってアイツ……おれのだいじにしてた木ぼりの犬、こわしたんだ」

「うん」

「だけど母ちゃんも父ちゃんも、『出しっぱなしにしてたお前がわるい』って、おればっかり！」

「あー……」

「あれは、おれがじいちゃんにつくってもらったヤツなのにさ！」

奏くんの言葉をまとめると、源三さんに作ってもらった木で出来た犬の玩具を、弟さんに壊された。だけど、壊されたのはそもそも片付けない奏くんがいけないと怒られてしまったと言う。

本人は気づいてないけど、割りと大きな声だから源三さんやエルフトリオには丸聞こえで。

「そりゃ、おめぇ。出しっ放しだったら壊されるべよ……」

「だからって、なんでおれだけおこられなきゃいけないんだよ！」

ため息を吐くような源三さんの言葉に、泣き出しそうな顔で奏くんが叫ぶ。

うむ、と、私は重々しく頷いた。

「うん、奏くんは悪くないと思う」

「だろ⁉　悪いのは紡《つむぐ》なのに！」

紡とは弟さんの名前だろう。

しかし、私は「違う」と首をふった。

「この場合、一番悪いのは君のご両親です」

半泣きの奏くんと、弱り顔の源三さん、エルフトリオの目が一斉に点になった。

「だって両成敗しなければならないのに、片方しか叱らないなんて片手落ちもいいところだ」

「りょう、せいばい？」

「うん。両成敗というのは両方をきちんと叱るとか、そんな感じ。私はね、奏くんのご両親が奏くんを叱った後で、紡くん？　弟くんを叱らないといけないと思う。私だったらそうする」

何故なら、奏くんが玩具《おもちゃ》を片付けなかったのと、紡くんが奏くんの玩具を壊した事とは全く別の事柄だからだ。

躾《しつけ》の一環で「自分の物は片付けなさい」と言われていて、それを守らないで叱られるのは致し方ない。

そして「ひとの大事な物を壊してはいけない」と言うのは、躾より大きな真理の一つだろう。これも破れば叱られる類いのこと。

そこに「出しっ放しにしていた」と言う因果関係を持ち込むから、奏くんだけを叱ってすませたのだろうけれど。

「そりゃね、そこに置いてなければ玩具を壊さなかったかもだけど、そんなのはタラレバだもん。実際壊したんだから、壊したことについては叱らなきゃいけない。じゃないと、物を壊しても叱られない方法を、逆に教えることになるもの」

「ふぁ⁉︎」

「だって、そうでしょ？　これで紡くんは『おにいちゃんが片付けてなかった物を壊しても叱られない』って経験を積んだんだもの。ちょっと狡《ずる》い子なら『だって片付けてなかったもん』って言い訳にすると思うけど？」

「いやいや、紡はまだ二歳ですじゃ。そこまで知恵はついとらんです。それに親は紡を叱らんのじゃなく、二歳児じゃし言うても解らんからと……」

「言うことが解らないから何しても構わないんですね？　それなら奏くんのご両親が畑を持っていたとして、それを野獣に荒らされたとしましょう。私は同じ境遇の他所の家には見舞金を出しますが、奏くんのご両親には出しません。獣には言い聞かせることが出来ないから、諦めてください。極端に言えばそういうことですよ、これ」

言っても解らないから叱らない、言って解るから全部の責任を押し付けて叱る。こんな理不尽が許されていいいだろうか。

私の言葉が余程衝撃的だったのか、ごくりと源三さんが息を呑んだ。

ざわざわと風が吹いて木々が揺れる。

私は今、きっと酷い顔をしているだろう。証拠に、レグルスくんが、ぎゅっとブラウスの裾を引いて、心配そうな顔をしている。

奏くんの眼に映る私は、どんよりと曇った目をしていて。

胸が焼けつく。

大人は理不尽だ。なのに同じ理不尽を返されると、酷いと相手を詰《なじ》る。

でも、私だって同じくらいに理不尽で。

「……ごめんね、源三さん。私はやっぱりどうしようもない」

「若様、どうしなすった？」

「奏くんのご両親は私の両親じゃない。でも、私はその理不尽が許せない。……自分で思う以上に、私は親って生き物を憎んでるようです」

だけどこんなの八つ当たりだ。

どろりと胸の奥からどす黒いものが沸きだしてくる。

許せないとか、そんな。

ぎりっと唇を噛み締めて、荒れ狂うモノを抑えつけていると、ぐっと胸に何かが押し付けられる。

その硬い感触にはっとすると、奏くんの真剣な目があった。

「かおいろ、わるいぞ。はらへってるんだよ、焼きイモしよ」

「焼きイモ……？」

押し付けられたのはどうやらサツマイモだったようで、受けとると奏くんは鼻の下を人差し指で擦る。

「とちゅうから難しくて解んなくなったけど、おれのためにおこってくれてんのは解った。ありがとな」

「うぅん、ごめんね。奏くんのご両親を悪く言って」

「まあ、かたづけしなかったおれもわるいよな。でも紡だってわるい。それでいいや」

あっけらかんと、奏くんは言う。

不穏になりかけた空気を払うように、にかっと笑ったそのままに、今度は息を詰めていた祖父の源三さんに、奏くんは手を振った。

「じいちゃん、先に焼きイモしよう！　おれもはらへった！」

「あ、お……おうよ。奏、落ち葉集めな。エルフの皆さんがたも、焼きイモ食べなさるかい？」

「ええ……頂きます」

「あ、僕も。勿論ラーラも、だろ？」

「有り難くご相伴に預かるよ」

気配を殺していたかのように静かだったエルフトリオも、雰囲気が変わったのに乗っかるのか、焼きイモにはしゃぐ。

おずおずとブラウスの裾を引かれて下を向けば、レグルスくんが眉毛を落としてモジモジしていた。

「どうしたの？」

「にぃに、むかちゅくってなに？」

「ムカつくって言うのは『ちょっと嫌い』とかそんな感じかな」

「にぃに、れーのこと、むかちゅく？」

「そんなことないよ、レグルスくんはとっても可愛いです」

ふわふわ揺れる金髪に顔を埋めると、お日様の匂いがする。

胸一杯にひよこちゃんの匂いを吸い込むと、心に蟠って澱《よど》むものが、少しずつ穏やかになっていく気がして。

ぎゅっと抱きついてくるのを抱きかえせば、小さな身体の暖かさが気持ちいい。

「……焼きイモ、きっと美味しいよ」

「にぃに、やきいもってなぁに？」

「おいもさんを焚き火して出来た熾火《おきび》の中に置いて焼くの。おいもさんが甘く焼けるんだよ」

だけどあの方法だと、焼けるまでに時間がかかっちゃうんだよね。

奏くんはすぐ食べたいみたいだし、どうするのかなと思っていると、エルフトリオと奏くんの活躍で落ち葉と枯れ木が小山と積み上がる。

気分を変えるため、私もレグルスくんの手を引いて、堆く積まれたそれに近付いた。

焚き火とかキャンプファイヤーって言うと、定番の歌があった訳で。

確か原曲はフランス民謡で、「一日《ひとひ》の終わり」ってやつ。

本来の歌詞も素敵なんだけど、キャンプファイヤーで歌われるのは「燃えろよ燃えろ」だよね。

何となく思い浮かんだその曲を口ずさむ。

すると、ボンッといきなり大きな音がして、目の前に積まれた枯れ葉の山から火が上がった。

「うぇぇぇ!?　なにごと!?」

「うわぁ！　すげぇ!?」

「きゃー！　しゅごいのー！」

唖然としていると、ぽふっと肩に手を置かれる。

ロマノフ先生の手だったようで、見上げると先生は少し難しい顔をしていた。

どうしたのか尋ねる前に、ラーラさんから少し尖った声がかかる。

「まんまるちゃん、魔術を使うときはきちんと声をかけてからにしようよ」

「は？　え？」

思いがけない言葉に目を見開いていると、私を見ていたラーラさんの表情が「あれ？」って感じに変わる。

同じように困惑しているような雰囲気でヴィクトルさんが、焚き火を指差した。

「これ、あーたんが魔術で火をつけたんじゃないの？」

「わたしぃ？　そんなこと出来ませんよぉ、基礎の魔素神経の構築が終わったとこだもの」

「え？　でも、あーたんから魔力放出があったけど……」

「魔力放出？」

なんだそれ。

私はおろか、奏くんやレグルスくんもきょとんとしてしまっていて。

誰かが魔術を使った際に見られる痕跡を魔力放出って言うらしいんだけど、それが私の身体から出てたとヴィクトルさんに説明されて、更に首を捻る。

「私、お歌を歌っただけですのに」

ぷすっと唇を尖らせると、それまで黙って難しい顔をしながら肩に触れていたロマノフ先生が、はっと目を見開く。

「鳳蝶君、お歌を歌うとき、目の前にある落ち葉で焚き火してるようなイメージしませんでしたか？」

「あー……と、焚き火してるイメージって言うか、あの歌自体が焚き火の時に歌うものって言うイメージがあってですね」

「ああ、じゃあ、それでだよ」

「それだね」

頷くラーラさんとヴィクトルさんに、ロマノフ先生が眉間を揉む。

私、何かやらかしたか。

ドキドキしながらトリオを見ていると、ゴニョゴニョと三人で顔を付き合わせて話す。それから、私の肩をロマノフ先生ががしりと掴んだ。

「明日から、きちんと魔術の勉強を始めましょう」

「はあ……」

「君の歌は魔術の詠唱と同じ効果を持つようです。それを知った上で魔術のきちんとした使い方を学ばなければ、君の意図しないことが沢山起きることになるでしょう。それがどういうことか、解りますね？」

「はい……！」

無意識で魔術発動なんて危ないよ!?

さっきだって火の傍に誰もいなかったからいいけど、いたら大惨事だもの。

こくこくと私が頷くと、ロマノフ先生だけでなくヴィクトルさんやラーラさんも頷く。

と、背中をツンツンつつかれて、振り返るとレグルスくんと奏くんが、きらきらとおめめを輝かせていて。

「なぁなぁ、今のって魔術か？」

「うーん。そう、らしいよ？」

「あれって、おれもできる？」

「魔素神経を鍛えれば……多分？」

「れーも！　れーも、やりたい！」

きゃっきゃはしゃぐ二人。

これってもしかしてチャンスじゃないの？

奏くんがここで勉強して魔術を使えるようになったら、もっと色々学ぶ気になってくれるかも知れない。

ひいては教育の重要性を、他の人達にも意識してもらえる切っ掛けになるかも。

よし、やろう。

でも、魔術の教え方が解んないな。

そう思っていると、レグルスくんがひょこひょこと農具入れに行って、立て掛けていた木の枝を持ってきた。

「にぃに、わすれてる？」

「おぉう、レグルスくん良く覚えてたね。ありがとう」

姫君からお預かりした原初の笛だ。

それを見て、ヴィクトルさんの顔が喜色に染まる。ヴィクトルさん、鑑定できるんだったか。だからこの笛がなんなのか解ったのだろう。

「あーたん、それ……！」

「これ、ヴィクトルさんへの姫君からの対価です」

「こんな、貴重なものを僕に……⁉」

恭《うやうや》しく笛を仰ぐように跪《ひざまず》いたヴィクトルさんに、周りは皆唖然としていた。

そして、感極まったのか、綺麗なお顔でぐすぐすと泣き出すと、ぎゅっと私を抱き締める。

「ぼぐ、いっじょう、あーだんにづいでぐぅ！」

「ちょっと、なに言ってるか解んないです……」

「あーだんのじだいごどば、ぼぐがでづだっであげるぅ」

なんか、手伝ってくれるのね。それは解った。

確かヴィクトルさんって魔術師としても、世界で屈指の存在なんだっけ。それならレグルスくんと奏くんに魔術を教えてもらおうか。

ロマノフ先生が肩を竦めて、ラーラさんが笑いを堪えてるのか、何だか肩がぷるぷるしてる。

良く解んないけど、とりあえずレグルスくんと奏くんの魔術の先生もゲットだぜ？

結局、泣いたヴィクトルさんを宥めてあれこれしてるうちに、さつまいもは源三さんとラーラさんの手で織火《おりび》に埋められて、ほくほくで甘い焼き芋になっていた。

うん、まあ、美味しく頂きましたよ。

エルフも凄とか出るんだね、びっくり。

それは兎も角として、奏くんは一度お家に帰ることにしたらしい。

それでもレグルスくんと一緒にヴィクトルさんから魔術を教わることになったから、三日に一回は源三さんちに泊まって、一緒に通ってくるそうだ。

どさくさ紛れに、私にもレグルスくんにも友達が出来ちゃった。

風は段々強さと冷たさを増して、季節は冬へと向かっていく。

その前に私にはやりたいことがあって。

魔術の勉強は先ず、集中力を養うのと、魔素神経を成長・定着させるために、瞑想から始まる。

私は元々インドア派だからあんまり苦ではなかったんだけど、アウトドア派の奏くんとレグルスくんには、一定時間じっとしているのは結構辛いみたい。

それを見越してヴィクトルさんは短い時間瞑想する、魔術の原理を実践と実験で見せる、また短い時間瞑想するって感じで、短時間集中を繰り返しているのだ。

その間に私は、エリーゼに頼んで取り寄せてもらった毛糸でネックウォーマーを編む。

本格的な冬が来る前に、レグルスくんの冬着を整えるのが私のやりたいこと。

宇都宮さんも何着か持っては来たみたいだけど、残念ながらこどもは大きくなるのが早くて、去年のはほとんど着られないのだ。

私のお下がりがあるけど、それはエリーゼにお願いして切らないで裾や袖を短くしてもらう。私って小さい頃から白豚だったらしく、レグルスくんなら詰めた裾や袖を伸ばしていけば、暫く楽々着れそうなんだもん。

その間にあの人が、レグルスくんの養育に使えるお金を儲けてくれたら良いんだけど。

取り決めの際、儲かるまでレグルスくんの生活にかかるお金は、全て父の借金に変わることに。

私としては借金を背負わせても構わないんだけど、成人したらそれをレグルスくんも背負わなければいけないとなれば話は別だ。

節約して、少しでも借金にならないようにしてやらないと。

因みに私の養育費は、ロマノフ先生が色々吹っ掛けてくれたらしく、常識の範囲内で使いたいだけ使えって感じになってる。

なので、毛糸を私の趣味として山ほど買って、レグルスくんのマフラーやネックウォーマー、手袋、セーターに変えると言う反則すれすれをやってるわけで。

ちゃかちゃか編み棒を動かすと、スキルのお陰でさっさかさっさかネックウォーマーが編める。

普段使いと洗い換えにマフラー・ネックウォーマーも手袋もセーターも最低二組は必要だし、セーターはもっといる。更にベストや帽子、靴下も何とかしなきゃ。

座学は私も参加するから、二人の魔術のレッスンを見ながら一つめのネックウォーマーを完成させる。

それを丁度瞑想が終わったレグルスくんに着けてやると、毛糸に顔を埋めて「きゃー！」と歓声をあげた。

「あったかいのー！」

「うん、後で巻いたときに止めておく用のボタンつけてあげるからね」

「あい！」

余裕を少し持たせてあるから、ちょっとモコモコだ。

セーターも手袋も着けさせると、完全装備って感じになるな。

外に遊びに行くならマフラーよりはネックウォーマーのがいい。マフラーは何かの拍子に引っ掻けると危ないもんね。

そんなことを考えていると、ヴィクトルさんと奏くんがネックウォーマーをペタペタ触っていて。

「なぁ、これ何だ？」

「え？　ネックウォーマーだけど？」

「ネックウォーマー？　マフラーみたいなもんか。それよりこれ、すげぇふかふかできもちいい」

「あー……だろうねー。精霊が寄って集ってふかふかにして遊んでるもん。しかも何だか【氷結耐性】付いてるんだけど、れーたんはこれから氷竜退治にでも行くの？」

なんでやし。

今まで刺繍に魔力ブーストがかかることはあったけど、あれは特別なエルフ紋様を刺繍したからだ。でもネックウォーマーは本当に単なる毛糸。大量に仕入れる代わりに、ちょっとだけ安くしてもらった品だもの。

目をパチパチさせていると、ヴィクトルさんが私をじっと見て、「うーん」と眉を寄せた。

「あーたんは、アレかな。付与魔術に特化してるのかもしれないね」

「付与魔術？」

「ふよ、まじゅちゅ？」

「なぁ、ふよって何だ？」

首を捻ったのは私だけではなく、レグルスくんも奏くんも、それぞれ頭に疑問が生えたようで。

「あー……付与って言うのは、何かの効果を物や人に付けるってこと。例えば……」

説明より見せる方が早いと思ったのか、ヴィクトルさんは奏くんにレグルスくんを抱っこさせた。

当然重い。だけど、その後奏くんの手を柔らかく握って、ゴニョゴニョとエルフ語か何か、兎に角聞いたことのない言葉を紡いで。

それから奏くんにもう一度レグルスくんを抱っこさせた。

「うぇ⁉ めっちゃ、かるい！」

「かなたんに腕力強化を付けたからね。簡単な話、これが付与魔術」

奏くんに高い高いをされてきゃっきゃ喜ぶレグルスも、高い高いする本人もきゃっきゃうふふで、凄く可愛い。

やだー、和むー。

ほわっと、魔術のレッスンをしている大ホールの雰囲気が明るくなる。

と、扉を叩く音がして、そちらを見ると、ラーラさんが開けた扉に身体をもたれさせて立っていた。

僅かに口角が上がっていて、涼やかな流し目。

いつ見てもカッコいい。

「ちょっとお邪魔するよ」

「はい、どうぞ」

高い高いをピタリと止めて、レグルスくんも奏くんも、ラーラさんを見つめていた。

奏くんに言わせると、将来あんな風になったらカッコいいだろうなって思うとついつい見蕩《と》れるんだそうな。気持ちは解る。超解る。

「どうしたの、ラーラ」

「うん、マリーから手紙が来てね。まんまるちゃんにお願いがあるんだそうだよ」

「マリアさんが、私に？」

ゆったりと手紙を指に挟みつつ、背筋をすらっと正して歩いてくる姿は、本当に綺麗。

私の巻添えを食って奏くんもレグルスくんも、ラーラさんの歩き方レッスンを受けてたりするんだけど、こういう歩き方が出来るようになるなら、やる気もでようってもんだよ。

受け取った手紙には、思いがけないことが書いてあった。

皇妃様がつまみ細工の髪留めを欲しいと言い出したとか。

「……つまみ細工の髪留めが、そんなに……」

「うん。まさか皇妃様の眼にまで留まるなんてね」

「えー……そりゃ凄いね。あの皇妃様は物欲が本当に無くてね。皇帝陛下も誕生日にプレゼントを選ぶのに苦労しておられたよ。あんまり決まらないから本人に欲しいものを聞いたら『親子水入らずで過ごす休日』ってさ。それくらい物欲がない人なんだけど」

「手に入るなら欲しいって……えー……」

困った。

いや、つまみ細工自体は作れるんだけど、マリアさんにあげたのと同じだけの細工が出来るほど、姫君の布がもう残ってない。

どうしようか。

考えていると、ラーラさんがふとレグルスくんの首にまだかかっている物を見て、指を指すのが見えた。

「まんまるちゃん、あれはなんだい？」

「あれはネックウォーマーって言って、首回りの防寒具です」

「ふぅん、あれってこの辺りで売ってるのかな？」

「いや、どうかな……」

答えに困っていると、レグルスくんと遊んでいた奏くんが「ねぇよ」と答えをくれた。

「おれ、はじめて見たもん。街にはよく行くけど、そんなのねぇよ」

「……だそうです」

「と言うことは、まんまるちゃんのオリジナルだね」

それはどうなんだろう。

これは前世の記憶から引っ張り出してきたものだから、完全オリジナルとも言い難いんだけど。

どうしたもんかとおもっていると、話はどんどん進む。

「これ、材料は用意するから、ボクにも一つ作ってくれないかな」

「え、あ、はい。構いませんが……。なんでまた？」

「ボクも教師をやってないときは冒険者だし、冒険者の装備としてはマフラーより安全そうだからね。戦闘中に引っ張られたら危ない。だからマフラーはつけない方がいいんだけど、寒いのは嫌だったんだ」

「ああ、なるほど……」

って、これ、商売のチャンスなんでは？

ぴーんっと来たのでちょっと確認。

「これ、もし売ってたら、冒険者の人、買うと思います？」

「ああ……ある程度安かったら買うんじゃないかな。毛皮やら毛皮の襟巻が買えるほど、裕福なら兎も角」

「じゃあ、もう一つ。マリアさんに渡した髪留め、皇妃様に献上したとして、欲しがる人は増えると思いますか？」

「うーん、ボクはその髪留めを見たことがないから解らないけど、上流階級から下層へお洒落ってのは流行るからね。需要は生まれるかも知れない」

なら、今から作り手を養成しても間に合うだろうか。手作りだから、流行ったとしても渡せる数に限りがあるから、流行りも引き伸ばさなきゃならないし。

でもそうなると、模造品が出てきたり……。

いや、それに対抗するために技術と利権の保護も考えれば、或いは。

「技術者の養成と保護、そのための法整備、それから何だ？　何がいる？」

「あ、あーたん？　どうしたの？」

あ、ヤバい。頭が痛い。

久々に襲う頭痛と吐き気に、意識が塗り潰される。

でも気絶する前にやらなきゃいけないことを、誰かに覚えていてもらわなきゃ。

肩を小さな手が掴む。

くらくらする眼に見えたのは、奏くんの心配そうな顔で。

「奏くん、お願い。覚えてて。技術者の養成と保護、そのための法律整備……」

「わ、わかった！　わかったから、しっかりしろよ!?」

肩に置かれた手を握ると、ぎゅっと強く握り返してくれる。

その強さにほっとしながら、私は意識を手放した。


はい、久しぶりに倒れた菊乃井鳳蝶（後もうちょっとで六歳）です。皆さん如何お過ごしでしょうか。

私は今、自分のベッドの上でカボチャパンツ一丁で、ムニムニとお顔やら、ぶにぶにのお腹を揉まれております。

どうして、こうなった⁉

いや、倒れたからですよね。解ります。

「まんまるちゃん、眉間にシワが寄ってるよ。リラックスして」

「ひゃい」

無理です。

たぷたぷの顎を細い指が、いい香りのするオイルをまとって、ぐにぐにと無駄肉を揉み込む。

唐揚げのお肉になった気分だけど、ラーラさんごめんなさい。脂身ばっかりの私じゃ、どんなに揉み込んでも美味しくならないです。

まあ、ねー。

難しいこと考えたせいで、やっぱり私は例のごとく倒れた訳ですよ。

それで今回はいつもより早く三十分くらいで目が覚めました。これは魔素神経を鍛えた成果ってやつだと思うのよ。

で、目を覚ますと阿鼻《あび》叫喚《きょうかん》が待っていた。

まずレグルスくんがひよひよ泣いてて、そのレグルスくんを抱っこしながら奏くんが真っ青。

『おぼえてって言われたことは、ちゃんとつたえた！　だいじょうぶだからな！』

そう言って見上げたロマノフ先生とロッテンマイヤーさんは、重々しく頷いてくれた。

なら、多分メモとかしてくれてるだろう。

ほっとしてるとヴィクトルさんが頭から爪先まで、魔術でスキャンしてくれて。

お陰さまで見つかったのが肩凝りと冷え症。それから肩凝りから来る偏頭痛。

そしてラーラさんの言うことには、私が癇癪を起こしやすかったのは偏頭痛持ちだったからじゃないか、と。

『頭が痛いのと肩凝りの痛みを上手く訴えられずに、それがストレスになって、ヒステリックになっていたのかもしれないね』

そんな推論に崩れ落ちたのがロッテンマイヤーさん。

結局、冷え症も肩凝りも肥満が関係している。

病で死にかける前の私は、食べてる間だけは幸せそうだったから、過食を強く止めなかったんだそうな。

せめて憂さ晴らしになればってのが、仇《あだ》になってしまったんだよね。

本当にこどもを育てるのって難しいわ。

落ち込んだロッテンマイヤーさんを慰めるって訳じゃないけど、ラーラさんによれば、貴族の子女で私と同じ理由で肥えている子は多いそうだ。

境遇が不憫《ふびん》だから、少しだけおやつを増やしてあげる。その心にあるのは優しさだけど、本人の質によればトータルで悪い方になりやすい、とか。

私は質の良くない方のテンプレートだったわけ。

しかし、そのお陰で過多ではあったけど、ちゃんとバランスよく栄養素を摂ってた側面もあるそうで、だから私のお肌はもちもちのぷるんぷるんなんだそうだ。

で、今ここ。

私は肩凝りと冷え症解消のための、オイルマッサージの施術なう。

気持ち良いんだけど、改めて弛《ゆる》んだ身体を他人に晒すとか、恥ずかしいよね。

特にお腹の無駄肉を摘まれた時には、あまりにも恥ずかしくて、穴があったら入りたい気持ちだった。まあ、穴なんかないし、カボチャパンツ一丁で逃げ出せるほどの勇気もないんだけど。

とにかく、こういう施術を受けてるときに、客観的に自分の姿を思い浮かべたら魂が飛んでいきそうだ。なので無の境地。

出来るだけ天井には染みはないから、シャンデリアについたガラス玉の数を数えるようにしていると、ラーラさんの指が、今度は頬を揉む。

「ねぇ、まんまるちゃん」

「ふぁい？」

「さっきの話だけど」

「ふぁー？」

「職人の養成と、技術の保護。後は利権の保護と、そのための法整備……。まんまるちゃんは何がしたいのかな？」

何がしたい、と言うか。

私の持っている手芸の技術で目新しい物を、領民の内職に出来るように広めていきたいだけなんだけど。

だけど、科学がそんなに進歩していないこの世界、どんなものも大量生産は難しく、手作りにならざるを得ない。だからこそ技術者や職人さんが大切なんじゃないかと思う。

特に目新しい技術なんかは生み出すのも大変なら、受け継ぐのも大変。育成コストもバカにならなければ、そもそも技術を技術として確立させるのも大変な訳で。

「つまり、技術を独占する法律が作りたいのかい？」

「いえ、逆です。広く広めてもらって構わない。寧ろ、そうなってほしい。だけど技術を確立させるために払ったコストを、技術者や職人には納めてやってほしい。ただそれだけです。何をするにも元手はかかりますから。敬意だけで、ひとは生きていけない」

「なるほど……」

「それに、目に見える報酬は次への意欲に繋がります」

そうやって技術は発展していく。

そのためには技術を生み出す技術者や職人に対して対価を支払うことを約束させ、もしくは対価を請求する権利を保証する、或いは職人や技術者自体を保護する法律が必要なのだ。

だが、これは菊乃井だけの領地法ではなく、国法でなければならない。そうでなくては、菊乃井以外の地で菊乃井の技術者や職人を守れないからだ。

前世、ヴェネツィアングラスと言う、とても美しいガラス工芸があった。

その美しい工芸を産み出す技術が漏れ出すことを恐れた権力者は、それを産み出す職人たちを一つの島に強制的に移住させ、出入りを厳しく監視し、この技術の保護と独占を行ったそうな。

しかし、それでもヴェネツィアングラスの技術を欲した他国に、職人が連れ去られることさえあったと言う。

「私は菊乃井の職人たちにそんなことは課したくないし、強制的に連れ去られたなら法によって取り戻すことも辞しません。どんなに大きな家とだって、正当な手段で戦ってみせる。でもその前に技術を独占せずとも、職人やその保護をする家にお金を払えば済むようにすれば、不毛な争いもせずにすむでしょう?」

「まあ、確かにね」

ヴェネツィアングラスの固有名詞に戸惑ったようだけど、「異世界の工芸品」で納得してくれた辺り、ラーラさんも私が姫君から異世界の知恵を授けられていると、ロマノフ先生から聞いているようだ。

で、問題はその法律のこと。

こう言うのって特許法って言うんだっけ?

前世の『俺』は確かに公務員だったんだけど、特許法とか畑違いすぎてよく解んないんだよね。

公務員って法律に強そうなイメージだけど、実は自分の所属部署関連には割りと強いけど、それ以外はからっきしだったりする。因みに『俺』の得意分野は福祉だったり。

三十路まで生きてても、ふらふら生きてた奴の知識なんてこんなもんですよ。

親友が「ラノベ」って小説を読んでて、設定とか教えてくれてさ。

その中で現代の知識を持っててタイムスリップだかトリップだかして無双するってのがあったけど、実際転生しても中途半端な知識だとこんなだよ。

何の役にもたちゃしない……なんて言ったらバチがあたるな。

少なくともその知識で今の『私』はご飯食べられたり、周りの人がいかに大事にしてくれてるか、知れたわけだもん。

生きているだけで丸儲けな上に得してるよ。うん。

それよりも、だ。

特許法だかなんだかな法律が欲しい。

それってどうやったら作れるんだろう。

眉間に寄ったシワを伸ばすように、ラーラさんの指が額に触れてぴたりと止まった。

施術が終わったのかと仰ぎ見た顔に、何だか警戒の色が滲む。

ひやりと、部屋の空気が変わって、ラーラさんが私の脇に手を入れて抱き起こしてくれると、そのまま抱えられてベッドから走り出す。

何が起こったのか目を白黒させていると、ラーラさんの脚が急に止まる。

「まんまるちゃん、何かくるよ!?」

「え？　は？　なんですか!?」

ぎゅっと私を庇うように抱き締めるラーラさんの頭上、ぐるぐると真っ白な渦が出来たかと思うと、カッと辺りが光って——。

「それ、なんとかなるかもよ？」

キラキラと室内なのに星が降る。

天井からは渦が消え、代わりに羽の付いたサンダルに、銀の巻き毛と逆巻く白衣の裾。

「やぁ！　久しぶりだね」

「い、イゴール様？」

「カボチャパンツ、似合ってるよ？」

言うまでもなく私は悲鳴をあげた。

商談はアフタヌーンティーの後で

あえて空気を読まないのか、そもそも読む必要性を感じないのか。

神様はところ構わずお出でになるらしい。

こぽこぽといい香りの紅茶が、我が家にある最高級の茶器セットの白磁に可憐な鈴蘭を描いたポットから、これまた同じ絵柄のカップに注がれ、対のお皿に載せられて、イゴール様に差し出される。

とっておきの白い角砂糖に、菊乃井領のダンジョンの奥にしか棲息《せいそく》しないモンスターすずめ蜂【テンペスト・キラービー】の信じられないくらいお高い蜂蜜をお出しすると、にこっとイゴール様が笑われる。

「ありがとう。悪いね、突然訪ねてきて」

「いえ……」

うん、まあ、タイミングは最悪だったよ。なんでカボチャパンツ一丁の時に、わざわざ。

ちょっと恨みがましく思っていると、蜂蜜をたっぷり垂らした紅茶を飲み下して、イゴール様が苦く笑う。

「狙ったわけじゃなく、偶然なんだけどな。ちょっと君に用があったから、顔を出しただけだし」

「はあ……」

頷く。

背後の離れたソファから「神さまってこうちゃ飲むんだな」という奏君の言葉に、誰かが噎《む》せていたけど、全くだ。

私があげた悲鳴は存外大きかったらしく、聞き付けて一番先に走ってきたのはロマノフ先生と奏くんの手を強制的に引いてきたレグルスくん。二番手が宇都宮さんとロッテンマイヤーさんで、三番手にヴィクトルさんで。

「身体強化かけたのに、れーたんやかなたんに抜かれた!?」とか、ヴィクトルさんは滅茶苦茶悲壮な顔だった。

因みにそんなヴィクトルさんを見て、ラーラさんが「鍛え直さなきゃね」と呟いていたけど、私はなんにも知らないんだからね。

兎に角、駆け付けてきた面々に、「やあ!」と気さくにイゴール様は挨拶されたんだけど、そりゃあ凄かった。

神様に初めて会ったラーラさんは私を抱っこして跪き、二度目ましてなエルフ二人も静かに跪き、ロッテンマイヤーさんは宇都宮さんの手を引っ張って額突《ぬかづ》かせた。

だけどレグルスくんと奏くんだけは違って。

「ひとの家に、てんじょうからいきなり来るのはよくないぞ。げんかんで呼びりんならさないと」

「だめなんだからねー！　めー！」

うん、正論。

これにはイゴール様もきょとんとして「ああ、ごめんね？」って謝ってた。こども、つおい。

そんな訳で、イゴール様には応接室までご足労願って、歓待申し上げていたりする。

イゴール様の向かい合うソファに座っているのは、私とレグルスくんの二人。

ロッテンマイヤーさんは流石、直ぐに動揺を納めて紅茶のサーブに撤し、宇都宮さんもメイドの本業に戻っている。

背後で奏くんがお茶を飲んでいるのは、神様に尻込みしたエルフ三人の完全なとばっちりだろう。

閑話休題《かんわきゅうだい》。

私に御用《ごよう》って何かしら。

料理長が全身全霊かけて作ったクッキーを咥《くわ》えたレグルスくんが、私の膝に乗ろうとするのを視つつ、イゴール様が口を開く。

「君にも悪い話じゃないはずだけどね」

「どういったご用件でしょうか？」

にこやかに切り出したのは、実に私に都合の良い話で、何でもイゴール様が加護をお与えになっているこの国の大貴族が、私がラーラさんと話していたような法律を皇帝陛下に上奏しようとしているらしい。

伯爵より上なら公爵・侯爵レベルだろうか。

「皇帝の信頼の厚い人物ルートで上奏したんだよ。だけど、保護すべき技術というか、職人と言うか、そう言う具体例に欠けるんだそうだ。それでね、何とか言う歌姫が着けていた髪飾りが、見たことない技術で作られてるって話を聞き付けてさ」

こっそり天界からその某歌姫を覗き見たところ、確かに彼女の髪飾りに見たことがない技術が使われていた。しかし、神様の目には色々筒抜けらしく、その髪飾りに使われているのは、同じ神である友人の持ち物だった布だし、制作者はなんと自分が加護を与えたこどもだったのだ。

「いやぁ、凄い偶然だよね」

「そう、ですね」

本当に偶然なのかな。あまりにも出来すぎている。

出来すぎついでに考えれば、このタイミングで皇妃殿下がつまみ細工を欲しがっているってのも焦臭い。

「……陛下が信用出来る方を通じてと仰いましたが、それは皇妃殿下でいらっしゃる？」

「なんでそう思うの」

「こちらも、とある筋から皇妃殿下が私の細工物を欲しがっておられるとの情報がありましたので」

只で利用なんかされるもんか。

取るに足らない細工物だとしても、前世では素晴らしく歴史のある技術だし、これを領民の職として使ってもらうのだから、大貴族に接収されるのも困る。

神様だろうと、押さえつけてくるなら、くそ食らえだ。

私が一種の不信と不穏を抱いたことで、室内に緊張が走る。

表情だけは和やかに、けれど腹を探り合うような視線のぶつかり合い。

それを終わらせたのは、イゴール様だった。

ぽりぽりと頬を掻いて、目を反らす。

「そんなに警戒しないでよ。君があんまり警戒心を高めると、アイツが来ちゃうから」

「アイツ……？」

「百華だよ。君には百華の強い加護があるから、何か異変があったら直ぐに百華に知れる。悔しいけど、僕と百華じゃ、百華のが強い」

肩を竦めて笑って、それから眉を八の字に曲げる。

それから「悪かったよ」と、手をヒラヒラさせた。

「駆け引きは出来るけど、それが好きって人ばかりじゃない。商人はだいたいそれが好きだったりして探りあうような会話をするもんだけど、君は商人と言うより職人気質だもんね。最初から素直に事情を話して、誠実さをもって君に協力を頼めば良かったんだ。僕は話し方を間違えた」

「はぁ……。では、やっぱり偶然じゃないんですね」

「まぁ、ちょっとばっかりね」

「長くなるけど」と切り出されて始まった話によれば、この国の大貴族が上奏したとは言っても、実際は大貴族――公爵家の次男坊が、頭の固い典型的選民思想の持ち主である父親や兄貴を出し抜いて、独自のルートで皇妃殿下を通じて上奏したのだとか。

これには元々臣民を思いやる皇帝陛下は乗り気であらせられたけれど、具体例に欠けると思案されておられるそうな。

「そもそも、その次男坊は冒険者志望でね。修行の一貫って言い訳で、お忍びで街を歩き回ってたりするような奴なんだけど、そんなことしてたら領民の窮状やらなんやらがやたらと目についたんだって。そこにきて、父親が愛人に産ませた妹を引き取ったは良いんだけど、愛人だった母親は庶民。血筋が良くないって、実母と実兄が異母妹を苛めるもんだから、なにくれと庇ってたらしいんだけど、もういっそのこと妹を連れて家を出てやろうかと思ったらしい。だけど先立つ物がないから商売をしようと思った矢先に、僕と出会ったんだよね」

「はあ」

「で、色々話をしてたら、やっぱり君と同じで『人に優しい世界でなきゃ、妹にも優しい世界じゃない』って目覚めてさ。より良く世界が変われば良いって言う布石として、先ず職人の権利や技術の保護に着手したわけ。実際、アイツの協力者に、ドワーフとかがいてね。彼らの技術が父親や、似たような思想の貴族に買い叩かれてるのが忍びないって言ってて」

なんとまあ。

つまり、皇妃殿下が髪飾りを欲しがったのは、具体例に使えると思ったからなのか。

次男坊さんは父上や兄上と血が繋がっていても、全然思想が違うんだな。

それはそれとして。

貴族が平民を搾取するばかりで還元しないなら、強制的に還元させるより他ない。

この法律はその初手になるそうだ。

それで、この法律に最初に登録される技術として、マリアさんが着けている髪飾りの技術はどうかと、次男坊からイゴール様に相談があったそうで。

「君が何とかって女の子に髪飾りをあげたくせに、慕わしいって言っても友人止まりで云々かんぬんって百華がグチグチ言っててね。もしかしたらと思って話題の歌姫を見に行ったら、髪についてる見たことない髪飾りから、百華と君の気配がしたんだ。だからアレならいけるって太鼓判おしたんだよね」

「ははぁ……」

「皇妃が髪飾りを欲しがってるって言う話が作り手に伝われば、上手くすれば献上してもらえる。その献上の返礼に、法の適応技術とする……って狙いでね。わざと君の作った髪飾りを皇妃が欲しがってるって噂を流したんだけど……」

それには一つ問題があると言う。

それは私の気質。

「だって君、百華に『みあう材料がなければ作れない』って啖呵《たんか》切ったんでしょ？　百華が髪飾りと一緒に自慢してた。『一流の作り手はこうでなければ』って」

「ちょっと、大分違いますけど⁉」

「えー……？　また百華の思い込みなの……。まあ、でも、今回ばかりは正しいよ。ただの歌姫にあれだけの布を使っちゃったんだもの、皇妃に献上となれば当然材料のグレードは上がる。簡単には作れないよね」

「それなんですよねぇ」

そこだよ。

妃殿下がつまみ細工を愛用してくれたら、社交界で流行ると思うんだよね。そしたら職人を養成して、小さな産業に出来るんじゃないかと思ったんだよ。

だけど二の足踏んだのは、献上出来るだけの物を作る材料がないってとこ。これぱかりはいかんともし難い。

そんな話をすると、イゴール様がきょとんと不思議そうな顔をされる。

「えー？　あー……、なんだ、君もそんなこと考えてたんだねぇ」

「えー……、私は商売する前提でお話してたんですが？」

「ああ、なるほど。何か噛み合わないと思ってたんだよね。そうかそうか」

うんうんと頷くイゴール様。

お互いの認識に齟齬《そご》がありそうだ。

私が「これ、商売にならないかな？」と思い付いたのは、マリアさんの手紙が着いた今さっき。

法律の上奏が行われたのは、数日前。

そしてイゴール様の知る私は、何やらこだわりの強い職人。

実際の私は職人ぽいところもあるけれど、それより実は実利優先。

イゴール様は、私が職人として自分を利用しに来たイゴール様を警戒したものだと思い、私はまだ営業してないけど大貴族による営業妨害を警戒した。

「そりゃ噛《か》み合わないよね」

「ですね、疑って申し訳ありませんでした」

「いやいや、産業にしようと思ってたところに大貴族の話なんかしたらそうなるよ。だけど逆に言ったら、君でさえそんな警戒を抱くほど大貴族の搾取は酷いってことだろう」

「まあ、聞き齧《かじ》りですが」

ロマノフ先生の座学でそんな話を前に聞いたことがあって、それがこびりついてたんだろうな。

ロマノフ先生は実物を知っててそんな話をしてくれたんだろうけど、聞いただけの私が大貴族とはそんなものだと思い込むのは単なる偏見だ。私ったら視野が狭いんだから。

反省会は後にして。

イゴール様は『材料がない』って、私が献上を断るだろうと予測して、次男坊から打診が来る前に協力要請に来たそうな。

「法律の趣旨を説明すれば、一も二もなく協力してくれるかなって思ってたし、ちょっとくらい言葉遊びに付き合ってもらえるかと思ったんだけど。間が悪かったね」

「ああ、はい。その……アレな姿を見られたので、こちらもちょっと気が立ってました。大変失礼を」

「じゃあ、おあいこってことで。……それで単刀直入に聞くけど、材料があったら協力してくれるのかい？」

「それは勿論」

断る理由がない。

と言うか、つまみ細工を流行らせて、需要を大きくしたいこちらには渡りに船だ。

それに他にも特許取りたいものがあるから、恩を売るじゃないけど小指の爪先くらいの貸しにはなるだろう。

色んな打算を私から感じ取ったのか、にまりとイゴール様が笑う。

「じゃあ、決まりだね。材料は何とか用意するよ。それから協力者として君のお家の存在も、皇帝や皇后に知らせるようアイツに伝えておくよ」

あ、そりゃまずい。

私の出来ることを両親にしられたら、それこそ搾取の対象になる。だから思い切り否定系に首を振った。

「家名は売られたら困ります！」

「え？　なんで？」

「私、両親とは断絶状態なんで！　何かお金になりそうなことしてるってバレたら、取り上げられちゃいます！」

「おぉう、心暖まらない関係だね。そこもアイツと共通か……」

いや、全く。

つか、親と仲良しこよしな貴族の家なんてあるんかいな。

アイツと共通って言うと、次男坊も親とはさぞ仲が悪いんだろう。

少しシンパシーを感じていると、イゴール様が首を傾げた。

「じゃあ、産業を起こすってどうやるつもりなの？」

「えぇっと、その、具体的にはまだ何も……いや、最初は私が作った物を貴族相手に売りつつ、そのお金で職人さんを養成して……とか考えてたんですけど……会社を起こすっていうか」

「会社ねぇ……」

「地元の人を職人として育成して、会社が大きくなったら、事務とかにも地元の人を雇えば、菊乃井の領民に還元出来るかなって……」

ぼしょぼしょと話す声に力が無くなっていくのは、それがかなり難しいことだと感じるからで。

勢いで「これなら！」って思ったけど、事業計画も資金もないのに、何で上手く行くって思ったんだろう。

ちょっと恥ずかしくなってきて俯くと、ぽんぽんと頭を大人よりも少し小さな手で軽くつつかれる。

顔を上げるとイゴール様が、優しく目を細めていた。

「……その意気や良し、だよ。まあ、そうだな。とりあえず、会社名決めちゃいなよ。そっちを宣伝してあげるから。あと、資金？　それも何とかなるだろうしさ」

「うぇ!?　でも……」

「君さ、それ閃いた時『商機だ！』って思ったんでしょ？　なら大丈夫。僕の加護がきっちりお仕事するさ」

イゴール様の加護は、商機を見いだせば運や流れを引き寄せるらしい。

言ってしまえば、私がこのタイミングでつまみ細工をちょっとした産業にしようと思ったのも、次男坊に着けた加護が仕事をした結果で、妃殿下の話がマリアさんから入ってきたのは、私に着いた加護が上手いこと結果を出したせいなんだそうな。

「なんだっけ？　『バタフライ・エフェクト』って言うんだっけ。ちょっとした小さなことが、巡り巡って大きなことになるの。僕からしたら、君らにつけた加護なんて、まさに蝶々の羽ばたきくらいのものでしかないのに、この国では大きなうねりになろうとしてる」

「バタフライ・エフェクト……」

確か『カオス理論』の一種かなんかで「ブラジルで蝶が一匹羽ばたくと、それはテキサスで嵐になるかもしれない」とか、そんな話だっけ？

『俺』の親友が好きそうな言い回しだったから、親友が考えた説明だと思っていたら、実際の学者さんもこんなようなタイトルで講演なさってて驚いたんだっけ。

詩的な言い回しだと思います、はい。

それは兎も角、バタフライ・エフェクトなんて言葉がこの世界にもあったのか。

なんて思ったら違うらしい。

背後から「アリョーシャ、『バタフライ・エフェクト』って知ってる？」「いや、ラーラは？」「聞いたこともないよ」とか、エルフ三人がこそこそ話してて。

それを横目に、奏くんが「はーい！」と元気に手をあげた。

「神さま、それどういういみ？」

「ああ、確か……ここで蝶々が羽ばたくと、世界の裏側では嵐が起こるかもしれない……みたいな。ようはとるに足りない小さなことでも、巡り巡って何か思いもよらない大きなことになるかもしれない、そんな意味だったかな」

「ふぅん、よくわかんねぇのがわかった！」

「そうか。まあ、大したことじゃないよ。異世界の理論らしいから」

なんですと⁉

衝撃の言葉に、奏くんとレグルスくん以外、皆固まる。

「異世界の……？」

「そ、異世界の。生まれつき異世界の記憶がアイツにはあるらしくてね。そんな話をしてて、こういうことかって思ったんだよ」

なんてこった。

私と同じく『前世』の記憶持ちか、人格そのままで転生しちゃった人かは知らないけど、やっぱり他にもいるんだ。

どこの異世界だろう。

もし『バタフライ・エフェクト』を知ってるなら、同じ世界だろうか。それなら、もっと協力しあえるかも。ついでに日本人で、死んだ年代が近いなら、更にありがたいんだけど。

少し迷ってから、私はロッテンマイヤーさんに、厨房からカレー粉を持って来てもらうことにした。

ロッテンマイヤーさんが厨房に行っている間に、私は一般的なカレーの作り方を『日本語』と、こちらの言語で紙に認め、メモ自体を折り畳んで、ブラウス型に変える。

それを添えて、消毒されたガラスの小瓶に入ったそれを、イゴール様にお渡しして。

「これは？」

「カレー粉です。使い方は、その紙に書いてあります。これを次男坊さんにお渡し下さい。異世界の知恵のある方なら、これの使い方が分かるはずです」

「ふぅん……まあ、良いよ。引き受けた」

「それから、会社名は『Effet《エフェ》・Papillon《パピヨン》』です。今、決めました」

「意味は？」

「異世界の言語で『バタフライ・エフェクト』を指します。それもお伝え下さい」

「心得た。では商談もまとまったところで、僕はアイツに言伝して材料を調達してくるよ」

「承知致しました」

お高い紅茶を飲み干すと、すくっとイゴール様が立ち上がる。すると、そのお姿が段々と霞んで、一瞬光ると、もうそこには誰もいなくて。

まだ少し温度を残す紅茶のカップだけが、そこに誰かがいた証だった。

Alea iacta est!（賽《さい》は投げられた！）

「神様をパシらせるなんて……大丈夫なんですか？」

あ。

背後から聞こえてきた宇都宮さんの声に、私はやらかしたことに気づいた。

いやいや、自分から伝えに行くって言ってたからセーフだよね!?

「アリス姉、今のは神さまがじぶんで行くっていったから、だいじょうぶだよ」

「あー……ですよねー……ですよね？」

「だ、大丈夫だと思うよ」

神様が居なくなった途端、黙っていた背後ががやがやとざわめき出す。いや、奏くんとレグルスくんはイゴール様がいても、うごうご好きにしてたみたいだけれど、宇都宮さんでさえ静かにしていたくらいだ。

大人側の緊張は半端なかったらしい。

だからか、それから解放されて相当ホッとした様子。

しかし、そんな気分にならないのかロッテンマイヤーさんが、ソファに座る私と視線を合わせるために、膝を折った。

「若様、先ほどのお話ですが……若様のお命が危険になるようなことは……」

「え？　や、そんな大袈裟な……」

「ああ、利権絡みで損害を被る家があれば、そんな強硬手段に出てくるものもあるでしょうね」

「ちょっ⁉　そこまで⁉」

「無くはないですよ。既得権益にしがみつく旧《ふる》い家、しかも大きな家だと、庶民を虫や雑草のようにしか思っていないところもある。そんな人間が、虫や雑草と対等に契約を結んだり、同じテーブルで商談をしたりするなど、屈辱と侮辱を与えられたも同然。そう言う方向から思わぬ恨みを買うこともあるでしょう」

なんですと⁉

そんな無茶苦茶な。庶民だろうが、平民だろうが、同じ人間じゃん。

生まれる場所や親が選べるわけじゃない。大貴族に生まれたのは単なる運だ。

自分で努力して得たわけじゃないもので、よくも自分を「特別」だなんて思えるよね。

あかん。

曲がりなりにも昭和と平成の価値観があるだけに、その辺りの思想は理解しかねる。

価値観が違う連中の思考をトレースしようとするのは、正直時間の無駄だ。

「まあ、それはどうにかなるよ」

「そうだね。もしその法律に菊乃井が関わってると矢面に立たされるなら、僕やラーラ、アリョーシャがあーたんの側にいるって公表したら良いんじゃない？　僕らならあーたんに刃が届く前に処理出来るし、犯人だって突き止められる」

「それが一番の抑止力ですかね……」

軽い調子で言うヴィクトルさんとラーラさんに、腕組みしながらロマノフ先生も頷く。

ともあれ、蝶々は羽ばたいた。

どんな小さな風の動きであろうとも、起こった事は無かったことにはならない。これが菊乃井にとって、最良とは言わないでも、よい結果を招くことになれば。

祈るように手を組むと、手のひらに汗をかいていたことに気づく。

やっぱり会社を起こすって言うのは、早計なのかもしれない。でも稼いだお金を伯爵家のお金にされるのも困るし、伯爵家からお金を借りないといけないのも、還元と言う目的を考えるとちょっと遠慮したいのだ。

さて、資本金とか準備資金を何処から融通つける、か。

それが当面の課題だし、つまみ細工の職人を養成するなら、技術をマニュアルか何かに落として、説明しやすいように整理しておかないと。

企画書やらも必要だろうか。

むーんと唸っていると、ペタペタと柔らかい小さな手が、私の腹をブラウスの上から探る。

「どうしたの？」と尋ねるより先に、レグルスくんがショックを受けたような顔をした。

「にぃに、おなかへってる⁉」

「減ってる？　うぅん、お腹は空いてないよ」

「れーの！　れーの、にぃにのおなか、ぺったん！」

「んあ？」

何が言いたいんだろうと首を傾げると、「ああ」と宇都宮さんが小さく声をあげた。

「若様が最近お痩せになったから、レグルス様のお好きなぽよんぽよんのお腹がぺったんになってきて危機感が芽生えてらっしゃるんです」

「おお、確かに最近身体が軽くなってきたと思ってたんですよね」

なんせ、目を覚ました時点で肩凝りと冷え症持ちの「生活習慣病」予備軍なお腹周りで、それから半年かけてお散歩と、全く上達しないけど剣術や馬術の稽古、菜園で農作業して庭で鶏に追いかけられで「ぽっちゃり」まで来たんだよ。んで、減らなくなってきた処にラーラさんのお歌歌いながらの歩き方講座に、魔術の勉強やらで頭を使うようになったら、また減りはじめて。

レグルスくんと初めて会った時から比べたら、割りとお腹周りすっきりになったんだよね。まだぽっちゃりだけど。

「これからまだ痩せるよ」

「まだへるのぉっ⁉　やだー！　へっちゃ、やー！」

ぷにぷにとお腹の肉を揉むレグルスくんの、上目遣いの目にみるみるうちに涙の膜が張る。

ひよひよひよこちゃんは可愛いけど、痩せねば動きにくいんだよ。

へらりと笑っても、私が痩せるのを止めないのがレグルスくんに伝わったのか、泣きながら今度はラーラさんに寄っていく。

美しく佇むラーラさんの膝にすがると、潤んだ瞳で。

「にぃに、へらさないで？」

「あー……そう来たか、ひよこちゃん」

「ラーラも流石に泣く子には弱いよねぇ」

他人事だからか、ヴィクトルさんはちょっと苦笑して、ラーラさんの肩を叩く。しかし、ラーラさんは余裕の笑みで、レグルスくんの目線にあわせて屈んだ。

「ひよこちゃん、それは出来ない。だけどね、痩せても伸びるから」

「のびる……？」

「そう、痩せた分だけ伸びるから。だから、まんまるちゃんは減らないよ」

「そうなの？　にぃに、のびる？」

振り返って私に尋ねる純粋なおめめのひよこちゃんに、ぶんぶんと首を縦に振る。

痩せた分だけ縦に伸びたら減ったことにはならない……のかな。

よく解らないけど、レグルスくんは納得したのか、ぐしぐしと持たせているハンカチで涙を拭う。

洟も出てたのを、奏くんがハンカチをとって拭いてくれた。

「ありがと」

「おう。あんな、やせないと兄ちゃんびょうきになりやすいんだよ。またたおれたら、いやだろ？」

「やー……」

「じゃあ、がまんしないとな。のびるって言ってるんだから、それでいいじゃん」

やだー！　奏くんたら、良いお兄ちゃん！

弟と友達が尊い！

ほわぁっと和んでいると、奏くんがきりっと凛々しく表情を変えた。

「おれにできること、何かあるか？」

「へ？」

「若さまがおれらのことをかんがえてくれてんのは、じいちゃんからきいてる。それ、おれがてつだえること、あるか？」

きりっとしたお顔は、大人びていて、凄く頼もしく見える。

これがお兄ちゃんの包容力なのね。

驚きながらも、私は大きく頷いた。

「あるよ。っていうか、今も頑張ってくれてると思う」

「今も？　なんもしてないぞ？」

「うぅん、してくれてる。奏くんが勉強して、魔術を使いこなせて、それを利用して、大人になった時に私やレグルスくんを助けて菊乃井をお金持ちに出来たら、皆が勉強の大事さに気付いてくれると思うんだ」

「おれがしゅっせしたら、みんな勉強するようになるかも……ってことか？」

「そう。勉強は大事だから自分は兎も角、こどもだけでも学校に行かせたいと思ってくれたらって」

暫く考えて、それから奏くんがにかっと笑う。

鼻の下を指で擦ると「まかせとけ」と、胸を叩いた。

持つべきものは、本当に包容力のある友達です。

嬉しくなって抱きつくと、重い私をきちんと受け止めてくれる。

お兄ちゃん良いよ、お兄ちゃん！

感動していると、腰にレグルスくんがしがみついてくるけど、奏くんはどっしり構えて動じない。

「奏くん、大好き！」

「おう、おれも若さまのこと大好きだぞ」

「れーも！　れーも、にぃにだいすき！　いれて！」

友情万歳！

感動に浸っていると、背後から咳払いが聞こえたけど、なんだろうな？

ぎゅっぎゅ三人で遊んでいると、クスクス笑うラーラさんの声。

「まんまるちゃん、資金のことなんだけどね」

「はい？」

「ぶすくれてる大人げない帝国認定英雄が出してくれるって。それだけじゃなく、ボクやヴィーチャも出資するよ。ただし」

「ただし？」

「材料は提供するから、ボクたちにもEffet・Papillonで、ネックウォーマーだっけ？　ああいうの、作ってよ。勿論余った材料は自由にしてくれたら良い」

パチンッと音がしそうなほど綺麗に睫毛を瞬かせて、ウィンクを飛ばしてくる。

これは絶対手を抜けない！

そう気合いを入れた翌日のこと、今度は姫君がぶすっと膨れていらした。

なんでやねん。

そもそも、私をイゴール様に教えたのは姫君で、姫君はイゴール様のご友人。更に商売に関連する加護も頂いたから、何か問題があって、それを解決する札が私の手元にあるのなら、当然協力するもんじゃないんだろうか。

「全く、妾を通さずにアヤツは何様のつもりなのじゃ。そなたは妾の臣なのじゃぞ！」

「はぁ……」

「そなたもそなたじゃ！　もっと高く売り付けてやれば良いものを、材料だけで手を打ちおってから」

「あー……いやぁ……」

だって、ねぇ？

言えば、立法に関わる面倒ごとを全て、つまみ細工一つで請け負ってくれるんだから、お釣りはくるんじゃないかなって思ったんだよ。

お言葉通り、資金も何とかなりそうだし、材料だって良いのが手に入るっぽいし。趣味と実益って言うなら、渡りに船かなって。

まあ、何か焦臭《こげ》いことになるかも……って言うのもあるにはあるけど、領内に引きこもりな私にどう手を出せるって言うんだろう。

それに、私の未来は決まっている。

「まあ、良いわ。そなたが必要だと思うたなら、そうなのじゃろう。早う領内を富ませて、妾にミュージカルを見せるのじゃ」

「心得ております、これはそのための一手。職人たちが豊かになれば、他のところにも富が回りましょう。懐に余裕が出来れば教育や娯楽にお金を払う余裕も出来ますから」

「うむ、これからも励むように」

「はい」

小さなことからコツコツ積み上げて、やがて目標に至る。今は階段に足をかけたところ、一段昇ればまた次の一段が待っているのだ。

上を見上げると同時に足元も固めなければ。

そう思って足元を見ると、視界に赤が過る。

何を見たのか確かめるために、植え込みの方を見れば真っ赤な野ばらが咲いていた。

時期じゃないのに珍しい。

私が植え込みを見たのを気にしたレグルスくんも、同じ方向を見て、それから花を指差した。

「ひめさま、おはなさいてる！」

「む……、これはいかんな」

見事な野ばらを目にして、いつもなら優しく花を愛でるお顔が急に険しくなる。

怒りではなく、苦悩の様相に「何か？」と問えば、姫君は何もない空間から一反の白とも銀とも言える、不思議な色合いと光沢の布を取り出した。

「イゴールより請われた故、これをそなたに授ける。餞《はなむけ》じゃ、好きに使うが良い」

「餞とは……？」

「今日より妾は春までの間、天上に帰り地上には現れぬ」

急なお言葉に口が開いて閉じない。

焦る言葉が喉から飛び出した。

「何故ですか⁉　私が何か致しましたか⁉」

「ひめさま、もうあえないの⁉」

「落ち着け。春になれば帰ってくる」

静かに「見やれ」と姫君が指差したのは、真っ赤な季節外れの野ばらで。

「妾が地上におると、ああして妾の目を楽しませようと、季節でもないのに花を咲かせるのじゃ。しかしそれは花の命を削る。それは妾の本意ではない。故に妾は冬は地上にはおらぬようにしておるのよ。冬に咲く花は天上に招いて愛でておる」

なるほど、花が気を使わないように姫君の方が気遣ってるわけね。上司として、そういうところは見習わないと。

でも春まで寂しくなっちゃう。

レグルスくんも同じように感じてるのか、ぎゅっと手を握ってきた。

「その様な途方に暮れた顔をするでないわ。春になれば戻ると言うておろうに」

「でも……寂しくなります」

しつこく食い下がる私に、少しばかり姫君の眉があがる。

駄々をこねるこどもの相手なんて面倒に決まってるのに、ぐずぐずとしているからご不快だったろうか。

俯くと「顔をあげよ」と、柔らかい声がかかる。

「そなたも年相応に駄々を捏《こ》ねるのじゃな。珍しい物を見た。まあ、そこまで慕われれば悪い気はせぬのう」

コロコロ笑うお姿に、矢張り帰ってしまわれるのだなと改めて思う。

眉を八の字にしていると、何やら姫君に手招きされた。

レグルスくんと姫君の御前に行くと、姫君のお手には紅と筆が。

「妾がおらぬ間に、汝らに災難が訪れぬよう、厄除けしてしんぜる。額を出せ」

「はい……」

「あい！」

言われるがままに前髪を上げると、姫君は筆に僅かに紅を取って、それで額に小さな絵を描くように触れる。

レグルスくんの額にも同じようにすると、そこには小さな花の模様が。

「花鈿《かでん》と言うのじゃが、魔除けの化粧《けわい》よ。妾が描いたのじゃ、魔王も避けて通るぞえ」

「魔王なんているんですか⁉」

「おるとも。おるが……まあ、害はない」

害はないんだ。それなら良い……のかな。

いや、聞いたことないからいないんだと思ってたけど、そういう存在がいることだけは覚えておこう。

「……魔王なんぞより、そなたが気を付けねばならぬのは、同じ人間であるがのう」

「う……」

「神の加護があるゆえ、大抵のことはなんとでもなる。しかし、それはそなただけのことよ。周りの人間は、そなたが気を配り目を配りして守ってやらねばならぬ。いかにエルフの三人が強かろうとも、そなたの食事や衣服、必要なものを整える立場にある従者たちにまで手は及ぶまいよ」

「あ……」

「そなたの従者たちを守ってやれるのは、そなたしかおらぬ。これからそなたが相手にせねばならぬ古狸どもは、弱いところに、そうと解っていて手を伸ばすぞ。魑魅魍魎《ちみもうりょう》を相手取るのじゃと心得よ」

確かにそうだ。

こども相手にそこまでやるとは思いたくないし、矢面に立たされるとは思わないけれど、軋轢《あつれき》が生じれば知らないところで大きな恨みを買うこともあるだろう。

私やレグルスくんの安全は、ロマノフ先生やロッテンマイヤーさんたちが気にかけてくれる。だけど屋敷には料理長を始め、多くの人がいるのだ。そのうちの誰かが脅されたり、直接的に危害を加えられたりしないとも限らない。

今、姫君は上に立つものの覚悟を、私に説いてくださっている。

これこそが本当の餞なんじゃなかろうか。

ぐっと手を握れば、柔らかなひよこちゃんの手がそっと握り返してくる。

この子も、屋敷のひとたちも、守るのは私なのだ。

「手を差し出せ」

「はい」

「そして覚悟を持て」

「はいっ！」

ずしりと手のひらに落とされたものは、一目で地上で作られたものではないと解る錦《にしき》の袋で、房紐で括られたそれを開けると、見事な黒鞘《くろさや》の懐剣《かいけん》が。

「妾の守り刀じゃ。貸しおくゆえ、春には返せ。しかし、抜くな」

「はい」

「この屋の大将はそなたぞ。そなたが自ら刀を振るわねばならないような状況は、既にそなたの敗けを意味しておる。そこに至るまでに手を打て。必要なら潰せ」

「……承知致しました」

手のなかにある重みは、刀だけの重みではない。

この方が春にお戻りになるまでに、私は何か少しでも成長出来ているのだろうか。

なぜなに期のこどもは無敵

思いがけず重たい話になったけど、要は不用意に敵を作らないように心がけつつ、うちが矢面に立たされるような状況にならねば良いわけで。

姫君から頂いた素敵な素材を前に、私の心はすっごく浮き立っていた。

いやぁ、布なのに星みたいにキラキラしてるの。

光の当たり具合では、ダイアモンドもかくやってぐらい光ってる。

これはあれよ。

私、是非に作ってみたいものがあるんだよね。

それは前世で見たミュージカルのヒロインが着けてた髪飾り、その名も「シシィの星《シシィ・スター》」ですよ！

五芒星《ごぼうせい》を二つ重ねた十芒星で、スワロフスキーとかで飾られたキラキラした二十七個の髪飾りなんだけど、つまみ細工でもこの布ならなんとかなるかな？

でも今回は作るだけじゃ駄目。

作りながら手技を文章化して、品物と一緒にマニュアルみたいな物を、陛下に提出出来るようにしなきゃ。

そんな訳で、今回は特別ゲストをお招きいたしました！

まず一人目、ロッテンマイヤーさん！

文章作業は慣れてるから。

二人目、当屋敷のお針子さんのエリーゼ！

つまみ細工を菊乃井で一番最初に覚えてもらうのは、お針子を勤める彼女と決めたから。

それから、材料の一つ、光る魔石を提供してくれたスポンサー、ラーラさん！

他、つまみ細工技術に興味津々のエルフさんお二人！

そして私の癒し、ひよこちゃん！

「れー、ひよこちゃんなの？」

「姫君がひよこちゃんって言ってたからね。ラーラさんもそう呼ぶし」

「にぃに、ひよこちゃんすき？」

「好きだよ。ふわふわしてて可愛いよね」

ちょっと不服そうに唇を尖らせたけれど、可愛いから良いじゃん。

トレードマークのふわふわ金髪を撫でると、「うふふ」って笑ってるから、機嫌は悪くないようだ。

「鳳蝶君、ロッテンマイヤーさんやエリーゼさんは兎も角、ラーラに比べて私たちの紹介が雑なような」

「そんなことないですよ」

「あーたん、見せてってしつこく食い下がったの、実は怒ってる？」

「いいえ、全然」

もうさぁ、つまみ細工作りながら解説したり、ひとに教えたりって、凄く集中しなきゃ無理だと思うんですよぉ。

なのにエルフのお二人さんと来たら「あれはなに？」「これはなに？」って、道具を揃える時点から、色々口出しするんだもん。

つか、誰向け紹介かって？

エリーゼにですよ。

「ふぁぁぁ、エルフ様方がぁ、こんなに近くにいらっしゃるぅ」

「数ヵ月前から一人は一つ屋根の下で暮らしてたじゃないですか」

「でもぉ、こんなにお近くでお話しするってぇ、中々ありませんよぉ」

まあ、確かに。

妙に間延びしたような話し方をするエリーゼだけど、仕事はめっちゃ早いんだよね。刺繍とか、同世代のお針子さんよりかなり早いらしい。

情報ソースは宇都宮さん。

なんでも、裁縫は暮らしていた村では一番の腕前だったとか。

相対的に器用で、ミサンガの編みかたを教えたら直ぐに覚えてくれた。だからつまみ細工の技術を覚えてもらおうと思ったんだよね。

細かい作業をするわりに、今回は結構場所を取るので、作業は大きなテーブルのある食堂で。

今回、奏くんは弟くんの世話をご両親から頼まれたとかで、不参加だ。

「さて、つまみ細工ですが基本はデザインを決めるところから始まります」

「作る形をぉ先にぃ決めておくってことですねぇ」

「そうです。剣つまみが必要か、丸つまみが必要かで、布のつまみ方が変わって来ますから」

今回は二十七個で一セットにするために、一つ一つはかなり小さな物でないといけない。

サイズ・デザインが決まれば、それ用の布を裁つのだけれど、キラキラした布に鋏《はさみ》を入れるのは、少し勿体ない気もする。

前世で表現するなら五百円玉サイズくらいで、豪華に見えても軽くなるように作らなければ。

極小サイズの正方形に断った布を、剣つまみとして折り畳んで、接着する。因みにこの作業は全てピンセット。それを何度も繰り返せば、時間もかなり使ってしまう。

どうしようか。

考えていると、好奇心一杯の六つの眼がじっと見ていた。

「まんまるちゃん、それ、乾かすのかい？」

「そうですよ。乾かしてから土台に一段目を貼って、また乾かす。それからまた次の段をやります」

「普通にしてると、時間かかっちゃうよねぇ？」

「かかりますねぇ」

「魔術で乾かしませんか？」

「やりたいんですね？」

問えば、力一杯頷かれた。

それなら遠慮なく手伝ってもらうことにして、生地が傷まない程度に乾かしてもらう。

「私達エルフは～」とロマノフ先生の言うことには、エルフさんの祖先は妖精さんだったそうで。

更にそのまたご先祖様は精霊だから、その繋がりか何かで、精霊が好むものは大抵好きなのだそうな。

つまり、キラキラしたものとか綺麗な物。魔力が通ってたら尚良し。

で、神様から貰った布、精霊が好む「青の手」を保持した作り手、それが作る綺麗な細工なんて、猫の鼻先にマタタビを吊るしたようなものらしい。

以前ロマノフ先生とヴィクトルさんの前で折り紙を披露したけど、あれはかなり気に入ってた反応だったのね。

兎も角、乾かしてもらってる間に、エリーゼと手技、ロッテンマイヤーさんと書いてもらった文章の確認をする。

エリーゼは元々器用なだけに、やり方をきちんと確認すると、丸も剣も上手く折り畳めていて、ロッテンマイヤーさんの文章もそれ通りにやれば、初心者でも何とかなりそうなレベルの細かい説明がなされていた。

花弁が乾けばまた一段ずつピンセットで組んでいく。

この作業には本当に集中力を要するんだけど、にゅっとエルフ男性が二人、手元を覗き込んできた。

お陰で影が出来て、手元が見にくいったら。

イラっとしたのを悟ったのか、ロッテンマイヤーさんが眉を落として二人を遠ざけようとしてくれたけど、その前に。

「いい大人が美しくない行動は慎んでほしいな」

「うぐっ」

「げふっ」

エルフお二人様の襟首を後ろからラーラさんが締めたようで、蛙を潰したような声で引きずられていく。

「ありがとうございます」

「スポンサーだからね、これくらいは手伝わせてもらうよ」

投げキス飛ばすし。

余りの格好良さに、同じく作業しながら事の成り行きを見ていたエリーゼの目がうっとりとする。

「はぁぁ、ラーラ様お素敵ですぅ」

「同感です」

「ロマノフ様もぉ、ヴィクトル様もぉ、そりゃあお美しくていらっしゃいますがぁラーラ様はぁもう！」

そう。

エルフ三人衆は半端なくお美しくていらっしゃるんだけど、系統が違うんだよね。

分けると、綺麗系がロマノフ先生、可愛い系がヴィクトルさん、カッコいい系がラーラさん。

レグルスくんは将来ラーラさん系の美形、宇都宮さんはヴィクトルさん系かしら。

この屋敷、何気に美形率高いわ。

エリーゼもふわふわ栗毛のビスクドールみたいな可憐な女の子だし。

ちくせう、白豚は私だけかよ。

気付いてしまった残酷な真実に、遠い目になりながら作業を続ける。

するとまた、うごうごとエルフ男性お二人さんが、作業を覗こうと蠢《うごめ》く。私に近づくとラーラさんが怖いからか、今度はエリーゼに。

それにつられてか、大人しくしていたレグルス君まで動き出したが。

「ちぇんちぇたちはぁ、じゃましちゃめーよっていわれたでしょぉ。なんでじゃまするのぉ？」

「おや、レグルスくん。心外ですね、邪魔なんかしてないですよ」

「そうだよ、れーたん。ちょっと見るだけだから」

「さっき、らーらちぇんちぇ、めっいってたよ？　どちて？」

「だから、邪魔なんかしないよ？」

「じゃあ、なんでじゃましたっていわれてるのぉ？」

「それはですねぇ……」

「どちてぇ？」

おぉう、幼児特有の「なんで？」「どうして？」攻撃が炸裂だ。

その隙に作業を進める。

解説も平行して、最終段階へ。

花弁の真ん中には光る魔石をおく。この魔石は、ラーラ曰く「身につけた時の感情次第で色が変わるけれど、それだけのこと」と言うもので、何にも使えないからマジックバックの隅っこに入れたままにしておいたものだそうだ。

丁寧に接着剤を置いて、そこに魔石を乗せていく。それは言わば作業のフィナーレで。

ついついつい、作ってるものが「シシィの星」だから、菫の園でやる階段降りのフィナーレを思い出して、歌を口ずさむ。

人類の有る限り、永遠に歴史に残る美しいオーストリア皇妃を讃える歌詞に、続いてハンガリー語で『万歳』を意味する「エーヤン」という言葉が連なるんだよね。

息継ぎをする間に、ヴィクトルさんが拍手する。

「それ、妃殿下に歌ってあげなよ」

「うん？　なんでです？」

「えー……？　妃殿下のお名前で即興のお歌作ったんでしょ？」

「……妃殿下のお名前？」

妃殿下って「エリザベート」と仰るの？

オーストリア皇妃・エリザベートの生涯を描いたそのミュージカル。

主軸はエリザベートの自由を求めた一生だが、その生には常に黄泉《よみ》の帝王の影があり、帝王は彼女を深く愛していた……と言うストーリーなのだけれど、演じるのが菫の園の役者さんたちだと、この黄泉の帝王とエリザベートの愛と憎しみと恋に重きが置かれる。

楽曲はほぼ同じだけれど、解釈が違うと話の広がりが違うのだ。

『俺』は菫の園版しか、実は知らない。

「えーっと、つまり、今のはそのミュージカルのフィナーレに使われた曲ってこと?」

「そう言うことです」

「ふーん、歌を覚えちゃうくらいその映像を沢山見せてもらえたんだね。羨ましいなぁ」

「えー……あー……う、歌を覚えてお聞かせするように言われましたので」

「ご自身であちらの映像を見られるのに、ですか?」

「そ、それは……こちらで再現するときに、知ってないと再現出来ないじゃないですか」

「ああ、そうか。まんまるちゃんは、音楽学校を作って、ミュージカルを上演する使命があるからか」

危ない。超危なかった。

もう、なんか、ほんと、あんな嘘吐くんじゃなかったよ。

素直に記憶があるんですって言ってたほうが、こんなに誤魔化すのに苦労しなかったんじゃないかな。自分の浅はかさが嫌になる。

「何にせよ、あーたんの作ったものに強固な付与魔術が着いてる理由は解ったかな」

「そうですね。歌が詠唱と同じ効果を持つなら、あり得ることでしたが……ちょっと盲点でしたね」

背後でロマノフ先生とヴィクトルさんが、何か言っている。

そういえば、私が作った物には何かしら強化系の魔術がつくらしい。じゃあ、ここ「シシィの星」には何がついてるんだろう。

しげしげと出来たばかりのつまみ細工を眺めるヴィクトルさんに、鑑定をお願いしてみた。

「えぇっとね……、【状態異常無効】に、【疑似不老不死】、【絶対防御】……他にもなんか美容に良い感じの効果がついてる……みたい」

「思ってたより凄絶ですね」

「これは不味いよ」

ヴィクトルさんによれば、もともと神様から貰った布だから【状態異常無効】と【防御力上昇】、【魔力上昇】や【常時回復（大）】とかは着いていたそうだ。

しかしそれに手が加わり、私が作りながら歌ってたせいで、更にその効果が強化されてしまったらしい。

「たとえ致命傷に近くても、瞬時に癒えるほどの回復効果とそれに伴う代謝で【疑似不老不死】に、物理防御力上昇に魔力上昇を合わせて強固にしたら【絶対防御】ですか。なんと言うか、一国を守る方の持つものとしては相応しいと言えば相応しいんでしょうが……」

「あーたんの将来的には良くないよねぇ。良くて屋敷に軟禁されて、一生こういうの作らされそう」

「そんな……!?　若様をそんな目に遭わせるなど!?」

「これを献上するときはアリョーシャが付いていきなよ。そしたら布のせいで全部片付くから」

「……それが一番早いですね。私が布を用意した事にしましょう。イゴール様にもその様にお伝えして」

あわあわしてる私を置いて、ロッテンマイヤーさんとエルフ三人衆が対策を立てている。

すると、私にだけ見えるようにおずおずとエリーゼが手をあげた。

エリーゼの試作品が出来たらしく、それを見せられる。

きちんと形は花として整っているが、惜しむらくは接着剤が少し見えてしまったことか。

「こんな感じなんですがぁ、接着剤がぁ、はみ出ましたぁ」

「そうですね、でも初めて作ったのに凄く綺麗に出来てますよ！」

「ありがとうございますぅ」

「あと幾つか練習で作ってみたら、売り物になるものが出来ると思います」

「はい、頑張りますぅ」

にこにこと嬉しそうに笑うエリーゼ。

そういえばエリーゼは、回復直後の私が刺繍を見たいとかやりたいとか言い出しても、全く驚いた感じがなかった。何故だろう。

口に出すと、少し考えてからエリーゼはやっぱり柔らかく笑った。

「だってぇ、若様はぁご病気される前からぁ、刺繍とかぁお花とかぁ大好きでいらしたものぉ」

「そうでしたっけ？」

「はぁい。若様はぁ覚えておられないかもしれませんがぁ、刺繍をしてるときにはぁ、よくお針子部屋にぃいらしてましたよぉ」

何をするでもなく、じっとエリーゼの手元を見て、出来上がれば少しだけ笑ったらしい。あと、庭で枯れそうな花があれば、水をやってたとか。

「他の方はどうか解りませんがぁ、私は若様に癇癪を起こされたことがなくてぇ……。失礼ながらぁ、私の知る若様はぁ、居場所を探してる小さい生き物でしたからぁ、刺繍が見たいと仰られてもぉ、いつものことだなぁってぇ」

でも、やりたいと言い出したのには驚いたとか。

見てるだけで、何をするわけでもなく、話すことすらしなかったから、エリーゼは私が単に綺麗なものが見られる居場所のような物を探してただけだと思ってたそうだ。

それがやりたいとなったら、刺繍の難しさに癇癪を起こすのじゃないかと、ちょっとドキドキしたそうで。

「やりはじめたらぁ、そんな気配ちっともないしぃ、私より逆に刺繍お上手でしたしぃ。なんだかびっくりしちゃいましたぁ」

なるほど。

じゃあ、今の私と前の私で、趣味はさほど解離してなかった訳だ。

だから刺繍やら手芸に関して、随分あっさり見学許可がおりたのね。

「若様ぁ、私ぃ、今の若様のこともぉ好きですけどぉ、前の若様のこともぉ好きでしたよぉ」

「えぇっと、うん……ありがとう……」

「改めてぇ言うとぉ照れちゃいますねぇ」

「うふふ」と笑うエリーゼの顔に、どんな顔をして良いか解らない。

ふと、思い出した事がある。

生きていけるだけのミルクを貰えて、オムツも着替えもして清潔にしてもらっていても、抱き上げられたり、話しかけたり、愛情をもらえなかった赤ん坊は、成長できずに死んでしまうらしい。

私は五歳。年が明けたら六歳になる。

私をここまで生かしてくれたのは、ロッテンマイヤーさんだけでなく、エリーゼを始めとした屋敷の人たちの、一欠片の好意だったんじゃないだろうか。

今の私も、前の私も好き。

生きていても良いと言われたのは、今の私だけでなく、前の私も。

「これからも、色々やりましょうね」

「はぁい。趣味とぉ実益を兼ねるってぇ、最高ですよねぇ！　私ぃ、お屋敷に勤めてぇ良かったですぅ」

こうして菊乃井初のつまみ細工職人が誕生した訳で。

布への付与魔術の件とか色々考えなきゃいけないこともあるけど、最初の一歩を踏み出すことが出来た。


夜。

ロッテンマイヤーさんの書いてくれた文章に、解りやすいように図解を付ける。

二十七個一組の「シシィの星」には一個ずつ、魔術によって小さなEffet・Papillonのスタンプを押してもらった。これはブランドマークでもあるけれど、偽造防止のタグ代りでもある。

一日の終わりに日記をつけていると、窓の近くに仄《ほの》かに小さな光が。

季節外れのホタルだろうか。

沼へのご招待

季節は晩秋から冬へと移り変わる。

赤や黄色に色付いていた木々も、その葉を落とし、次の春に備えて眠りに入った。

麒凰《きおう》帝国領の北方に初めて雪が降ったと報せがあった朝、私はベッドから起き上がれないで、ぐすぐすと洟を啜っていて。

「がぜでずが……げふっ⁉」

「……風邪、だね」

そうなんだよ。

どうも調子悪いなぁ、と思ったら。

「シシィの星」を作り上げてから数日、イゴール様や次男坊さんと繋ぎを付け、マリアさんを通じて妃殿下に拝謁《はいえつ》を申し込むまで漕ぎ着けたんだけど、なんとその謁見《えっけん》日の朝が今！

起き抜けからダルいし、関節痛いし、何だか頭がガンガンするから、ロッテンマイヤーさんを呼んだら、その時点で具合が悪いってのが解るくらい、顔色が悪かったらしい。

先ずロマノフ先生が呼ばれて、私を見た途端、ロマノフ先生はラーラさんに声をかけ。

そしてラーラさんが触診したり色々で、結果風邪。

「これは今日の謁見はパスしないと駄目だね」

「でも……ごほっ……いかないと……」

「私とヴィーチャが代理人として拝謁しましょう。身分的には申し分無く代理が勤まるでしょうから」

「うんうん、帝国認定英雄が二人いればいいでしょ」

初耳だ！

開けた口を塞げないでいたら、私が驚いていることに気づいたのか、ラーラさんが小首を傾げた。

「あれ？　まんまるちゃん、驚いてるね。もしかして知らなかったのかい？」

「ああ……そういえば言った覚えがありませんね」

「え？　そうなの？　帝国認定英雄・エルフ三人衆って有名なのに？」

「ヴィーチャ、鳳蝶君はね、全くそういう方面に興味がないんですよ。英雄譚より刺繍の図案が大好きなんだから」

「そうか、だから私の名前を聞いても『ダイエットとか面倒臭い』って顔だったんだね」

「あー、なるほど」ってヴィクトルさんの顔に書いてある。

だってさぁ、ドラゴン倒したって言われても「凄いですね」しか言えないんだもん。

ドラゴン見たことないし。

あ、でも、鱗《うろこ》は源三さんが良い籠手や刀の飾りになるって言っていたし、エリーゼも砕いて魔術で固めると、綺麗なビーズになるって言ってたっけ。お高いらしいけど。

「ドラゴンっの鱗で……ぐずっ……ずごぐ良い材料……」

「お鼻ぐずぐずでも歪みないね！」

「倒し方より使い方とか、筋金入りだねぇ」

「ドラゴンを倒すより、ドラゴンを材料に何が作れるかを語れる人の方が、鳳蝶君には英雄なんですよ……」

だってダンスもろくすっぽ踊れないだろうって心配されるような運動神経で、ドラゴンと戦う妄想したって、秒殺されて終わりじゃん。

はふっと吐いた、ため息が熱い。

「ドラゴンを倒す云々より風邪をどうにかしなきゃね。ボクは君の体調管理を請け負ってる身だし、代理は二人に任せて看病にまわるよ」

肩を竦めたラーラさんは、ロッテンマイヤーさんから氷のうを受け取りに部屋を出る。

それを追うようにロマノフ先生とヴィクトルさんの背中に「よろしくお願いします」と声をかけたら、優しい微笑みが帰ってきた。

それに安心すると、深くベッドに沈み込む。

すると、室内に冬の寒さとは違う、凍えるような冷たさが漂ってきた。

指先が悴《かじか》む。

朝日が雲間に隠れた訳でもないのに、仄かに昏《くら》い。

『……すまなかったな』

「いいえ……ぐずっ、夜更かししたのは、わた……っくしゅっ！　私でずじ」

部屋の隅の、陽がさしても尚冥《くら》い場所から僅かな燐光《りんこう》を伴って、ぬっと人影が現れる。

黒と見紛うほど暗い紅にも、月光で絹糸を染めたような中に紫のが混じるようにも見える長い髪に、青銀或いはルビーの輝きを放つ瞳、肩や脇へと三本の飾緒が詰襟から伸びる壮麗な軍服に長身《ちょうしん》痩躯《そうく》を包み、蝶々の翅のような模様が裾についたマントが、動く度に床に擦れそうでちょっとドキドキだ。

床掃除は宇都宮さんが毎日頑張ってくれてるけど。

『熱を少し下げてやろう』

「ありがとうございます。……ぐずっ……でもいきなり下がったら、げふっ……変に思われまず」

『む、そうか……。人間と言うのは難しい生き物だな』

冷たい印象を与える切れ長の眼が、気難しそうに眇《すが》められる。しかし、不愉快な訳ではないのは、短い付き合いながら何となく解った。

単に本当に色々難しい生き物だな、くらいだ。

伸びてきた指先が喉に触れると、咳と洟が大分とましになる。

『それにしても、イメージが安定せんな』

「あー……だって、同じ人物でも演じるひとが違うと、姿も印象も全然違うんですもの」

『芝居とは中々奥深い』

「それはもう」

くくっと冷たい美貌を歪めて、人影が笑いを噛み殺す。

詐欺《さぎ》だ。

私はその人影に、思わずジト目を向ける。

始まりは、季節外れの蛍を見つけたあの日。

眠るためにベッドに入った途端、月が灯りを落とした部屋へと入ってきたのだ。

驚いて声も出ない私の前に、ゆらゆらと像が結び、現れたのは眼も覚めるような美形。

私はその美形に見覚えがあった。

昼間に作った「シシィの星」を身につけた皇妃を愛し、心にあるはずのない「愛」と言う瑕《きず》を付けられ、苦しみ悶えながら、彼女を愛する黄泉の帝王。その名は——。

「と、トー……むぐッ……!」

『その名は違う。呼ばぬがよかろう』

ひやりとした手で口を塞がれて震え上がったんだけど、私、ほら、面食いだから。

余りにも美形過ぎて見とれてたら、髪の色が闇紅色だったり銀色だったり、次々変化するし、瞳だって猫みたいな虹彩が浮かぶ赤だったり、金だったり、青銀だったりと一定しなくて。

『ふむ……安定せんな。お前は《死》に対して、どういうイメージを持っているのだ』

「死、ですか?」

『そう、万物に等しく訪れる終焉《しゅうえん》。それを生き物は《死》と呼ぶ。それこそが私の司るもの』

ちゃうねん。

単にその姿のモデルが《死》の擬人化にして黄泉の帝王って言う、私の脳裏にこびりついて離れない鮮やかな舞台の主役ってだけやねん。

そして役な以上、演じる役者さん次第で印象も姿もまるっと変わるのがお芝居の醍醐味でもあるのだ。

『……つまり、お前にとって《死》の形は、その役者たちの美しい姿と言うことか』

「はあ、その……目が浄化されます、ありがとうございます」

『変わったこどもだな』

声が凄く遠いところから聞こえる。

そこにあるのに遠いと言うのは何だか変な感じ。

そんな私の心を読み取ったのか。

『《死》とはそういうものだ。遠いものでもあるが、実は身近に溢れている』

「さいですか……。って言うか、一つ確認させていただきたいんですが、神様でいらっしゃる?」

『察しが良いな。いかにも、人間は我をそう呼ぶ』

と、言うことは、この方は氷輪公主様だろう。

当たりを付けて尋ねてみれば、面白がっているような雰囲気で『是』と返された。

『何故解った？』

「《死》を司ると仰られました故。でも、ちょっとまだ実は納得してないんですが」

『我自ら認めたのに？』

「だって……公主とは女性に付ける敬称です。でも、その……どうみても男神様でらっしゃるから」

『ああ、それか。それは……長くなるが聞く気があるなら話してやろう』

ふっとニヒルに口許を歪めるのも麗しくて、見蕩れる白豚をお許しください。

私のいるベッドの端に座ると、氷輪様は優雅に言葉を紡ぐ。

曰く、月が夜毎に姿を変えるがごとく、氷輪様には定まった形と言うものがなく、ひとが持つ《死》のイメージが投影されて形となるのだそうな。

だから本当を言えば氷輪様は男でも女でもない。

しかし、女性として広まってしまったのは、氷輪様が人間の前に姿を現すときは、大概その人間が死ぬときだから。

「んん？　なんでそうなるんです？」

『我を見るとき、大概の人間は死ぬが、例外的に死なぬものが我を見る場合がある。それは何処だと思う？』

「どこ、ですか？　何故、ではなく」

『何処、だ。ヒントをやるとすれば、そこで死ぬのは女こどもより男の方が多かろうよ』

「女こどもより、男が多く死ぬ場所……」

なんだそりゃ。

女こどもより圧倒的に男の方が多いって、何かあったっけ。

疫病や災害は人間の手では犠牲者の性別の選定なんかできないから、どちらが多いなんてのは一概に言えない。

確実に男の方が多いって言えるということは、人間の方で調整してるってことか。

宗教上の生け贄《にえ》……は、どうも会う神様の雰囲気を見てると、無しだ。

色々考えて、ふと人為的に起こせる多く人が死ぬものに至る。

「戦争……？」

『ほう、そこにたどり着いたか』

「女こどもより、戦争なら兵士、男が沢山死にますよね」

『いかにも。戦場は《死》の色濃くなる場所。そういう場所では、ごく稀に死なぬのに我を見るものがいる。そして戦場で死ぬ男は、《死》を迎える瞬間、故郷に残した愛しいものの元に戻りたいと願う。するとその願いが我に投影されて、兵士の妻や恋人や母親の姿に見えるのだ。それを偶々《たまたま》、死すべき定めにない兵士が共有し、結果我を女と思い込んだ』

「《死》のイメージって、ようはお迎えに来てほしいとか、最期に会いたいひとの姿ってことでもある、と」

『そうだ。しかし、お前は違うようだな』

それは私が菫の園が好きで、その演目であるミュージカルが好きだからです。

氷輪様がやってきたのも、暇潰しに姫君から聞いた私を見てたら、《死》の具現・黄泉の帝王と人間の女性とのミュージカルを語ってて興味を抱いたから。

そんな訳で、私はそれを氷輪様に説明するために、覚えている限り歌って喋って元になったミュージカルを、一人で再現したりして。

気づけば草木も眠る丑《うし》三《み》つ時を繰り返すこと、数日。

勿論毎日演目は変えた。だって折角お芝居に興味を持ってくれたんだもの。これを機会に芝居沼にはまってもらえればと思って。

結果、風邪引きました!

アホすぎる。


そんな訳でベッドと氷輪様と親交を深めていると、部屋の扉がノックされる。

入室許可を求めるのは、出ていったラーラさんじゃなくて、宇都宮さんだった。

『若様、入っても大丈夫でしょうか?』

「ああ、はい。大丈夫ですけど……移ったら大変だから……」

『あまり近づいちゃだめってことですよね?』

「はい、その方が良いかと……」

扉の外からの呼びかけに返すと、ごそごそと外で何か起こっているようで。

バンッと扉が勢い良く開くと、金髪のひよこちゃんが首根っこを掴まれながらうごうごとしていた。

「はーなーしーて！　うちゅのみや、はーなーしーて！」

「ダメですよぉ！　離したらレグルス様、若様に飛び付くでしょ。お風邪が移ったら若様がお気になされますよ？」

「うー！　だっこー！　にぃに、だっこー！」

今日はえらく聞き分けなくて甘えん坊だな。

普段は「ダメですよ」の一言で大人しくなるのに。

心の中で首を捻ると、ひやりと冷気が漂って、ベッドに氷輪様が腰かける。するとレグルス君が大きく目を見開いて、さらにうごうごと暴れだした。

『お前の弟は、我の気配を感じ取っているようだ』

頭に直接響く忍び笑う声に驚く。

氷輪様のお姿は、普通は人に見えないと仰っていたけど、レグルス君は見える人なんだろうか。

頭の中を読んだのか、氷輪様が首をゆったり横に振った。

『見えてはいないだろう。ただ、常ならざる者が側にいるのを感じているようだな』

なるほど。

声に出して感心する訳にもいかないので、とりあえずひよこちゃんの要望に答えて両腕を広げる。

「おいで」の合図に気づいたのか、とことことレグルス君が近付いてきて、ベッドにあがった。

すると、再びくつりと笑って、氷輪様が立ち上がる。

『今日のところは帰るとしよう』

お構いも出来ませんで。

脳内で返すと、氷輪様がマントを翻して部屋の隅の暗がりに消える。

その方向をじっと見ていたレグルスくんが、ぎゅっと抱きついてきた。

もしかしたら、お母様が亡くなったときにもレグルスくんは氷輪様の気配を感じたのかも。それでちょっとナーバスなのかな。

ぎゅっと力一杯しがみついてくるレグルスくんを抱っこすると、宇都宮さんが申し訳なさそうにお辞儀する。

「申し訳ありません。宇都宮、これからレグルス様のお部屋のお掃除をしなくちゃいけなくて……」

「ああ、はい。行ってきてください。レグルスくんは大人しく私といましょうね」

「うん……じゃなくて、はい！　れー、ごほんもってきた！」

ぱぁっとレグルスくんの顔が輝く。

あああ、ひよこちゃん可愛い。

ふわふわの金髪を撫でくり回していると、こども特有の高い声できゃらきゃら笑う。

擽ったそうにしながらも、私のお膝にちょんっと座ったレグルスくんに、絵本を読み聞かせる。

最近のレグルスくんのお気に入りの絵本は、フェルトで作ったひよこの縫いぐるみで、これまたフェルトで出来た菊乃井の街を探検する物語だ。

フェルトの街には猫の宿屋やウサギの冒険者ギルド、犬の道具屋なんかがあって。

今はまだ実際の街にはないけど、いずれ作れればいいなという気持ちをこめて大きな歌劇場も配置している。

レグルスくんが小さな指でひよこをページに沿って動かしつつ、布の街の道具屋さんでお買い物したりするのを見守っていると、既に開いている扉をノックする音が。

「入るよ、まんまるちゃん。薬湯を煎じてきたから、お飲みよ」

「薬湯……」

薬湯と言えば、薬草を擂《す》り潰して煮溶かして作るやつで、名前からして苦そうだ。

紅茶のように皿つきのカップに淹れられたそれを、ラーラさんから受け取って中を覗くと、色がやっぱり凄い。

青汁っていうか、超緑。ヤバいくらい緑。

これはアカン。

どれくらいアカンかといえば、同じく中を覗き込んだレグルスくんが、小さな声で「ひぇ⁉」って悲鳴をあげるくらい。

「……気持ちは解るけど、飲まないと治るものも治らないからね?」

「は、はひ……」

覚悟を決めて薬湯に口を付ける私を、レグルスくんが固唾を呑んで見守っている。

カップを傾けると口に流れ込む青臭い液体……じゃなくて、ゲル。流動体なんかそんな簡単に飲み込めない。手間取っていると、舌の上にどんどん乗ってきて、エグ味と苦味が口内《こうない》を占める。

これは飲み込まないと、味覚が死ぬ予感しかしない。

「にぃに、がんばって！」

「うぐ……ぐふっ……！」

レグルスくんの応援を受けつつ、何とか飲み干す。

えげつないくらい後味も悪くて、白目になりそうだ。

味覚への暴力をやり過ごして、飲み干したカップを皿に置く。そうすると、ラーラさんがすかさずあめ玉を口のなかに放り込んでくれた。

柔かな甘味がエグ味と苦味に蹂躙《じゅうりん》された口のなかを、一瞬にして爽やかにしてくれる。

「テンペスト・キラービーの蜜を凝縮して作ったあめ玉だよ。少しは口の中がましになったかい？」

「ふぁい、なんとか……」

「おや、早く効く薬湯を持ってきたけど、早速効果が出てるね。洟と咳が止まってる」

「あ、本当だ」

その前に氷輪様に和らげてもらってたけど、更に良くなった感じ。

でもそのかわり、結構な眠気が襲ってきて。

あめ玉を舐め終わった辺りで、レグルスくんを抱っこしたまま一眠りしてしまった。

連日の夜更かしは、知らずに疲労を蓄積させていたらしく、結局私はおやつの時間まで爆睡していたようだ。

私が揺すっても声をかけても起きない姿は、ロッテンマイヤーさんを始め、屋敷の人たちにはトラウマ的な何かになってるらしく、起きた時にはロッテンマイヤーさんが、宇都宮さんに「今は廊下を走っても構いません」って伝えに行かせたらしい。

ラーラさんが苦笑いしながら教えてくれた。

うーん、しくじったな。ついつい氷輪様にお芝居にはまってほしくて、一人ミュージカル開催したけど、だからって体調崩してどうする。

料理長が作ってくれたミルク粥をお昼御飯がわりに頂く頃には、熱もすっかり下がっていて、ラーラさんから許可を貰ってベッドで編み物することに。

レグルスくんは遊びに来た奏くんと、魔術の練習に。

奏くんと遊ぶようになってから、対抗心と自立心が芽生えたようで、レグルスくんは最近、着替えとかは自分でするようになった。

そうやってちょっとずつ私の手を離れていくと思うと少し寂しい気もしないではない。

でもいずれ道は別たれるのだから、それで良いんだろう。

くるりと指先に毛糸を巻き付け、編み棒に潜らせる。

今編んでいるのは、ラーラさんのネックウォーマー。材料は絹毛羊《シルキーシープ》の毛を縒《よ》って作った毛糸で、手触りはシルク、暖かさは羊毛、それ自体に耐寒とか氷結耐性があるとか。

絹毛羊の生息地は寒冷地帯で、一年を通して吹雪じゃない日が珍しいそうだ。そこには他にも氷嵐狼《ブリザードウルフ》や氷嵐熊《ブリザードグリズリー》がいるそうだけど、一番強いのがなんとこの絹毛羊。何故かっていうと体格が氷嵐熊の四倍、口からは電撃を吐く。そりゃつおい。

「なんにもしなきゃ温厚なあたり、まんまるちゃんといい勝負なんだけどね」

「なんだろう、凄く嬉しくないです」

絹毛羊の性質は温厚で、野生と言えど人間に懐いて、その上質な毛を刈らせてくれるのだそうな。

ラーラさんがこの羊で作った毛糸を持っていたのは、たまたまその年の毛刈りの時期に、羊の毛を刈る職人の住む村に行って難しい依頼をこなした報酬として貰ったから。

ちゃかちゃかと編み棒を動かしていると、むずむずと鼻唄の一つも歌いたくなってくる。

——恋はやさし野辺の花よ
——夏の日のもとに朽ちぬ花よ
——熱い思いを胸にこめて
——疑いの霜を冬にもおかせぬ
——わが心のただひとりよ

一番を歌い終えた辺りでネックウォーマーが編み上がる。

毛糸の最後を始末すると、出来立てのそれにアイロンをかけたいと言えばラーラさんが魔術でやってくれた。

「はい、出来ました」

「うん、ありがとう。早速使わせてもらうね」

「不備がありましたら直しますので、なんなりと」

メンテナンスも給りますとも。

そう伝えればラーラさんは、ネックウォーマーを身につける。

「これは……凄いね。物凄くポカポカする」

「それは良かった」

どうやらお気に召していただいた様子。

ホッとしていると、閉じていた扉を叩く音が。

ロッテンマイヤーさんが、ロマノフ先生とヴィクトルさんの帰宅を伝えてくれた。

目配せして頷くと、ラーラさんがドアを開ける。すると、直ぐに二人が現れた。

「ただいま戻りました」

「ただいま！」

「お帰りなさい、お二人とも。名代、お疲れ様でした」

労いの言葉をかけると、それぞれ頷いて笑顔を見せてくれた。

しかし、ラーラさんの首もとにあるネックウォーマーを見て、二人、特にヴィクトルさんが目を眇める。

「あーたん、風邪引いて謁見に行けなくて良かったかもよ」

「ええ、本当に」

微妙な言葉に、私はラーラさんと顔を見合わせて首を捻った。

何処の芝生も同じ色

麒凰帝国の皇位は基本的に皇妃の長子相続。

皇帝は側室を持つことも許されてはいるが、側室のこどもは庶子扱いで、皇位継承権はない。

皇妃の同腹の弟であるなら、皇位継承権を持ちはするが、基本は兄が継ぐものだから、余程のことがない限り兄弟仲良く育てられる。

が、今の麒凰帝国の皇子兄弟はちょっと事情が違う。

兄も弟も皇妃のこども。しかし同腹ではない。

それは何故かと言うと、第一皇子の生母だった皇妃ソフィーナ様は、産後の肥立ちが悪く身罷《みまか》ってしまわれたのだけれど、遺言として当時陛下の側室だった妹を皇妃に格上げするよう願ったのだそうな。

つまり、皇妃と側室は姉妹で、姉は後事を誰より気心の知れた妹に託したのだ。

そして喪が明けて皇妃に立后されたのが、現皇妃のエリザベート様。第二皇子はエリザベート様が立后された後に出来たお子だったため、皇位継承権が発生するのだ。

「なんてややこしい……！」

「あー……ただねぇ、妃殿下は基本的に第一皇子を立てておられるし、第二皇子には兄君をもり立てるよう教育なさってるんだよ。だけどこういうのって、周りの思惑も絡んでくるだろ？」

「当事者は仲良くしたいのに、外野が騒ぐなんてことは、何処にでもあることですがね。しかし、火消しが上手くいかないのも問題です」

「第二皇子は兄と対抗しないと表明しているのに火消しが上手くいかないとなると……兄側に何か？」

「素行が余りよろしくないのですよ」

「ああ」とため息混じりに頷く。

ようは出来の悪い兄が廃されて、弟が立太子すれば都合が良い人がいるわけだ。声が大きくて、それなりに罰しにくい地位と権力の持ち主の。

どこの世界にもこどもを食い物にする大人はいるもんだ。

嫌悪感丸出しで顔をしかめていると、ロマノフ先生に頬をふにふにと揉まれる。その顔には苦い笑みが浮かんでいた。

「では、今日は第二皇子主催のお茶会があったんですが、何をどういう不手際をしたらそうなるのか、第一皇子主催のお茶会と重なってしまったのですよ」

「うわぁ……」

第一皇子からの茶会の招きがあったなら、たとえ同日に第二皇子から茶会の招きがあったとしても、皇位継承順を考えたなら、第一皇子を優先するものだろう。しかし、ここで第二皇子の茶会を選ぶものがちらほら大貴族にも出てきたそうで。

お茶会は旗色をはっきりさせる踏み絵の役割を果たしたそうだ。

そんなとこに妃殿下への謁見が目的とは言え、ノコノコ出掛けていたら菊乃井は第二皇子派と目されたことだろう。

それはちょっとマズい。

だから風邪を引いたのはタイミングとしては良かったのかも。

「それにこれは二人の皇子は知らないことだけど、それぞれの派閥の末端の下級貴族同士がいざこざを起こしたんだよね。偶々僕とアリョーシャが通りかかって話を聞いたんだけど、こっそり陛下に報告しちゃった」

しれっと「陛下」とかヴィクトルさんの口から出てきたけど、陛下って。

「陛下って……皇帝陛下ですか⁉」

「うん。妃殿下に拝謁しにいったら陛下もいらしたんだ」

「まさかいらっしゃるとは思ってなかったんですが、妃殿下の欲しがっていらしたアクセサリーがどんなものかお知りになりたかったんだそうです」

なるほど。陛下は本当に妃殿下を大事にされていらっしゃるんだろう。

だけど、妃殿下がつまみ細工を欲しがったのは立法のためじゃなかったっけ？

そう尋ねると、ロマノフ先生が口を開く。

「それがね、立法の材料にしたかったのもあるそうですが、本当に個人的に欲しかったんだそうですよ」

「マリア嬢が付けてるのを見て素敵だと思ってたんだけど、マリア嬢が誰に貰ったのか中々教えてくれなくて……って。マリア嬢はマリア嬢で、僕たちがあーたんの情報を結構隠してたから『やんごとないお方』から名前を売るのを止められてるって判断して、目茶苦茶濁《にご》してたらしいよ」

因みにマリア嬢も第二皇子のお茶会にいて、拝謁した後に会いに行ったら、それはもうげっそりした顔で「どこまで話して良いか分からなかったから、必死で濁しておりました」と言われたそうだ。

さて、妃殿下にはことのほか「シシィの星」をお気に召して頂いたとか。

一緒に添えたつまみ細工の作り方の手順書は、陛下のお手に渡り、法律が施行された際にはそのマニュアルも一緒に公開される手筈になっている。

「後ね、妃殿下が『カレー粉』も法律の対象にするからって。詳しくはこれ」

「はぁ……」

そう言って、封筒を渡された。上質の紙で出来たそれには、便箋が二枚。差出人は名前ではなく「次男坊」とある。

豪快なペン使いで、協力へのお礼がこちらの言葉で一枚目に、それから「カレー粉」のお礼が日本語で二枚に書かれていた。

「二度と食べられないと思っていたけど、もう一度食べられるなんて夢のようだ」と言う文章の終わり、インクが滲んでいるように見える。

それから「カレーをいつでも食べられるように、カレー粉を売ってほしい」とも。

これはイゴール様からこっちが会社をやると聞いたから、取引だと思って構わないそうだ。

手紙を折り畳んでベッドサイドの引出しにしまうと、ふぅっと長くため息をつく。

次男坊さんは日本人だった。

そして、おそらく私と違って彼はこの世界に馴染めていない。

でなければ、前世のクオリティには至らないカレー粉で作ったカレーで涙を流したりはしないだろう。

独り、誰も知る人のない世界に放り出された孤独を抱えているのなら、それを分かつことは出来ないだろうか。

いつか、直接会えればいい。

その時まで出来ることをしよう。

それには、壁がある。

「カレー粉、売ってほしいって言われても、どこの誰かも解んないんですが……？」

首を傾げると、ヴィクトルさんが手を打つ。

「あ、それなら妃殿下に納品したら良いって」

「ふぁ⁉　何でですか⁉」

「妃殿下も陛下も、カレーがお気に召したそうですよ」

「次男坊さん、陛下と妃殿下にカレー食べさせたの⁉」

何してくれてるんだ、次男坊さん。

前言撤回。次男坊さん、この世界にめっちゃ馴染んでるやん。ビックリするわ。

とりあえず、カレー粉を販売する件に関しては、価格とか含めてちょっと検討するとして。

ロマノフ先生とヴィクトルさんを労うのと、おやつの時間合わせて、アフタヌーンティーの準備を宇都宮さんが運んでくる。

サーブされた紅茶の香りを楽しんでいると、一息ついたヴィクトルさんが、じっとラーラさんを、正確に言うとその首についたネックウォーマーに固定されていて。

「なんだい、ヴィーチャ。ボクになにか？」

「あー……ラーラって言うか、その首のやつ」

「ネックウォーマーだよ。出来上がったから着けてみてる」

「うん、それは解ってるんだけどね。相変わらず【氷結無効】とか【保温】とか。で、あーたん」

「はい」

「【幻灯奇術《ファンタスマゴリア》】ってどんな効果なの」

「幻灯奇術《ファンタスマゴリア》……？」

なんじゃそりゃ。

首を捻ると、ヴィクトルさんがラーラさんに手を差し出す。するとラーラさんは首からネックウォーマーを外して、出されたヴィクトルさんの手に乗せた。

受け取ったヴィクトルさんは、しげしげとネックウォーマーを眺めた後で「ああ」と呟く。

そしてネックウォーマーに何やら呟くと、真っ白いシルクのような毛糸をスクリーンにして、キラキラと美しい様々な花の映像が浮かび上がった。

それからスライドショーのように、次々と花の映像が変わっていく。

つまり幻灯奇術《ファンタスマゴリア》って言うのは「幻灯機」のことか。

「また変わった魔術を作りましたねー……」

ふへっと笑ったロマノフ先生の目が、何か死んだ魚っぽくて、思わず私は明後日に視線を飛ばしてしまった。

結局、幻灯奇術《ファンタスマゴリア》とは、スクリーンになるモノに、鮮やかな映像を投影出来ると言うだけの魔術だった。しかし、特筆すべきはなんとプロジェクションマッピングのように立体にも投影できること。

でもそれだけ。

ちょっとした娯楽になる程度の、薬にも毒にもならない魔術だ。

「たまに新しい魔術を作る人がいるんですけど、こんな娯楽要素の強い魔術を作るだなんてブレないと言うか」

誉めてない。明らかに誉めてない。

私が唇を尖らせたことに気づいたラーラさんが、「でも」とにっこり笑う。

「ボクはこのネックウォーマー気に入ったよ。魔力を通せば綺麗な花が浮かんでは消えるなんて、お洒落じゃないか。込める魔力だって微々たるものだし、戦闘中は兎も角、普段使う分には斬新で素敵だよね」

「そうだよ。僕はポンチョにその魔術を付けてほしいな」

「二人ともズルいですよ。私もマントに付けてくださいね」

なんだかんだ、気になってるんじゃないですか。

まあ、本当に込める魔力は少なくて、簡単に模様が変わるだけのことだから、魔力が潤沢な人には楽しいおまけかもしれない。

これはEffet・Papillonの売りになるかしら。

そう、今日は正式にEffet・Papillonの製品が世に出た日なのだ。

売り物は今のところ「つまみ細工」・「冒険者用服飾小物」・「カレー粉」の三種だけど。

蝶々が一つ羽ばたきを起こしたのだ。

それを祝して今夜は料理長が腕によりをかけて、庭で出来た野菜や、ロマノフ先生やヴィクトルさん、ラーラさんがこの日のために調達してくれた鴨やキノコ、魚でご馳走を作ってくれて。

屋敷に勤める皆と、Effet・Papillonの職員見習いな奏くんも参加して、ちょっとしたパーティーをしたのだった。

で、お風呂にも入って寝るだけになった時のこと。

ふわふわと窓から季節外れの蛍がやってきて、一際強く光ったと思ったら、人の姿に変わる。

『来た』

「あ、はい。いらっしゃいませ」

なんと本日二度目のご来訪、氷輪様だ。

その安定しない髪色やら雰囲気を楽しむように、秀麗な顔に笑みを帯びる。

『熱は完全に下がったようだな』

「はい、お陰さまで」

『難も避けられたようで何よりだ』

「難を、避けられた……？」

『派閥争いにくみせずに済んだのだろう？』

なんで知ってるんだろう。もしかして神様って未来が読めるんだろうか。

はっとして氷輪様を伺えば、ゆるりと否定系に首を振られる。

『未来など見えんよ』

「それならどうして……」

『今朝、お前の寿命の蝋燭《ろうそく》に黒い靄がかかっていた。お前にちょっかいをかけるのは構わんが、それなら災厄から守れと百華から言われていてな』

「ははぁ……」

何だかんだ姫君は本当に優しくていらっしゃる。

施して頂いた厄除の化粧は、水で顔を洗うぐらいじゃ落ちないようで、まだ私の額にもレグルスくんの額にも浮いているのに、更なる手を打ってくださるなんて。

そう思っていると、音もなく氷輪様の手が額に伸びる。そこには赤い花鈿が浮いていた。

『百華の厄除は大概のものは避けるから、お前の前途に靄がかかっていても、致命的になるようなものは避けられる。しかし、代わりに小さな不幸は見逃す。此度で言えば派閥争いに巻き込まれなかった代わりに、風邪をひいただろう。百華の厄除が十全なら、本来は風邪も引きはしない。とりあえずお前を見に行ったら、風邪を引いていた。つまり家から出さぬ方がよいのだろうと思ってな。だめ押しで顔を出したのだ』

「そうなんですか……」

でも風邪だって氷輪様やラーラさんのお陰で直ぐに治ったわけで。

って言うか、さっき未来は見えないって仰ってたけど、寿命の蝋燭とかなんとか仰ってなかったっけ。それがある時点で、どれくらい生きるとか未来が大方解るんじゃなかろうか。

そう口にしてみると、『否』と静かに否定された。

寿命の蝋燭は人間一人一人にあって、長さは皆均等なのだとか。

その割に、皆均等に亡くなったりしないのは、その行いにより長くなったり短くなったり、細くなったり太くなったりするのだそうだ。

しかもこの変化は善行を施したから太く長くなるとか、悪行をなしたから細く短くなるわけではないとか。

その人間が自らの行いで、自身の魂に磨きをかけたその時、蝋燭は太く長くなり、逆に己の魂を貶めるような真似をすると細く短くなるのだ。そこには悪行・善行の区別なく、どれだけ自らの魂を磨けたかがあるのみ。

それで言うと、ここ暫くの私の蝋燭は本当に安定しないらしい。

物凄く短かったところから、物凄く細長くなったり、太短くなったりを繰り返しているんだとか。

離魂症と言うから暫くしたら迎えに行く日がくるかと寿命の蝋燭を見たら、えらい太長い時もあったり。

ただ、昨年の今頃よりはかなり太く長くなったのは確かで、普通はそんなに変動したりしないらしい。

『お前はここ数ヵ月で目覚ましい成長を遂げている。同じくらいの年頃のこどもの蝋燭は、そうそう変化したりはしない。それはお前が知恵者で、色々と成しているからだろうよ』

知恵者なんてとんでもない。偶々前世の知識がダウンロードされて、しなくちゃいけない努力をそっちのけにした「チート《いかさま》」なだけなのに。

誇れる訳がない。

思わず俯くと、おでこをペチりと弾かれ、顔を上げると氷輪様がやっぱりにやっと笑っていて。

『誉められたのだから素直に受け取っておけ……と、百華ならば言うだろうな』

「でも……」

『お前はこれから、誉められれば嬉しくなくとも笑わねばならんような立場の人間と関わることになるだろう。その練習とでも思え』

それ、余計不敬じゃないかしら。

唸って考えていると、余計に氷輪様に笑われた。

解《げ》せぬ。

新年の話をしても笑う鬼はいない

麒凰帝国の帝都は温暖で、冬にも雪が降らない。しかし、そこから馬車で十日かかる菊乃井では、冬は雪が必ず降る。

覚えてないけど。

段々と日が短くなり、年の瀬も迫ってきたある日。

菊乃井にこの冬初めての雪が降った。

朝起きて、カーテンを開けたら、夜中に静かに降ったのだろう。庭木やら玄関ポーチが真っ白になっていた。

やけに寒いと思ったら。

爪先から這い上がるひんやりとした空気にたまりかねて、一目散にベッドに戻ろうとすると、ドタバタと遠くから走ってくる足音と「レグルスさまー⁉　ズボン忘れてますー⁉　止まってぇぇぇっ⁉」と、宇都宮さんの絶叫が。

そして勢いよく部屋の扉が開かれて、シャツワンピース着たみたいなレグルス君が現れた。

「にぃに！　おそとがしろいの！」

「おはようございます、レグルスくん」

「あ、おはよーございます！」

「お外が白いのは雪が降ったからだよ。ズボン履いて、朝ごはん食べたら見に行こうか？」

「あい！　うちゅのみやー、ズボンはくー！」

ぺこりんと朝の挨拶をすると、来た道を戻って行ったのか、途中で「レグルス様、ズボン履いてから動いてくださいね。めっ！」って宇都宮さんのお小言が聞こえた。

ここまで聞こえるってことはロッテンマイヤーさんにも聞こえてるだろう。宇都宮さん、後で呼び出しじゃなかろうか。

謁見から一ヶ月ほど。

新しい年の足音が近づいてきて、皆どこか忙しげだけど、私の周辺もにわかに忙しくなってきた。

エリーゼのつまみ細工も売りに出せる精度に達して、既に私と一緒にいくつか売り物を作っている。

カレー粉の方もかつて帝都でスパイスを買った時、知り合った商人さんが菊乃井に来てくれることになった。

冒険者用の小物も、ラーラさんやロマノフ先生にネックウォーマーを着けて街中を歩いてもらったお陰で、冒険者ギルドのローランさんから取り扱いの申し込みがあって。

私も魔術の勉強の成果か、付与魔術のオンオフ切り替えが上手く行くようになったから、付与魔術付は少しお高く、付与魔術なしはお手頃価格で販売している。

尚、ラーラさんからは絹毛羊《シルキー・シープ》の毛糸の余りを、ロマノフ先生からは同じネックウォーマーでも布地にボアを縫い合わせて作る形にしたから、外側に使ったエルフの里で織られたベロア地と、遥か北方に住む黒狐、その名も黒煌狐《ブラックダイアモンドフォックス》の毛皮の余りを、ヴィクトルさんにはやっぱり絹毛羊の毛糸でポンチョと手首を保護するアームウォーマーを作って、更に飾りとして夜光石《ニュクスライト》という宝石を砕いて作ったビーズを使った残りを、それぞれ料金とは別に貰ったり。

なんなら他のお客さんからも、素材を貰って値引きする方式を取るのもありかな。

物思いに耽《ふけ》りながらも身体は勝手に動いてくれるもので、身支度が整う。

ズボンがかなり緩い。

そう、私はなんとダイエット開始直後から、厚みが半分くらいになっていたのだ。

もうすぐで標準くらい。

背も結構伸びたけど、この間腹肉を摘まみながらレグルスくんが「ラーラせんせー、うそついた！」って泣いたのは何でだろう。

それは兎も角、緩くなったズボンはウエストだけ締めたら立派なワイドパンツになった。今度裾に刺繍を入れようかな。

つらつら考えながら食堂に行くと、もうロマノフ先生やヴィクトルさん、ラーラさんも来ていて、私が席に着くと遅れてレグルスくんが宇都宮さんに手を引かれてやってくる。

朝御飯だけじゃなく、昼も夜も、随分と食卓が賑やかになった。

相変わらずロッテンマイヤーさんや宇都宮さんは、使用人だからと別々に食事を取るけれど、週に二回のマナーの時間には一緒だし、他の人や奏くんも参加して賑やかな食事会になっている。

因みに食事は「まごわやさしい」を続けているけれど、ラーラさんから「育ち盛りだから肉はちょっと多めでも大丈夫」というアドバイスがあって、少しお肉増量中。

ここに来た当初は上手く一人で食事が出来なかったレグルスくんも、今ではすっかりこども用のカトラリーとお箸を使いこなせている。

「昨日は随分と降ったようですね」

「帝都に長くいたから、積もったのなんか久々に見たよ」

「ボクは逆にマリーに会いに行こうと思うまで、ルマーニュとの境目にいたからね、またかって感じだ」

ルマーニュとは帝国の属国で王を擁する北の国。文化は帝国より西よりだ。

豪雪地帯で一年の三分の二は雪が降ってるとか。

「ねぇ、にぃに、ゆきってなぁに？」

「えぇっとね、空から降ってくる白くて冷たい……氷の結晶？」

「こおりのけっしょう？　こおり……ちめたいの？」

「うん、冷たいよ。後で触ってごらん」

キラキラおめめを輝かせて、ひよこちゃんが頷く。しかし、雪に興味津々だったのはレグルスくんだけじゃなく。

「雪がふったからあそびにきた！」

へへっとお鼻の天辺を赤くしながら、奏くんが誘いに来たのは、丁度朝食が終わって、一目散にレグルスくんがお外に飛び出そうとしていた時だった。

冬用のブーツにセーター、ポンチョにネックウォーマー、手袋、帽子、耳当て。どれもこれも【氷結耐性】に、【防寒】がついている。

文字通り完全防備のレグルスくんが雪に覆われた地面を踏むと、その度にしゃりしゃりと氷の結晶が潰れる音。

それが楽しいのか、何度も足踏みを繰り返すと、今度は手袋越しに雪を掴む。けれどレグルスくんはきょとんとして、固まってしまった。

「どうした、ひよさま？」

むーんと怪訝そうな顔のレグルスくんに、奏くんが呼び掛けたけど、「ひよさま」ってなんだろう。

そう聞いたら「ひよこの若さまだからひよさま」だって。

なるほど、なんて納得していると、レグルスくんがようやく口を開いた。

「……ちめたくないよ⁉」

「手ぶくろしてるからだろ？」

「そーなの？」

「レグルスくん、手袋外して触ってみたら？」

「あい！」

よい子のお返事で手袋を外してズボンのポケットにいれると、勢いよく両手を雪に突っ込む。すると「ぴえっ⁉」と飛び上がって、ほっぺに手を当てた。

「ちめたい！　おててちめたいの、にぃに！」

「冷たかったでしょ、それが雪だよ」

「ゆきはちめたい！　たのしい！」

「そっかぁ、良かったねぇ」

冷たすぎるくらい冷たいのが、レグルスくんの心の琴線にふれた様で、きゃらきゃらと笑う。

「ひよさま、雪のつめたさがわかったか？」

「うん、わかったー！」

「じゃあ、雪がっせんしようぜ！」

腕を振り上げて「おー！」と叫ぶ声は、こどもだけのものじゃなく、なんとエルフお三人様も混じっていて。

雪玉を作ってはそれぞれにぶつけ合ったり、飽きたら雪だるまを作ったり。

こどもより寧ろ大人三人のが雪まみれになった頃、タオルを持った宇都宮さんが現れて、そっと私の腕を取る。

そして皆からちょっと離れた場所に行くと、声をひそめて。

「あの、若様、宇都宮ちょっとお願いがありまして」

「はい、なんですか？」

「そのぉ……新年のパーティーと誕生日プレゼントのことで」

「はぁ、新年のパーティーと誕生日プレゼント……？」

「はい。レグルス様は喪中ですから、新年パーティーには参加出来なくても致し方ないと思うんです。でもお誕生日は年に一回のことですので……お祝いを……」

ちょっと待ってほしい。

今、大事な情報を聞いた気がする。

新年パーティーとかより、寧ろそっちが大事な訳で。

もじもじと言い募る宇都宮さんに、私の方が驚く。

「待って、宇都宮さん。レグルスくんって一の月生まれなの？」

「へ？　いえ？　二の月ですが……？」

「うん？　じゃあ、誕生日は二の月じゃ……？」

どういうこと？

首を捻ると、さっと宇都宮さんの顔色が変わる。

それから、何か信じられないものに遭遇したような顔をして、私の肩を掴んだ。

「若様って、ご病気する前の楽しかった記憶は一応残ってらっしゃるんですよね？」

「ええ、綺麗な刺繍見たとか、お花見たとか……」

「た、誕生パーティーとかは……？」

「そういえば……ないですねぇ」

へらりと笑うと、宇都宮さんが「ロッテンマイヤーさぁん⁉」と悲鳴をあげた。

昔、日本では誕生日を祝うという風習はなく、皆等しく一月一日をもって一つ年を取る換算だった。

翻って、麒凰帝国も同じらしく、こどもにとっては新年パーティーと誕生日会は同義らしい。

「若様がそう言ったことをご存じないのは……その……」

「新年パーティーも誕生日会もやらなかったからですね」

温めたミルクに蜂蜜を垂らしてもらったハニーミルクは、熱さも甘さも丁度良く調整されている。

雪遊びで冷えた身体がゆったりと暖かくなるのに、室内の雰囲気はどんより暗い。

特に、大人の皆さんが。

「その……旦那様と奥様は、毎年帝都の宮殿で行われる新年パーティーに参加なさいますし、若様の誕生日会も『必要なし』と言い付けられておりまして……」

「まあ、そうですよねぇ」

雇われている身分で雇用主、それも権力者に逆らえる訳がない。

だいたい新年なんだから雇用主のこどもの誕生日会やるより、田舎に帰って家族と団欒したいだろう。そういえば、と聞いてみることにした。

「そんなことより、皆さん、新年の休みとかは……？」

「こちらに勤めているものは、源三さんを除いて帰る家は御座いませんので」

「ああ、そうなんですか……。じゃあ、パーティーも出来なくてさぞや詰まらなかったですよね」

「いえ、そのようなことは……」

全くうちの親ときたら。

こんな辺境の田舎街なんだから、福利厚生くらいちゃんとすれば良いのに。

今年というか来年はパーティーしないまでも、ワインくらい振る舞おう。

決めるとレグルスくんと目があった。

「えぇっと、レグルスくんの誕生日会はしましょうか」

「え、で、でも……」

「やっぱり喪に服すんだからパーティーはダメかな？　でも、レグルスくんのお家は毎年やってたんでしょ？」

「はい、それは……。今年も新年にはまだ奥様もお元気で、旦那様もお城から戻られたら、レグルス様にプレゼントを渡されて……」

恐縮しきりな宇都宮さんが、懐かしそうにレグルスくんのお宅の様子を教えてくれる。絵に描いたような幸せな家庭だったんだな。

なのに今年はお母様はいないし、父上もいないなんて。人間て本当に解らないもんだ。

ふわふわのレグルスくんの髪を撫でると、視界の端でロッテンマイヤーさんが肩を震わせていて。

「若様が、病で明日をも知れぬと何度も早馬を飛ばしていた時にですか⁉」

あ。

そうか、私は去年の終わりから今年の始めにかけて、死にかけてたんだっけか。

怒りの混じる悲鳴に、びくりとレグルスくんが怯え、宇都宮さんの顔が青を通り越して白くなる。

「無神経なことを申しました！」と、腰を深く折って頭を下げる宇都宮さんに、ひらひらと手を振った。

「まあまあ、顔を上げて宇都宮さん。ロッテンマイヤーさんも落ち着いて」

「申し訳ありません……っ……」

「ロッテンマイヤーさんが怒ってくれるのは嬉しいけど、私はもうあの人たちのために感情を動かしたりしたくない。そういうことをするとね、自分が本当に嫌な人間になった気になるから」

「……若様が、そう仰るのでしたら」

にっと口の端を上げると、ロッテンマイヤーさんもぎこちないけど笑ってくれた。

するとちょっとどんよりした部屋の空気が軽くなる。

で、問題はレグルスくんのパーティーなんだよ。

こういう場合は大人、それも世間を知ってる人に聞いてみるべきだろう。そんな訳で私はエルフ三人衆に顔を向けた。

「私は新年パーティーも誕生日もやって良いと思うんだけど、この場合やっぱり喪に服すべきなんですかねぇ？」

「うーん、どうなのかなぁ」

「皇帝陛下が崩御《ほうぎょ》なさった年も、新年パーティーは控えめになりましたが、それでもやってましたからねぇ」

「ボクが家庭教師をやってた家では、ちょっと控えめにしてたけど、パーティーを全くやらないってことはなかったよ」

「そうなんですか」

なるほど、パーティー自体を止めることはないらしい。しかし、奏くんがぶんぶんと首を横に振った。

「俺のうちは、ばあちゃんが亡くなった時は、パーティーやらなかったぞ」

「帝都のお屋敷もそうでしたから、宇都宮、てっきりこちらもそうなのかと」

相反する二つの証言に、ふむっと顎を擦る。つまり、これは家によって違う類いのものなんじゃ？

だとしたら、この家は私の好きにしたら良いんじゃないだろうか。

「えぇっと、じゃあ、パーティーもレグルスくんの誕生日会もやります。今年はそれで行きましょう」

やるなって言われているのは私の誕生日だし、レグルスくんのは良いだろう。

後はパーティーのやり方だけど、その辺りは良く解らない。解らないことは丸投げしていいって姫君から言われている。だからここは丸投げしておこう。

「ロッテンマイヤーさん、私はパーティーの仕様とか解らないので、その辺はお任せしますね。でもなるだけ屋敷にいる人たち、皆が参加出来るように組み立ててもらえれば嬉しいです」

「承知いたしました」

美しいカーテシーをして、ロッテンマイヤーさんはパーティーの準備を引き受けてくれた。

さて、またちょっと忙しくなるかな。

何せ誕生日プレゼントを作らなくては。

話し合いの後昼食を食べて、少し魔術のお勉強をしてから、今日のところは解散。

それからは私もレグルスくんも自由時間になって。

雪遊びで思いの外体力を使ったのか、レグルスくんはお昼寝、私は誕生日プレゼントの製作に取りかかった。

何せ後一ヶ月くらいしか時間がないのだ。

準備するものはリボンと厚紙、レースに布、ビーズ、綿、接着剤に針と糸。

姫君から貰った二種類の布の切れ端があるし、リボンは帝都におのぼりさんした時に買い込んだ。ビーズも接着剤も、貯蔵は沢山だ。

これで何を作るかって言うと、勲章みたいなブローチ、その名もロゼット。

リボンをプリーツを作りながら輪っかになるよう縫い付けて、土台に張り付けて真ん中にくるみ鈕やビーズを飾り、後ろからリボンを尻尾のように垂らして出来上がり。だけどそれじゃ素っ気ないから、飾緒をつけたり金鎖をつけたりするの。

ちまちまと夕食までに、真ん中につけるくるみ鈕を、厚紙と綿と布を使って作る。

夕食が終わったら、今度はテールと呼ばれる飾りをリボンとレースで作り始めた。

すると、蛍が閉まっている筈のガラス窓から入って来て。

『それはなんだ？』

ゆらりと軍服を着た、性別を超越した美しい神様《ひと》が、不思議そうにロゼットの部品をつまみ上げる。

神様はみな、人間のすることに興味津々らしい。

やっぱりイメージが安定しない氷輪様から部品を受けとる。

「誕生日プレゼントですよ」

『誕生日……か』

「はい。あ、そうだ、ちょっと教えていただきたいんですが」

喪《も》に服す時はパーティーをしない方がいいのかどうか。

死に纏わることは、それを司る方に聞くのが一番だろう。

すると、氷輪様はつまらなそうに、首を否定系に動かした。

『弔いは死者のためでなく、生者のための儀式だ。だから生者が喪に服すために、賑やかな催しを慎むのも、死者が賑やかなことが好きだったからとかえって賑やかにするのも、生きている者の自由。何故なら決める権利を持つのは生者だからだ』

「うーん、じゃあ、気持ちの持ちようってやつなんですね」

『究極を言えばな』

「なるほど」

『それより、それをもう少し見せてくれ』

そう言うと、白い手がロゼットに伸びる。

なんかあれだ。神様は意外に好奇心が旺盛なようだ。

需要と供給の釣り合いとは

冬の菊乃井は雪深い。

だから動物たちは地熱を利用した温室のようなもので飼育し、作物は雪室で熟成しながら保管する。

当然、屋敷もそのシステムになっていて、養鶏舎は結構暖かいし、源三さんと運びいれた白菜はお鍋になるまで雪室で保管。

去年は一人でしていた作業が、今年は戦力になるかは兎も角、私やレグルスくん、奏くんにエルフ三人衆が加わって、かなり賑やかだ。

夜は月が半分まで見えている日には、一時間ほど氷輪様とお話をしている。

アラビアンナイトみたいに、毎日毎日シンデレラやら白雪姫やら、童話を中心にお話してるけど、それはそれで面白いらしい。

一時間ほどなのは、以前に夜更かしして風邪を引いた反省から、氷輪様がそのくらいになるとすっと帰られるのだ。

誕生日のプレゼント用のロゼットも、何とか新年までに完成しそう。

そんな時、帝都から一通の手紙が届いた。

差出人は父、用件は新年のパーティーをするから帝都に戻ってきなさいとのことで。

宇都宮さんがその手紙に、物凄くしょっぱい顔をした。

「……言っちゃいけないとは思うんですが、旦那様はどうしてこう、レグルス様のことを考えているようで斜め下なんでしょう」

「あー……なんでしょうね」

「私とレグルス様だけで、帝都まで馬車で十日の道程なんて、危ないと思われないんでしょうか？」

「それはほら、こちらで護衛の手配をすると思っておられるのでは……」

「こちらの奥様が、ですか？」

「う……！」

ないわー、それはないわー。寧ろ「貴方がこちらにいらっしゃれば？」とか突き放すだろうよ。

因みに、父の産業誘致やら有能な代官の任命は、遅々として進んでない。つまり、こちらには顔を出せないってことだろう。

だからって小さな子だけで馬車の旅なんて。

こういうときは相談するに限る。それも父を、ぐうの音も出ないほどこてんぱんに出来るだろう人に。

そんな訳で、お勉強の時間にロマノフ先生に、父から宇都宮さんに来た手紙を見てもらうと、すぐにその綺麗な柳眉が跳ね上がった。

「……私、明日はちょっと帝都に用事で出向くので、お父上にお断り申し上げてきましょう」

「お願いできますか？」

「勿論です。と言うか、鳳蝶くんのお父上でもある方ですから、あまり悪くは言いたくありませんが、彼《か》の方は余程レグルスくんを危ない目に遭わせたいと見える。状況が読めていない」

あの人、私の父親だって自覚はない気がする。多分自分の息子を人質に取って、理不尽な借金させた相手くらいの認識だろうな。それは多分母も一緒だろう。いや、母はもっと気持ち悪く思ってるだろうな。自分を痛め付けて出てきた憎い物体が、得体の知れない悪魔だったみたいになってる感じとか。

だって私も二人を知らないけど、二人だって私を知らない。

癇癪ばっかり起こしてたのが、ある日突然大人みたいに小賢しくも取引を持ちかけて来たんだから。しかし、悪魔祓《ばら》いは回復して暫くした後に受けたし、旅のお爺ちゃん司祭様は「悪魔なんぞ憑いとらん」って一蹴して証明書もくれたからね。

とりあえず、そっち方面は無罪放免。韻を踏んだらラップみたいだ、ヘイホー！

それはそうとして、菊乃井の置かれてる状況は、菊乃井だけを見ればいいけれど、周辺を含めてみればそれほど良いわけではないらしい。

ロマノフ先生の授業が始まる。

「今年の始めに比べて、菊乃井の景気は上昇傾向にあります。冒険者がお金を落として行きやすくなったことと、そのお陰で地域にお金が廻りだしたのが原因ですね」

「えぇっと、はい。宿屋さんや料理屋さんでは、私のレシピを使用する条件に、地元の農家が育てた野菜や穀物、家畜を使用することを指定してますから」

地産地消を心掛ければ、他所に経済を握られる心配が減るし、地元で経済を回せる。

最終的にはこの条件は撤廃するとしても、食物自給率は下げないようにしたい。

先ずは地元のWin-Winを優先したんだけど、これもいずれは他所にも回していかないと。

で、その他所の土地なんだけど、菊乃井領は天領とある公爵家とその親類の男爵家の領地と隣接している。

天領は皇帝直轄領で、ここでは上質な絹や綿が取れて、紅花の栽培なんかもしているそうだ。特に問題なし。

公爵家も領地経営に才覚のある当主が何代も続いていて、当代では未来の皇妃候補を擁立できそうな勢いなのだとか。こちらも特に無問題。

しかし男爵家。

「こちらは菊乃井の好景気の煽りをまともに食らう側なんですが……」

「冒険者用の歓楽街に力を入れてたんでしたっけ？」

菊乃井のダンジョンで儲けたお金は、少し前まで菊乃井で落とされず、隣の男爵領に運ばれ、その歓楽街で消費されていた。

だって菊乃井さん、税金お高いし、地味だし、何にも特産ないし。

そのないない尽くしだった菊乃井領が変わって、税金は安くなったし、多少珍しくて土産話にもなる美味しい料理を出す宿屋や料理屋もでき、歓楽街こそ地味ではあるけれど、そこそこ楽しめるようになった。

歓楽街が多少楽しめるようになったのは、ヴィクトルさんに「姫君からお伺いしたんですが、大人の行くお店でもミュージカルみたいなことするんですって」って前世でキャバレーやクラブと呼ばれていた場所のことを話したからで、これをヴィクトルさんはローランさんに耳打ちしたそうな。

キャバレーって言っても、私の言ってるのは大道芸や流しの歌手がショーをする形式ので、決してお姉さんたちにボディタッチを含む性的なサービスを許容するお店ではない。

もっと言えば、可愛いお嬢さん達が歌って踊って手を振ってくれたり握手してくれたりお話してくれる、ご当地アイドルや地下アイドルの専用劇場で、ちょっとだけお酒や軽食も楽しめますって感じ。

なお、女性の冒険者にも男性や男装の美人がホストを勤めるキャバレーがあるそうだ。それはホストクラブっていうんだろうか。

閑話休題。

ダンジョンは移動することなく、ずっと菊乃井にある。

なら、わざわざ隣の街に、山を越えてまで行かなくても良いじゃないか。

と、まあ、こんな。

「まだ大々的な打撃を受けるには至っていませんが、菊乃井を訪れる冒険者の数は増加傾向にあります。反面、男爵領への流出は減っていて、男爵領にある街道筋での賊の出現も増えてきています。現行、菊乃井の治安問題はギルドマスターが、心ある冒険者に依頼として見回り等を発注してますし、自警団や衛兵たちの存在でどうにかなっていますが、色々と影響も出るでしょう」

「治安悪化も時間の問題……ですか」

「まあ、私たちも時間があれば街をうろついているので、それも抑止力にはなっているかと」

「重ね重ねありがとうございます。本来は領主の務めですのに」

領内に領主の目があることを徹底して周知させるのは、犯罪の抑止に繋がる。本来、そう言ったことを考えて、実行するのは領主である父か母のすべきこと。これは両親が、ロマノフ先生やヴィクトルさん、ラーラさんにお願いすべき立場でもあるのだ。

帝国は女性領主が他の国よりは多いらしいけど、やっぱり男尊女卑の傾向にあって女性は領主になるより、領主に向く男性を婿にすべく教育を受ける。だから母が領地経営に興味がないのは、伯爵令嬢或いは婦人としては間違った態度とも言い難い。

それなら領地経営の代行者である父はどうかと言えば、推して知るべし。貧乏貴族の嫡男でもない息子に領地経営の知識を植え付けてくれる親はまずいないだろう。

あるぇ？

「あのぉ……私、思うんですけど」

「なんでしょう？」

「うちの両親、私を教育しようにも、自分たちが領地経営の知識不足で教育出来なかったんじゃ……？」

「だから私たち家庭教師に需要が生まれるんですよ」

わぉ、ロマノフ先生の笑顔が、凄く黒い！

菊乃井さんちの家庭の事情、リターン！

さてそれじゃあ、菊乃井の全体的な収益はどうなっているのかというと、これが解らない。

理由は単に私にそれを見る権限がないのと、代官がいないので父が一元管理しているからだ。

こればかりは伯爵としての権限がないと、どうにも出来ない。

下手すると、上げた収益を誤魔化されてしまっても、それを知るすべも止めるすべもないのだ。

だからって懐にナイナイされるのを黙って見てる訳にはいかない。まあ、ナイナイするとは限らないけど、常に見張られているって緊張感は抑止につながる。

じゃあどうするかと言えば。

「ロマノフ先生、母の方にも菊乃井の景気が上向きなのをお伝え願えますか？」

「……お母上側に上がってきた菊乃井領の収支報告を良く分析するようお伝えしましょう。そうしたらお父上の監視を嬉々として引き受けてくれるでしょうね。なんなら、私の伝で優秀な会計監査人を紹介してもいい」

「ありがとうございます。不仲を加速させるようですが、致し方ないとしましょう」

「私にも菊乃井伯爵夫妻が交わした誓約書が履行されるかどうかを監督する義務はあると思うので、それを果たしましょう」

そう、誓約書。

前にレグルスくんの養育費に関して結んだ誓約は、ロマノフ先生の名のもとに法的根拠を持つよう製作された。これを父・母・ロマノフ先生、私の代理人のロッテンマイヤーさんの四人で持っていて、ついでに私の遺言書もお持ち頂いている。

自分の名のもとに結ばれた約定だから、それに責任を持つと仰ってくださっているのだ。両親に見習ってほしい大人の対応力だよ。

って言うか、人事引っくるめた領地の監督権が欲しい。でも責任はあの二人に押し付け……げふんごふん……取ってもらえる方法ってないだろうか。

本来なら領地の経営は爵位を引き継いだ人間が、富と名誉と引き換えにきちんと行うのが義務だ。それを富と名誉だけは持っていく癖に、義務は履行しないなんて変じゃないか。

富は還元、経済は回す、領地を潤して、兵の増強——はしなくてもいいけど、治安維持要員をきちんと確保して、財政をもり立ててまた還元する。これが領主、ひいては貴族の義務だろうに。

なんかあれだな。

ノブレス・オーブリジュって言うのが、この国にはないんかい。

全くの無私で領民に奉仕せよとか、私だって言わないよ。だって私もミュージカルとか「菫の園」を再現したくて、お金儲けしたり教育を広く行き届けたりしたいだけなんだもん。

だけどそれすらないってなんなの。

もしかして領地を経営するって事すら教えられてないなら、何故経営しなきゃいけないかも教えられていなかったりするんだろうか。

我ながら両親を馬鹿にしすぎかと思うけど、だとしたらゾッとする。しかしそれなら。

「幼年学校って何を学ぶんだろう」

「当たり障りない読み書き計算と、魔術の使い方、社交界における人脈作り、ダンスや礼儀作法、帝国における有職故実や典礼作法、それから少しばかり領地経営について……ですかね」

「なんだ、ちゃんと領地経営を学ぶんですね」

「申し訳程度ですよ。ほとんどの子女は学校に入るまでに、領地経営の意義を理解していますし、学校はそれに見合う人脈を築く場と見なしています」

うぅん？

学校に入るまでに、本来なら領地経営の基礎的な部分は学んでいて、その重要性も理解しているってことか。つまり、領地経営の必要性や重要性なんてものは、学校に入るまでに修得しておくべき一般教養だということで。

それならなんで学校がいるんだ。他のことも家庭教師がいれば事足りるだろう。なのに学校に行かせる。その意義は別のところにあるのか。

なんだろう。

わざわざ自国の貴族の子女を、全て一ヶ所の学園に通わせる理由とは。

悩む私の顔を、ロマノフ先生が興味深そうに見ている。

喉に小骨が引っ掛かったように、何かが気になる。

子女を学校に通わせる、要するに一つ所に集めるのは何かしら目的があって、それが貴族より更に大きな権力者によって課されているということ。

あー……なんだ、これ。何かの制度に似てる。

そう言えばと、ふと閃くものがあった。

そう言えば、徳川幕府は全国の大名に対し、江戸に屋敷を作らせ、そこに正室と世継ぎを住まわせて人質としていたんだっけ。

「……幼年学校って、もしかして人質……」

「否定はしませんが、主な目的は同じ学舎で学ぶことで友情や連帯感を育むこと……だそうですよ。あと、自分たちの家に対して利益なり目的なりが合致する結婚相手や友人を探す場でもありますね」

「社交ってそういう……」

「ええ。だってほとんどの子女は自分の家の事業や領地経営を正しく理解して学校に入ります。その上で、家に利益をもたらす人物との誼を結ぶために躍起になるんですよ。逆に鳳蝶くんの母上のように、一人娘でありながら婿が爵位も持たない下級貴族と言うのが非常に珍しいケースじゃないかと」

そうだ。

一人娘ということは、いずれ領地を継承して経営を担う人間ということ。それなら才覚のある人間か、人脈の拡大を狙ってもっと大きな家の人間と婚儀を結ぶことを望まれるはずで。

だけど母は権力を乱用して、貧乏貴族を婿に迎えた。それは自らの利用価値を溝に棄てるのも同じことではないか。

まともに貴族としての教育を受けた令嬢のやることだろうか。

翻って父の方も、前にも感じたけれど伯爵令嬢の婿になるに相応しい教育を受けているようには見えない。

岳父とも不仲だったのか、そもそも父と母が結婚したときには最早前伯爵は亡くなっていたのか。それとも、そもそも菊乃井は領地経営をおろそかにしてきた家なのだろうか。

益々背中が薄ら寒くなる。

「巻き返せるんだろうか、これ……」

「まだ踏みとどまればなんとかなる辺りで、鳳蝶くんが現れたのは、菊乃井にとっては救いでしたね。これ以上寂れていれば、借金まみれで何処かの商会に首根っこを押さえられてたかもですよ。ロッテンマイヤーさんが以前、大奥様の帳簿を見せてもらった時に『孫の代まではなんとかいけるだろう』って言われたそうですから」

「え⁉ ロッテンマイヤーさん、帳簿を見せてもらってたんですか⁉」

「それどころか、大奥様が亡くなるまでは領地経営の片腕を担っていたようですね」

「なんて有能なんですか、ロッテンマイヤーさん。よくもそんな人を子守り程度で埋もれさせようとしましたね。人材の無駄使いダメ、絶対！」

「まあ、それは大奥様たっての『お願い』だったそうですよ。『娘はもう父親の価値観そのまま凝り固まって手のつけようがないけれど、孫はまだなんとかなる』と仰られたそうです……」

うわぁ、頑張ろうとした矢先に癇癪玉みたいなこどもで、さぞや苦労したろうな。本当にごめんね、ロッテンマイヤーさん。

つか、今『父親の価値観に凝り固まって』って言ったけど。

「祖父は最初から伯爵家の当主だったんでしょうか。それとも私の祖母に当たるかたが伯爵令嬢だった……？」

「お祖父様が菊乃井の出で、お祖母様はその才覚を鳳蝶くんの曾祖父様に見込まれて嫁がれてきたそうで、夫婦仲は険悪だったとか」

なんでそうなんだよ、菊乃井さん！

いや、そんなことより、祖母は領地経営の才覚を認められて嫁入りしたんだから、曾祖父と祖母は領地経営に対して熱意があったわけだ。ではどこからおかしくなったかと言えば、領地経営に熱意を持っていた祖母が匙を投げた娘——その娘を自身の価値観に染めた祖父辺りか。

「なるほど、祖母や祖父の肖像画がうちには無い筈ですね」

「それだけじゃなく、曾祖父様や曾祖母様のもありません。これから導き出されることは、さて何でしょう？」

「導き出されること……？」

単に曾祖父・曾祖母と祖父・祖母の折り合いが悪かっただけじゃなく、他にもあるのか。

顎を擦って考える。

祖父母は不仲だった。それは私の両親と一緒だ。しかし、私の母は祖父の価値観に染まるほど、祖父と共にいたという。

つまり、母は祖父に可愛がられていたということか。

世話は使用人がするとして、祖母は母の教育というか矯正には匙を投げた。才覚のある賢婦人なら、自ら教育した娘を、夫の価値観に染めたままではいないだろう。というか、染めさせないはずだ。しかし、それが叶わなかったから、母はあんな感じ。

だが、母はよくも悪くも貴族の女性だ。

一体誰が教育したのか。

祖母は曾祖父に見込まれて嫁いできた嫁で、曾祖父と曾祖母は仲が良くなかった。

前世の『俺』の知る昼ドラというやつで、一番えげつない泥試合をしていたのは嫁と姑——はっとする。

「曾祖母と祖母も不仲で、母はもしかして曾祖母に育てられた……とか？」

「曾祖母様はお祖母様からお母様を取り上げてお育てになったそうですよ」

「……菊乃井さん、本当になにやってんですか」

嫁と姑の確執って、こんなところにまで影響力するとか、本当に怖いんですけど。

もう、菊乃井さんの親子仲とか夫婦仲とか嫁姑仲が最悪なのは、お家芸とか血筋とかだと思おう。

アレ過ぎる身内の話で、私の気力はごりごり削られ、そのお陰でロマノフ先生の授業はそこで終了。

後は趣味と実益を兼ねた手芸と、レグルスくんと奏くんの読み書き計算の授業で一日が終わった。

翌日はエルフ三人衆はちょっとおでかけ、私とレグルスくんと奏くんは、売り物に使うための材料を、何がいくつあるか調べながら、帳簿《ちょうぼ》を付けることに。

毛糸の束を丸くしたものを十個ずつ、一つの箱に入れたものを一セットとして、それが何個あるとか数えるのはレグルスくんにも出来るし、奏くんは字が書けるから箱に何が入っているかを書いて、更にノートにも何が、どこに、どんな名前で、どう収納されてるかを書き留めてくれている。

奏くんはレグルスくんと一緒に勉強するまで、自分の名前くらいしか書けなかったそうだ。

しかし今では村のこどもたちにも教えてあげられるくらい、読み書き計算が出来るようになったと源三さんが嬉しげにしていた。

そのお陰で先日は街で、冒険者が余所から来た行商人にぼったくられるのを、値札を見て見破ったとも。

これはローランさんから聞いたことで、たまたま揉めているところにローランさんが呼ばれたそうだ。

大人に喧嘩を吹っ掛けるような無鉄砲を叱られはしたらしいけど、概《おお》ね誉《む》められて「次は俺を呼んでから見破れ」と言われたと奏くんは口を尖らせていたけど。

この件で少なくとも街の人たちは、読み書き計算は出来ないより出来る方が良いとは思ってくれたようだ。

奏くんは以前自分にも出来ることはないかと尋ねてきたけど、立派に勉強の有用性を宣伝してくれている。頼もしい友達だ。

小さなことからコツコツと。

前世の『俺』が小さい頃、選挙に出たコメディアンがスローガンにこの言葉を掲げていたけど、これは政治でもなんでもに当てはまる言葉だ。

小さな変化がやがて大きなうねりに変わる。それを目指していかなくては。

「若さま、毛糸のしわけおわったぞ」

「にぃに、れーも！」

「はい、じゃあノート見せてもらえますか？」

「ほい。たくさんつかうのは前のほう、あんまりなのは後ろのほうにしまったから。使うときは戸だなを絵に描いてあるから、それ見てくれ」

「おお、凄い！　助かる！」

「そっか、よかった。ヨーゼフさんやらじいちゃんが、物をしまう時はそうやるんだって言ってたからやってみた！」

「へへっ」と鼻の下を指で擦って笑う奏くんに、「れーもやったのぉ！」とぴょんぴょん跳ねて自己主張するレグルスくん。

もう、凄く平和で和むわ〜。

毛糸の仕分けが終ったなら、今度は布の仕分けがあるんだけど、和んだところで宇都宮さんがお茶を運んできてくれたからちょっと休憩。

お昼前だからお茶のお供は、クッキーが少し。

ぽりぽり行儀よく食べてるレグルスくんを見ながら、奏くんが肩を竦めた。

「紡のが小さいせいもあるんだろうけど、ひよさまみたいにきれいにクッキー食べられないんだ」

「ぼろぼろ溢しちゃうってこと?」

「うん。ぜんたいてきに何かきれいじゃない」

「れー、きれいにたべれるよ!」

紅葉のようなおててを挙げて、元気よくお返事するレグルスくん。

ふわふわの髪を撫でると「ふんす!」ってお鼻を得意気に広げてるのが可愛い。

「今は綺麗に食べられるよね、レグルスくん。お行儀よくしようって頑張ってるし」

「今はってことは前はそうでもなかったってことか?」

「そりゃあ、だって小さいんだもの。お匙を握るのだってお箸を持つのだって、小さいと何かと大変なんだよ。まだおててやお口が上手にご飯を食べられるように出来上がってなかったりするから」

「うまく動かせないで当たり前ってことか……」

そう言うと、クッキーを咥えたままちょっと考える。その目は自分の手とレグルスくんを行ったり来たり。

何やら悩んでる様子にレグルスくんと顔を見合わせる。と、レグルスくんが口を開いた。

「かなはぁ、おとーとにおしえてあげないのぉ? にぃにはれーに、おはしのつかいかたおしえてくれたよ?」

「それがさぁ、おれもはしの使いかたへたなんだよなぁ。だから紡におしえてやれないんだ」

「えー……そうだったっけ？」

奏くんと源三さんは、屋敷にくる時はお弁当持参でやってくる。だから私とレグルスくん、先生たちもお弁当にしてもらったりしてるんだけど、奏くんはお箸の使い方は悪かったろうか。

首を捻っていると、奏くんが種明かしをしてくれた。

「じつはべんとうのときはフォークで、マナーの勉強のときはロッテンマイヤーさんがこそっとなおしてくれてる」

「うっそ⁉　気付かなかった！」

「かなもおはしへただった⁉」

「それでも若さまをまねてたらだいぶんましになったって、じいちゃんが言ってたぜ！」

おぉう、それは知らなかった。

奏くんは一時期かなり紡くんと拗れてたみたいだけど、話を聞く限りはもうそれもないみたい。家でも面倒見てるみたいだし、ご両親とも溝はなくなったんだろう。

近況を尋ねてみると、意外なことに奏くんは首を横に振った。

「母ちゃんも父ちゃんも、やっぱり紡じゃなくておれにぶつぶつ言う。でもさ、おれがここはおとなになってやろうとおもって」

「おぉう……大人に……」

「そう。父ちゃんも母ちゃんもいそがしいんだ。おれはアニキだし、紡のイタズラくらいゆるしてやるのさ。だっておれは将来若さまのたよれる右うでになる男だぜ？」

「ふんす！」と鼻息を得意気に吐き出して奏くんは胸を張る。

なんだ、この男前は。

身内の大人はアレ過ぎて頼れないのに、血の繋がりがない大人の皆さんや友達の、なんと頼れることか。

感動していると、こそっと宇都宮さんが耳打ちしてくる。

「宇都宮、ロッテンマイヤーさんから、奏くんもパーティーに招待するので都合の良い時間帯を聞いておいてほしいって言われてるんですが……」

「ああ、うん。解った」

頷くと紅茶を飲む。

宇都宮さんもここに来た当初は美味しい紅茶が淹れられなくて、ロッテンマイヤーさんにとんでもなくしごかれたとか。

「奏くんもパーティーに来てほしいんだけど、いつぐらいなら都合がつくかな？」

「おれも行っていいの⁉　朝は家ぞくですごすけど、昼からはみんなとあそんでるから、朝以外なら！」

「ロマノフ先生たちにも聞いたんだけど、先生たちにも朝は王城に呼ばれてるけど夕方なら大丈夫って言ってたかな」

「夕方だと、じいちゃんといっしょならだいじょうぶと思う」

「勿論、源三さんにも参加してもらう予定だから」

「じゃあ、だいじょうぶ！　さ、暮れになる前にしごと終わらせようぜ！」

奏くんがにかっと笑うと、白い歯が見える。

ちゃくちゃくと新年へと向かって、時間が進んでいくのを実感しつつ、作業は再開されるのだった。

寿《こと》ぎ《ほ》、言祝《ことほ》ぎ

麒凰帝国では、毎月の最終日を晦日《つごもり》といい、十二の月の最終日を大晦日《おおつごもり》と呼ぶ。月の最初の日が朔日《ついたち》というのは、前世と共通だ。

大晦日に一年の汚れを払うために大掃除をするのも前世と似ているけれど、普段からメイドさんたちが綺麗にしてくれているので、屋敷の中や私の部屋は凄く綺麗。レグルスくんのお部屋や、先生たちのお部屋も同じくで、私が気合い入れて掃除するところは本来全くない。

でもそれじゃ何か詰まらないからと、ヴィクトルさんとラーラさんが、魔術で屋敷の外観を整え始めて。

屋敷の外は雨風に吹かれるからどうしても埃っぽくなる。それを丸洗いして、塗料を塗り直すそうだ。ただし魔術使用。

で、後学のためにその光景を見せてもらったんだけど、窓や扉は結界で割れないように保護、局地的豪雨で埃を流して、局地的猛暑で乾燥させて、後に塗料を風で塗り塗り。

凄く雑なように見えて、魔術のコントロールがかなり難しいのだとは、ヴィクトルさんの解説より。

てか、あのエルフさんたちＤＩＹとか園芸とか、物凄く好きよね。

お陰で凄く助かるんだけど、たまに畑から「泥遊びしてましたよね？」って格好で、レグルスくんや奏くんと帰ってくるから、宇都宮さんやエリーゼが黄昏《たそがれ》てるときがあったり。

床掃除、大変だもんね。

それは兎も角、ピカピカに白くなった屋敷で新年を迎えられるって嬉しい。

それに大晦日は、こどもも夜更かしが許される。

日付が変わる少し前から変わった後暫く、隣の天領と侯爵領ではお祝いの花火がうち上がるんだけど、それがとても綺麗なのだそうだ。

いつも早寝早起きを推奨するロッテンマイヤーさんも、それは起きてても構わないと言ってくれて。

だから私とレグルスくんは、おやつの後はお昼寝タイム。夜遅くまで起きるためには、お昼寝は重要なのだ。

何故か一緒のベッドでお昼寝するんだけど、最近レグルスくんは私のお腹をもちると、せつなそうにため息を吐く。

それから「にぃにがへった」って呟くんだけど、横じゃなくて縦に伸びるのはお気に召さなかったらしい。

でも仕方ないんだ、白豚から人間になりたいんだもん。

それにしても、やっぱり誰かと一緒に寝るのは緊張する。幅が減ったんだから押し潰す心配もなくなったんだけど、ね。

そんなわけで、お夕飯のギリギリまでうとうとして、起きたらお夕飯。

旧い年が終わるからと言って、特にご馳走を作ったりするよりも、家族の好きなものを沢山用意するのが帝国風の過ごし方で、我が家ではそれがカレーライスなのだ。

もりもり口の周りを汚しながらも、レグルスくんはちゃんと一人でスプーンを使っている。

来年はもう四歳だから、文字を書く練習を始めようか。最初はミミズののたくりでも良いし、象形文字っぽくなっても構わない。

そう思いながらレグルスくんを見ていると、スプーンを咥えた彼と目が合って。

口の周りにご飯粒を付けながら、にぱっと笑う顔が可愛い。

スケジュール的には夕飯の後は、少し休んでからお風呂に入る。

その後は、前に倒れてからお風呂上がりの習慣になっている、エステのようなマッサージをラーラさんに施してもらう。

これのお陰で肩こりは大分緩和されてるし、お肌の具合もどこかの貴婦人かってくらいぷるぷるのつやつやだ。

そうして身体のお手入れが終わったら、自分で作った保温やら耐寒やら防寒やらが付いたセーターを着て、時を待つ。

普段は早く寝かされるレグルスくんも、今日は夜更かししても良いから、暖炉がある居間に絵本を持ち込んでるし、先生たちもエルフの郷から持ち込んだお酒を楽しんでいる。私は編みぐるみ作ってるし。

と、ゆらりと空気が揺れて、暗がりから人の足が浮き上がって。

薄ぼんやりとした陽炎が像を結ぶと、マントを翻して氷輪様が立っていた。

目を見開いた私に、そっと口の前で人差し指を立てて沈黙を促す。見回すと誰も氷輪様に気がついていないようだった。

『今日は賑やかだな』

（大晦日なので、夜更かししても怒られないんです）

『何故だ？』

（隣の領地で新年を祝うために花火があがるんだそうです）

『ふぅん』

余り興味がないのか、少し目を細めるだけでリアクションが薄い。

神様は新年を祝ったりなさらないのかしらと思っていると、氷輪様が首を横に振る。

『特にそういうことはしないが、集まって酒は飲む』

（お酒ですか）

『ああ、神酒《ネクタル》と言って、神にはただの酒だが、人間には様々な恩恵があるらしい。与えたことがないから、良くは知らんが』

（ははぁ。姫君の桃から作られたやつでしたっけ）

『ああ、それだ。それから座輿に力比べやらで賭けをして遊んだりするな』

（なるほど、私たちと余り変わらないんですね）

『当たり前だ。何せ人間は我らを形代《かたしろ》に作られているのだから』

くくっと笑うと眉を愉快そうに上げられる。

なるほど、それなら私たちが好きなものを、同じように好きになってくれる可能性があってもおかしくないわけだ。実際姫君はミュージカルや菫の園にハマってくれたし。

『そういえば今年の賭けは、百華が艶陽《えんよう》に負けていたな。厄介なことを頼まれてたようだが、あれはどうなったんだろうか』

（賭け……）

天界にも色んな人間関係があるんだな。

氷輪様のお話を聞きながら、編みぐるみを仕上げていく。

シマエナガとヒヨコを模した編みぐるみで、これを駒にして陣取り合戦が出来るようにしたいんだよね。

先生たちが言うには、チェスだか将棋だかに似た遊びがあって、それはこの国や他の国でも人気の遊びらしく、出来なくても良いけど出来た方が付き合いが広がるそうな。

私はあんまり興味ないんだけど、奏くんが得意らしくてレグルスくんに教えてくれるそうだ。

だから二人で出来るように駒を作ってる訳で、集中してるときの私は大概喋らない。そんなだから、氷輪様と心の中でお喋りしてもバレなかったり。

私としては氷輪様がいらしてる事を隠すつもりはないんだけど、姿を余人に見せないように出てこられるってことは、氷輪様が騒がれるのを煩わしく思われてのことかしら、と。

編み上げたシマエナガに、別に編んでいた王冠とマントに飾緒《しょくしょ》に肩章を縫い付けたら、シマエナガ隊長の完成だ。

駒は隊長が一つ、副隊長が一つ、重装備兵が二つ、突撃兵が二つ、衛生兵が二つ、歩兵が八つの計十六個。それぞれ個性を持たせるために盾や剣を持たせるつもり。隊長は一番立派に飾らなきゃだ。

と、遠くで教会の鐘がなる。

新年へのカウントダウンが始まったみたい。

誰ともなく顔を上げると、ロッテンマイヤーさんがバルコニーに続く扉を開けた。

「若様、花火が始まります」

「あ、はい！」

座ってた椅子から立ち上がると、氷輪様と一緒にバルコニーに向かう。すると、レグルスくんが駆けてきた。

「にぃに、れーも！」

「うん、一緒に見ようね」

ぎゅっと腕に抱きつくレグルスくんと氷輪様とバルコニーに出ると、ぞろぞろと先生たちやロッテンマイヤーさん、宇都宮さんが付いてきた。階下を見るとエリーゼやヨーゼフ、料理長も庭に出てきていて、皆で花火を見られるみたい。

鐘が、もう一度鳴る。

『鳳蝶よ。思ったのだが、花火とやらは新年の祝いでもあろうが、領主から領民への新年の祝福ではないのか？』

（祝福……、そうなんでしょうか？）

『王は新年に祝いの席を設けて臣下を招くのだろう。領主はそれをせぬ代わりに花火とやらを見せてやるのでは？』

（ああ……そうなんですかね。うちの両親はしてないから、解んないですけど……それならやった方が良いですよね）

『……お前は領主ではないから、側用人も言わなかったのかも知れんが』

（私、こどもだし、あんまりそう言うのを気にしないで良いように、ロッテンマイヤーさんが気を使ってくれたのかも）

ちょっと聞いてみようか。

荘厳に鐘がなるのを聞きながら、ロッテンマイヤーさんのスカートの裾を少し引く。

「どうなさいました？」

「天領とお隣の領地で花火が上がるのは、領民への祝福やら振る舞い酒代わりも兼ねてるんですか？」

「……その要素も御座います」

ああ、やっぱりそうなんだ。

領主ってやっぱりこういう事にも気がつかなきゃいけないんだろうな。

領地の監督権が欲しいとかちょろっと考えたけど、言われてしかこういうことに気が回らないなら、やっぱり私も両親と目くそ鼻くそだよね。思い上がっちゃ駄目だな。

ちょっと落ち込んでいると、さわさわと頭を左と後ろから撫でられる。左は氷輪様、後ろは手の感じからしてロマノフ先生だ。

「そう言うのは大人になってからで構わないんですよ」

『言った手前なんだが、お前はまだ祝福を受ける側でいてよい歳だ』

「はい、ありがとうございます」

うん、何かやりたくても懐は寒いし、私はまだ何かもない。出来るのは歌うことくらいだ。歌には祝福が込められてるものも、そりゃあるけど。

『ならば、歌うか?』

(へ?)

『祝福を歌うなら、手を貸してやらんでもない』

そう仰ると、氷輪様の薄ぼんやりした輪郭《りんかく》が、ハッキリと形を取る。

夜を染め抜いたような長い、黒とも紺ともつかぬ髪に、裾には蝶の羽を模したような模様をつけたマントを腕で払う。

いきなり現れた麗人に、はっと大人が息を呑むのが解った。しかし、そんなものに呑まれないのが一人。

「……にぃ……あにうえのおともらちですか?」

『ああ、氷輪という』

「いらっちゃいまちぇ」

『うむ』

やだー、レグルスくんたら天才！

いつの間に、こんな立派な挨拶が出来るようになってたのかしら。

男声のようにも女声のようにも感じられる静かな声に、最初に我にかえったのはロッテンマイヤーさんで、美しい所作で宇都宮さんを道連れに膝を折る。それに倣《なら》ってエルフの三人も、素早く膝をついた。

『仰々しくせずとよい。我はこれと語らいに来たに過ぎぬ』

「これ」と言われて抱き上げられる。すると、はしっとレグルスくんが氷輪様のマントを掴んだ。

不敬になるのではと一瞬びくっとしたけど、鷹揚に氷輪様はレグルスくんに目線を落とす。

「にぃに、どこにいくの？」

『ああ……連れていく訳ではないが……不安か。それならば』

「ぴぇ⁉」

片腕に私を抱いたまま、もう片方にレグルス君を抱える。見かけによらず、氷輪様は力持ちなようだ。

『座興だ。祝福の歌を歌うが良い』

それなら良いのがある。

何故だか日本で年の暮れになるとよく演奏されたり合唱される、それ。

「第九」或いは「歓喜の歌」と呼ばれる歌だ。

すっと大きく息を吸い込むと、腹の底から新しい年を迎える歓びと祝福を、詞に乗せて歌い出す。

私が歌を歌うとき、使う言語は前世の『俺』が覚えた歌詞に使われていた言葉だ。例えば日本語の歌詞なら日本語、英語なら英語、それ以外ならそれ以外。第九であればドイツ語だ。

だけど、それはどういう原理か、聴いてるひとには此方の言語で聴こえているらしい。

『もう少し盛り上げてやろう』

呟かれた声に首を傾げると、氷輪様に歌を止めるなと目線で告げられる。

そのまま宙に浮くと、屋根より高い位置で止まる。

レグルスくんも解らないながらに手を叩いてくれたり、応援してくれているようだ。

私とレグルスくんを抱えたままの氷輪様の頭上に、キラキラと光が集まって魔法陣が夜空に輝く。

それは見ていると緩やかに五芒星から形を変えて、色とりどりの花が咲き、かと思えば流星が雨のように煌めきとともに降り注ぐ様子を、まるで映画のように写し出した。

『お前の魔術の応用だ。いずれ我が力を貸さずとも出来るようになるだろう』

そうだと良いな。

新年初日だろうが何だろうが、朝は起きたら「おはようございます」だ。

いつも通り、鏡に向かって体型チェック。それから身支度を済ませると、ロッテンマイヤーさんを呼んで、おかしいところがないか見てもらう。

流行り病から回復して一年ほど、ずっと続けていた習慣だ。

そう、前世の記憶が生えてからざっと一年ほど。

大きな変化は沢山あって、その中でも一番大きな変化は屋敷にひとが増えたことだろう。

ロッテンマイヤーさんと朝の挨拶を交わして、その背中に続いて食堂に向かう途中で、宇都宮さんと手を繋いだレグルスくんと出会った。

「おはよう、ございます！」

「はい、おはようございます。今日も元気そうですね」

「あい！　にぃにもげんきですか？」

「はい、元気ですよ」

こういう挨拶は、貴族同士の交流のトレーニングになるらしい。なので、ちょっと堅苦しくても、やっておいた方が良いとラーラさんから言われている。

メイド服のスカートの裾を少し摘まんでお辞儀すると、宇都宮さんは私とレグルスくんの後ろに。私は宇都宮さんと代わってレグルスくんの手を引いて、再び歩き出したロッテンマイヤーさんについていく。

食堂に近づくと、それまで静かだったのが一気に賑やかになり、中に入るとその賑やかさに視覚的な華やかさが加わった。

ロマノフ先生にヴィクトルさん、ラーラさんが先に席についていたからだ。

三人が、入ってきた私に気づくと椅子から立ち上がる。

その姿は普段と違って、ロマノフ先生は白を基調とした詰襟型の、肋骨のような配置で横向きに飾緒が付けられた軍服――肋骨服で、スラックスは上着と同色。金モールの沢山付いた肩章には襟からつなげられた金の飾緒、胸には豪華な勲章が付けられ、右肩だけマントを羽織り、左半分は背中に流している。

これが大礼服らしく、ヴィクトルさんとラーラさんも、ロマノフ先生と似た格好だ。

特筆すべきは、その肋骨服の腕や袖、袖口に施された刺繍の細かさだろう。

「おはようございます、なんて素晴らしい刺繍！」

「おはようございます、刺繍より先に誉めるものがありますよね？」

「おはよう、あーたん。新年からブレないね」

「おはよう、まんまるちゃん。今年の課題が早速見つかったね」

「あ、失礼しました。お三方とも良くお似合いです」

だって、刺繍がびっちり細かく入ってて綺麗だったんだもん。

あれ、私にも出来るかな。

普段から美形だと思っているけど、衣装が豪華だと更に際立って、まあ、皆さん美人ですこと。

目の保養をしていると、椅子から立ち上がったロマノフ先生が、私と視線を合わせるために目の前に来て屈む。

「今から皇宮での新年の参賀に行ってきます。挨拶するだけなので昼には戻ってきますが、鳳蝶くんにお願いがあるんです」

「私に、ですか？」

「はい。幻灯奇術《ファンタスマゴリア》を私やヴィーチャ、ラーラのマントに付与してもらえますか？」

「ああ、はい。それくらいならいくらでも」

頷くと、早速先生のマントに触れさせてもらう。何が良いかな。

魔術を使うのに別に歌う必要はなくて、付与を宣言すれば良いだけなんだけど、何か歌った方がイメージがつけやすい。

「先生は、どんな模様が良いですか？」

「そうですね、穏やかな春でしょうか……」

「春……」

それならばと選んだのは、隅田川の桜の美しさを詩に託した、「俺」と同郷の音楽家の歌で、マントにはピンク色の可憐な花が風に舞う様子が映る。

「僕は早春の風景が良いかな」

「早春ですね」

ヴィクトルさんのマントには、「早春に賦《ふ》す」という意味をもつタイトルの、冬の寒さに僅かに感じる暖かさや、姿の見えぬ鶯《うぐいす》の鳴き声に早春を想う歌を。

「ボクはね、可愛い女の子たちの目を引くようなのがいいいな」

「えぇ……あー……」

何か解んないリクエストが来たぞ。

要は女の子に興味を持って誘いかける感じが良いのかしら。

それならばと『俺』の少ない恋愛の戸棚にしまわれた曲を引っ張り出す。

モーツァルトのオペラ「フィガロの結婚」の中に、思春期の男の子が歌うアリアがあって、それは女性に「恋ってどんな感じ？」と自分の中の燃え立つ何かを問いかけるようなのなんだけど。

マントに触れながら歌えば、それぞれにスクリーンのように綺麗な光景を映す。

それを終えると準備万端と、エルフ三人衆は転移魔術で皇宮に。

残ったのは私とレグルスくんの二人。

広い食堂は二人だと寒々としていて、今日はなんだか二人で並んで朝食を取った。

その後はいつも通り朝のお散歩、それから生き物には新年なんて関係ないから、鶏や馬の世話に行く。これもレグルスくんと二人だ。

厩舎《きゅうしゃ》にはヨーゼフがいて、せっせと私の乗馬の練習用に飼っているポニーの世話をしていて。

「おはよう、ヨーゼフ。ポニ子さんは元気？」

「わ、わ、わか、若様、お、お、おはようございます。ポニ、ポニ子さんは、げげげ元気です！」

「おはよう、ございます！　ぽにこさん、さわっていーい？」

「は、はは、はい」

ヨーゼフは昔から吃音気味《どもり》らしい。

今年十九歳だけど、菊乃井家勤続年数七年のベテラン飼育係なのだ。

十二歳で菊乃井に来た時は、フットマンだったらしいけど、あまりにも吃音が酷くて飼育係に回されたらしい。だけどヨーゼフ的には天職みたいなもので、楽しく働いているとか。宇都宮さん調べより。

厩舎に繋がれたポニ子さんは、ポニーというのを差し引いてもとても大人しい。

レグルスくんと一緒にポニ子さんにブラッシングして、飼い葉を換えたり、水を換えたり。

今日はロマノフ先生が留守だから、ポニ子さんには乗らない。

代わりに嫌がられない程度に触れあってから、ヨーゼフに夕方のパーティーに忘れないで来てくれるように声をかけると穏やかに笑う。

レグルスくんの手を引いて戻ると、折角のお正月だし、私達はお勉強はお休みにしてパーティーまで遊ぶことにしたのだった。

「遅いですね」

「だな。せんせいたち、どうしたんだろ」

「おそいねぇ」

パーティーは夕方からで、なるだけ屋敷にいる全員が参加出来るように、あらかじめ料理を全部並べておく立食スタイルになっていて、冷えたら料理長が魔術で温めなおしてくれるような手筈になっていた。

源三さんも奏くんと一緒に来ていたし、エリーゼもヨーゼフ、料理長に宇都宮さん、ロッテンマイヤーさんもいるのに、エルフ三人衆が帰ってこない。

レグルスくんも奏くんも、お腹が空いてきたようで、八の字に眉を下げてお腹を押さえていて。

どうしようと思っていると、ロッテンマイヤーさんかこそりと耳打ちする。

「先生方には申し訳ないですが、先に始めては……」

「でも……」

躊躇《ためら》っていると、ズズッと不穏な音がして、部屋の真ん中に魔力の渦が逆巻く。

段々と渦に光が集まって、かっと光った刹那、部屋の真ん中にはエルフ三人衆が立っていた。

Happy Birthday to……!

「遅くなりました」

「待たせてごめんね！」

「お待たせ！」

「皆さん、お帰りなさい！」

綺羅綺羅《きらきら》しい笑顔の三人を迎えて、新年パーティーが始まる。

レモン水や、ワインの入ったグラスを手に取ると、皆がそれを掲げて。

「昨年はお世話になりました、今年もよろしくお願いします！」

「乾杯！」と叫べば、それぞれが「今年もよろしく」とか「今年もがんばります」とか言いながら、
乾杯を交わす。

シャンデリアの灯りの下で、一緒に食事をしたり、語り合ったり。細やかではあるけれど、皆楽しんでいるようだ。

私はこっそり抜け出して部屋に帰ると、誕生日プレゼントのロゼットを持って、再びパーティーをしている食堂に戻る。

それからご飯を宇都宮さんに食べさせてもらっているレグルスくんに近づいた。

「レグルスくん」

「あい！」

「お誕生日、おめでとう」

金地に銀糸で縁取りしたリボンで作ったロゼットを、勲章《くんしょう》のようにレグルスくんの胸に吊るす。

はっとしてお箸を置くと、レグルスくんは宇都宮さんのスカートを引っ張った。

「うちゅ!? うちゅのみや、あれ！」

「はい、ただいま！」

するりとエプロンの下から、細長く丸めて筒状にした紙に臙脂のリボンが巻かれたものを出すと、宇都宮さんがすかさずレグルスくんに捧げ渡す。

受け取ったレグルスくんから、恭しくその筒を渡された。

「にぃに……じゃなくて、あにうえ、おたんじょーび、おめでとうございましゅ！」

「え……ぇ？」

「あのねぇ、にぃにとれーのおかお、かいたの！」

リボンをほどくと、筒状にした紙がはらりと平面に戻る。その上にはいかにもこどもの絵で、私とレグルスくんが描かれていた。

ぱちりと瞬きをする。

「あ、りがとう……」

なんか、ビックリした。

ビックリして、目の奥が熱くて困る。ついでに頬っぺたも熱くておろおろしていると、奏くんも近づいてきた。

「若さま、ひよさま、お誕生日おめでとう」

「あ、ありがとうございます……」

「かなも、おめでとー!」

「おう、ありがとう」

笑う奏くんにも、プレゼントを用意していて、部屋から持ってきたロゼット——レグルスくんのとは違って、銀に金糸で刺繍したリボンで作ったやつを渡す。すると「まじ!?」と驚きながら、受け取ってくれて。

「お、おれも若さまとひよさまにプレゼント持ってきた!」

「れーも、かなにあげるー!」

奏くんからは革紐を編み込んで作ったブレスレットを、レグルスくんと色違いのお揃いで貰って、レグルスくんから奏くんにはやっぱり似顔絵が。

「おれ、こんな顔かぁ？」とか言ってるけど、奏くんもニコニコしてる。

「おめでとうございます、宇都宮からも若様とレグルス様と奏くんに」

そう言って差し出されたのは、くるみ釦の髪留めで、奏くんのはバッジになっていた。

「私からも、宇都宮さんに……」

「う、宇都宮にもですか⁉　わぁ、ありがとうございます！」

宇都宮さんのロゼットは、ピンクのリボンで作ってテールに花の刺繍を入れてみた。

受けとると早速エプロンに着けてくれて、それがとても照れ臭い。

なんだか益々頬っぺたが熱くなる気がして、ドキドキしながら今度はエリーゼの方へ。

エリーゼはヨーゼフや源三さんとお話しながら食事をしていたようだけど、近づくと三人ともお皿を置いた。

「えっと、エリーゼにヨーゼフに源三さんも。誕生日おめでとうございます。プレゼント……」

「あらぁ、私にもですかぁ？」

「お、お、おれも？」

「これはこれはワシにも？」

エリーゼのロゼットは黄色のリボンに白で蝶々の刺繍を、ヨーゼフにはオレンジにポニ子さんの刺繍、源三さんは緑のリボンに人参の刺繍をしてみた。

するとエリーゼからはレースが見事なハンカチを、ヨーゼフからは手作りの手綱、源三さんからは変わり品種の朝顔の種を「おめでとうございます」という言葉と共に貰ってしまって。

頬っぺただけじゃなく、胸も熱くて、目の奥がきゅっと痛くなってきた。

なんだかムズムズして、今度は料理長とお話していたロッテンマイヤーさんのところに。

料理長には臙脂《えんじ》のリボンにコック帽の刺繍のロゼットを、ロッテンマイヤーさんには紫のリボンに眼鏡の刺繍をしたロゼットを渡すと、とても驚いた顔で。

ぎゅっと料理長に手を握られる。

「ありがとうございます、若様。これからもよろしくお願いします」

「こちらこそよろしくお願いします」

「新しいエプロンを用意しました、いつでも厨房にきてくださいね」

「あ、ありがとう……！」

にかっと男臭く笑ったかと思うと、料理長は私とロッテンマイヤーさんを残して、手を振って他の人のところに行ってしまった。

ロッテンマイヤーさんと言えば、紫のロゼットをじっと見つめて立ち尽くしていて。

私の誕生日をするなと言われていたのに、まずかっただろうかと焦っていると、柔らかい手に頬が包まれる。

「若様、お誕生日おめでとうございます……私に勇気がないばかりに、若様をずっとお祝いして差し上げられなくて……申し訳ありませんでした」

「そんなこと言わないで、ロッテンマイヤーさん。私は皆とパーティーが出来ただけでも十分嬉しいです」

「私からは、これを……」

手渡されたのは、一冊の本。

小首を傾げてロッテンマイヤーさんを見れば。

「これは若様のお祖母様であられる先代の伯爵夫人・稀世《きよ》様の日記です。これからの領地のことでお役に立つかと」

「どうして、ロッテンマイヤーさんがこれを……？」

「形見分けで頂いたのです。でも私より、今は若様に必要かと思いまして」

確かに昔を紐解けば、今に至る要因を見つけ出して、未来で同じ轍を踏むことがないように出来るだろう。

だけど、こんな個人的な物を形見として渡されるほど、ロッテンマイヤーさんと祖母には絆があったのだ。それを裂くような真似は出来ない。そう言うと、ロッテンマイヤーさんは静かに首を横に振った。

「想い出は胸にありますし、大奥様の願いは若様が健やかにお育ちなることです。私も、若様が健やかでいてくだされば……ですから、その一助となれば大奥様もお喜びかと」

「解りました、大事にします」

ぎゅっと本を抱き締めると、お礼を言って踵《きびす》を返す。

どうしよう、どうしよう。目の奥が熱くて熱くて、お鼻もツンツンしてきた。

まだプレゼント渡さなきゃいけない人たちが残ってるのに。

気合いを入れ直すために、軽くぺちぺち叩いた両頬は熱を持っていた。

と、その手を取られて、振り向かされると、大礼服のエルフ三人衆が、私を取り囲んで屈む。

なので、先制攻撃だ！

「ロマノフ先生、ヴィクトルさん、ラーラさん、お誕生日おめでとうございます！」

ロマノフ先生には青地にエルフ紋のコンドルを、ヴィクトルさんには白地に音符、ラーラさんには赤地に百合《ゆり》の紋をつけたロゼットをそれぞれ渡す。

すると「先越されちゃった」とヴィクトルさんが笑顔で肩を竦めた。

「誕生日プレゼントなんて百年ぶりくらいに貰いましたね」

「本当にね。なんだか照れ臭いよ」

「うふふ」って感じで、ロマノフ先生もラーラさんも笑ってくれた。

柔らかくて穏やかな雰囲気に、私も照れ臭くなってくる。だから逃げようとすると、がしっと意外に力強いロマノフ先生の手で肩を掴まれた。

「逃がしませんよ。私達からもプレゼントがあるんですから」

「そうだよ。僕からはこれ」

差し出されたのは長方形の、少し厚みのある箱。開けて見るように言われたので包装を解くと、中に入っていたのは持ち手は金に唐草《からくさ》がカービングされた刃がキラキラ輝く鋏で、鋏《はさみ》の刃同士を交わらせる真ん中に大きくて透明な硝子《がらす》がつけられ、それを囲むように七色の小さなビジューがあしらわれている。

持ち手を持つと、しっくり手に馴染む。

「当代きってのドワーフの名工の逸品だから、ドラゴンの鱗を裁ち切っても刃毀《はこぼ》れなんかしないよ」

「そ、そんな凄いものを……!?」

「れーたんやかなたんにも、同じひとが造ったペーパーナイフを用意したんだ」

あわわわ、しゅごい！

びっくりして開いた口を閉じられないでいると、ラーラさんが咳払いをする。

「ボクからはエルフ一のお針子って言われた叔母の刺繍図案集だよ。魔力で描かれてるから、『ここどうやるの？』って聞いたら答えてくれるんだ」

「ひょえ!?」

ハードカバーって言うか、きっちりした装丁のぶ厚い本を抱えると「あら、中々の腕前ね」と本が喋る。

開いた口が塞がらないどころか、驚きすぎて顎が外れそうなくらいだ。

そんな私の顎をなおしつつ、ロマノフ先生がにこっと笑う。

「私からは、これですよ」

「ありがとうございます」

手渡されたのは可愛い模様の付いた藤のバスケットで、それを見た途端ラーラさんとヴィクトルさんが声をあげた。

「ちょっ!?　叔母様の店からその裁縫箱が消えてると思ったら!?」

「いやぁ、考えることは皆同じですねぇ」

「僕がお店に行った時は『刺繡図案集も裁縫箱も、もう売れちゃったのよねぇ』って言うから鋏にしたのに！『布切り鋏に糸切り鋏、紙を切る鋏。鋏ならいくつあっても困らないわよ』ってやけに具体的に教えてくれるなと思ったら、そういうことだったわけ⁉」

「ああ、ラーラもヴィーチャも来るかも知れないって言っておいたんですよ。お陰で被らなかったから良いじゃないですか。ついでに詳しくアドバイスしてくれたでしょ？」

「なんてヤツだ！」

「キミってヤツは、本当になんて良い性格してるんだ！」

ヴィクトルさんがロマノフ先生に詰めよって、ラーラさんなんか先生の襟首掴んでガクガク揺すっている。

呆気に取られていると、私の表情を見たロマノフ先生が、咳払いで話を変えた。

「いえね、私の母が帝都で雑貨屋をしていまして。気に入った雑貨なら種類を問わずなんでもおくひとなんですが、特に自分が手芸を趣味にしているだけあって、裁縫道具にはちょっとうるさいんですよ。何せエルフ一のお針子って呼ばれるくらいの腕前ですし。そのひとが『私が欲しい』と思う道具を全て集めたのが、この裁縫箱なんですよ。ちなみにマジックバック機能付きなんで、糸も布も入れ放題です」

「わぉ……！」

「開けてみてください」と言われて、バスケットの蓋を開く。すると縫い針・まち針と針山と沢山の糸と糸巻、糸切り鋏に巻尺にチャコペン、ヘラやヤットコ、先の尖ったピンセットや丸いピンセット、指貫、糸通し、紐通しなどなど、どれも凄く綺麗で使いやすそうに見えて。

「師匠と呼ばせてください……！」

「母に伝えておきますね」

穏やかな三人の眼に、私が映っている。

それが何だか気恥ずかしくて、「ありがとうございます」はとても小さな声になってしまった。

受け取ったものはもう、抱えられないくらい沢山で、目の奥が熱くても、何か出てきそうでも、抑えられない。鼻もなんだかツンツンむずむずするし。

気を抜いたら何かが溢れてきそうで俯くと、そっと背中から小さな腕に抱きつかれた。

「にぃに、れーもみんなも、にぃにがすきよ？」

これから先、何があっても、この日のことを忘れなければ、きっと生きていける。

真心を君に

パーティーは和気あいあいとした雰囲気で進んで、用意した料理やデザートが全部無くなった時点でお開きにすることになっていた。

出た話題は様々で、例えばエルフの三人が参加した皇宮のパーティーの話とかは、結構盛り上が

って。

「あーたんの献上した髪飾り。本当によく似合ってたし、淑女の皆さんの視線も釘付けだし、法律の対象になる技術としても注目の的だし」

「え？　法律の発布があったんですか⁉」

「ええ、本日付けで発布して四の月から正式に施行だそうです。技術の登録は商人ギルド、既にある技術の取り扱いは職人ギルドが請け負ってくれるように調整が出来たそうですよ」

「まんまるちゃんの……って言うかEffet・Papillonの技術の公表も四の月になるらしいよ。それまでにつまみ細工は数を作って揃えておいた方がいい。妃殿下を問い詰めるわけにいかないから、同じような髪飾りを持つマリーに仲介してほしいってお嬢さんたちが詰め寄ってたから」

「了解です、エリーゼにも伝えておきます」

こくりと頷くと、エルフ三人も頷く。

その次に出たのは大晦日から新年に起こった不思議現象の話。と言っても、菊乃井の住人は、私がやったと思い込んでるらしい。

「なんで私がやったと思うの？」

「だって若さまの歌きこえたし。空に花もようとか星ふらせるとか、せんせいたちに手伝ってもらったのかなって、じいちゃんが言ってたから」

「確かに歌ってたのは私だけど、魔術は神様に手伝ってもらったの」

「まじかー⁉　神さま、すごいな！」

「うん、でも神様に手伝ってもらったのは内緒にしてね？」

「そんじゃあ、やっぱり若さまがせんせいたちに手伝ってもらってやったことにしたほうがいいんじゃないか？」

「あぁ、そうだねぇ」

うーむ、若干良心が咎めるけど、騒がれると神様方とお会い出来なくなっちゃうかもだし。折角ミュージカルや舞台の話が気兼ねなく出来るお方を減らしたくない。

先生方に相談しようか。

そう考えて先生方に声をかけると、「頃合いかと思ってました」とロマノフ先生が仰った。

「頃合いって……？」

「そりゃあ、事情聴取の、ですよ」

「そうだよ、いつの間に氷輪公主様とお近づきになったのさ。神様は大抵いきなり来られるけど、今回はまた特にいきなりだし」

肩を竦めるヴィクトルさんの言い分はごもっともだ。だって氷輪様、あの時どう考えてもいきなり横に現れた感じだったもの。

どう説明するかなって言葉を選んでいると、ロマノフ先生とヴィクトルさんが首を傾げた。

「しかし、そもそも本当にあの方は氷輪公主様なのですか？　公主とは女性につける尊称……あの方は、その……」

「どうみても姫君には見えないって言うか……？」

ああ、それは解る。

つか、私のイメージを実体化しちゃったらしく、あの時の氷輪様は凛々しくも怜悧《れいり》な美貌の男性っぽかった。厳密に言えば、そう見えるようにメイクした菫の園の男役さんだけど。

すると、カッとラーラさんの目が見開かれた。

「アリョーシャ、ヴィーチャ、キミたちの目は節穴か⁉」

「へ？」

「え？」

「ボクには解る！　あの方はボクと同じだ！　そうだろう、まんまるちゃん⁉」

「ぼ、ボクと同じって……？」

「ボクと同じで、男性の格好を好きでしている女性だろ⁉　あの姿、かなりのこだわりがあると見た！」

「あー……そういう……」

そういう解釈がありましたか。

いや、でも、あれは私の趣味に合わせた姿であって、氷輪様の趣味って訳ではないし。でも、それを説明すると菫の園の話をしないといけないから、墓穴を掘ってしまいそうな気がする。

ので、「ごめんなさい」と氷輪様には心の中で謝って。

「……そういうことです！」

「やっぱり！　そうだと思ったんだよ！　目の辺りの化粧なんて最高だよね、切れ長で涼しくて！」

興奮ぎみに語るラーラさんに、「お、おう」と奏くん含めて男性陣がちょっと引く。

そんな中、ぶれないのがデザートのお皿を持ってとてちてと近づいてきていたレグルスくんで。

「にぃには、いつ、おともらちがふえたの？　れーにないしょでおでかけしたの？」

「お出かけなんかしてないよ。何処かに行くときはずっと一緒だったでしょ？」

「じゃあ、なんでおともらち？」

「うーん、姫君から私のことを聞いたから会いに来てくれたんですって」

「そーなの？　ひめさまのおともらち……ひめさま、げんき？」

「元気でいらっしゃるみたいだよ」

八の字にしょんぼり落ちていた眉が上がる。

レグルスくんは姫君のお名前で何となく察したらしく、それ以上は何も言わずデザートのシュークリームを、私に渡してきた。

食べさせてほしいのかと思って、それをレグルスくんの口許に持っていこうとすると「にぃに、たべて」と言われる。だからありがたく食べると、またシュークリームを取って私に渡した。

それを食べると、またレグルスくんはシュークリームに手を伸ばして、私に渡そうとする。でもそんなにシュークリームばっかり食べられないので、ロマノフ先生の手のひらに乗せた。

シュークリームを噛りながら、ロマノフ先生がまた首を傾げる。

「姫君のご紹介であの日初めてお会いしたんですか？」

「いいえ、実は初めてお会いしたのは妃殿下に献上した『シシィの星』が完成した日なんです」

私の言葉にヴィクトルさんが、眉を寄せる。

何故かまたレグルスくんにシュークリームを渡されたけど、今度はヴィクトルさんに渡す。

「だいぶ前からだけど、なんで内緒にしてたの？」

「いや、他意はないんですけど、氷輪様がいらっしゃるのは夜だから、騒がれたくないのかしら……と。この間も花火が始まるずっと前からいらしたんですけど、皆さんに姿を見せないようになさってたから……」

「ああ、なるほど。まあ、神様がいきなりお出ましになって騒ぐなって方が無理だもんね」

こくこくと頷くと、それで納得してもらえたみたい。

ヴィクトルさんがシュークリームを食べるのをみて、レグルスくんが唇を尖らせていたけど、あれはいったい何だったんだろう。

それは兎も角、そのヴィクトルさんが食べたシュークリームが最後の一つだったらしく、パーティーも私への事情聴取もそれで終わったのだった。


そしてお風呂に入って、パジャマに着替えて、ベッドに入ろうとした時。

暗がりから人影が浮かび上がる。

『我は別に趣味で男装をしているわけではないのだが……？』

「ええ、はい、存じております。申し訳御座いませんでした」

素直に謝ると、氷輪様は緩やかに首を振る。怒ってはいらっしゃらないようで、単に困惑しておられるご様子。

どうしてか尋ねると。

『いや、人の口の端に我が男装を趣味にしていると語られるかと思うと、どんな風に我のイメージがつくのか楽しみなような、怖いような……』

「大丈夫ですよ、お美しくていらっしゃるから！」

『それはお前が我に投影した役者たちが美しいからだ。……ああ、ほら、また変化する……』

ふわりと氷輪様が淡い光に包まれて、実体を持つ。

大晦日は紺や黒に近い髪だったけれど、今度は銀髪に青銀の艶やかな流し目の麗人で。

『全く、安定せぬな』

「申し訳ありません」

『良い。これはこれで飽きぬ』

ひらひらと手を振ると、私のベッドにマントを翻して腰掛ける。長い脚を組むと、座れとばかりに氷輪様は隣をぽふぽふ叩いた。

ベッドに上がってお隣にお邪魔すると、突然氷輪様の前に魔力の渦が現れ、そこに迷いなくお手を突っ込まれる。

そして取り出したのは大人の腕で抱えても、まだ余るくらい大きな箱だった。

『イゴールと百華から預かってきた』

「姫君とイゴール様から……？」

開けるように促されて、かけられていたリボンをほどく。すると箱の中にもまた箱があって、それを開くと中には――。

「こ、これはミシンじゃないですか⁉」

ボディは漆を塗り重ねたような黒に、螺鈿《らでん》のような花飾りが施され、それは筒状の物を縫う時に外すテーブルの面にもあって。

ボビンやミシン針もセットされていて、見れば見るほど前世で重宝した「ミシン」にしか見えない。

驚いていると、氷輪様が頷く。

『百華が言うには、イゴールが加護をやった異世界からの転生者がその仕組みをイゴールに教えたそうだ。裁縫が好きならきっと喜ぶだろう、とな。確かどこかの次男坊らしいが、世話になったからと。イゴールに言わせれば、誕生日の贈り物に迷っていた百華に教えたら、さっさと作れと言われたそうだ』

「姫君が……！　それにイゴール様や次男坊さんまで……」

『で、我が使いを頼まれたのだが、魔力で動くらしい。詳しい使い方は説明書とやらが箱の中に入っているから、それを見るのだな』

「わかりました、ありがとうございます」

ぺこりとお辞儀をすると、氷輪様が眉を少し寄せる。どうしたんだろうと思っていると、顎を一撫でして、氷輪様は魔力の渦にもう一度手を突っ込んだ。

『お前、蜘蛛《くも》は平気か？　あの足の沢山ある虫だが』

「ええ、まあ。蜘蛛は益虫《えきちゅう》ですし、何もない限りは何もされないので」

『そうか。ならばこれをやろう』

魔力の渦から氷輪様が出してこられたのは虫籠で、なんと中には私の顔と同じくらい大きい蜘蛛が入っていた。

「大きいですね……」

『ああ。奈落蜘蛛《アビスタランテラ》と言って、冥府《めいふ》に住む蜘蛛だ。これの吐き出す糸は上質の糸で、織ると最高の布が出来る』

「そうなんですか？　でも蜘蛛の糸ってどうやって紡ぐのかしら……」

『蜘蛛に魔力を渡せば勝手に使える糸に仕立ててくれるし、何なら布状に巣を張ってくれる』

「便利な蜘蛛ですね！」

『ああ、だから仕立屋蜘蛛《ティラータランテラ》とも呼ばれている』

なんとまあ、便利な蜘蛛もいたもんだ。

冥府に住んでるってことは氷輪様の眷属なのかしら。

聞いてみると、否定系に首を振られる。

『魔物の一種だが、蜘蛛と同じで人間が攻撃せぬ限りはなにもしない。餌も禍雀蜂《テンペストキラービー》や大毒蛾《ポイズンモス》のような魔物だ』

「なるほど……？」

でも、くれるって言ったよね。じゃあ、餌は私が用意しなきゃいけない訳で。

モンスターなんか、私捕まえられないんだけど。

「あの……餌は魔物じゃないと駄目なんですか？　私じゃ用意出来ないです……」

『この土地にはダンジョンがあっただろう。餌は月に一回でも構わん。魔物ゆえ、一年食わずとも生きられるからたまにギルドか何かに死骸《しがい》の確保を頼めば良い』

「ああ、なるほど！」

それなら何とかなるかも。

頷いてお礼を言うと、虫籠を受けとる。

少しだけ氷輪様の頬に朱がさした気がしたけど、それよりも私には大事な事があって。

ベッドを降りるとタンスからロゼットを四つ取り出した。

牡丹のつまみ細工を中心に据えた緋色のロゼットは姫君に、水色と白のしましまのリボンで作ったロゼットはイゴール様、桜の花びらと似た色のリボンのロゼットは次男坊さん、それから三日月を刺繍したくるみ釦を真ん中に据えた紺色のロゼットは氷輪様に。

「本当はお会いできた時にお渡ししようと思ってたんですが、お誕生日おめでとうございます」

『神に誕生日なぞないぞ』

「ないからってお祝いしちゃダメではないんですよね？　こういうのは人間の心の持ちようだって仰ったじゃないですか」

『確かにな』

ふっと艶やかに唇を上げて、花の顔《かんばせ》に笑みを浮かべられる。

美形が笑うと目が潰れそうだ。綺麗すぎ。

その眩しすぎる笑みに目をそらしつつ、私はもう一度タンスに行くと、紙袋を持ってベッドに戻る。

そして紙袋を氷輪様のお膝に乗せた。

開けると中から黒なんだけど四本の足先だけ白い、猫の編みぐるみがころんと飛び出す。

『これは……？』

「編みぐるみです。氷輪様、以前ロゼットを作ってるとき、凄く面白そうに見てらしたし、こう言うのお好きだといいなって思って」

『そうか……そうだな。ひとのすることは興味がつきない。それを好きと呼ぶなら、そうなのだろうな』

編みぐるみを見る氷輪様の瞳は、なんだかとても優しい色をしていた。

過去へのプチ招待

眼鏡越しに、ロッテンマイヤーさんの目が点になった珍しい光景と引き換えに、寒くも爽やかな朝は絹を裂くような悲鳴に打ち消された。

「わ、わか、若様っ⁉　そ、それ⁉」

「ああ、昨夜氷輪様に頂いた奈落蜘蛛《アビスタランテラ》ですよ」

わなわなと震える指が枕元に置かれた虫籠を指し、ロッテンマイヤーさんらしからぬ様子で廊下まで遠ざかる。

「ロッテンマイヤーさん、蜘蛛苦手でしたか……」

「わ、私は、虫の類いが一切だめで……！」

「そうなの？　ごめんね、知らなかった……。でもタラちゃん悪い子じゃないよ？」

「たっ、タラ、ちゃん、ですか？」

「そう。タランテラだからタラちゃん。魔力を吸わせると綺麗な糸を出してくれるんだ」

「……左様で御座いますか」

昨夜あれから、氷輪様とどのくらいの魔力を渡したら、どれだけの糸を作ってくれるか、試して見たんだよね。

結果、極小さな火の玉一つ作るくらいの少量の魔力で、糸巻き一つ分の糸を生成してくれた。低燃費、万歳。

その過程で解ったんだけど、タラちゃんは犬と同じくらいの知性があるらしく、こちらの言葉をある程度理解出来るようだし、表現も出来るみたい。

そんなことを説明すると、ロッテンマイヤーさんは距離を取りながらも理解してくれたようで。

「飼育場所を限定していただければ、そこでは放し飼いになさっても大丈夫かと……」

「うん、虫籠の中ばっかりじゃ辛いだろうしね」

「使用していないサンルームが別棟に御座いますので、そちらを掃除するように致しましょう」

「サンルームなんかあるの？」

「はい。若様の亡くなられたお祖母様の稀世《きよ》様が使っておられたのですが、奥様はそこを余り良くは思われていないので閉鎖しておりましたが……」

「そうですか。掃除は手伝いますから、そこを使わせてもらいますね」

「承知いたしました」

そんなわけで、サンルームの掃除をすることになったのと、タラちゃんのこと、姫君やイゴール様、次男坊さんからのプレゼントの話を、朝食が終わってからお茶を飲みつつ伝えると、エルフ三人衆が天を仰いだ。

「異世界の道具に仕立屋蜘蛛《ティラータランテラ》ですか……」

「モンスターを飼うって……ねぇ？」

「もうやだー！　あーたんのステータスが怖くて観られないー！」

ロマノフ先生とラーラさんは概ね遠い目で、ヴィクトルさんはげっそりした感じ。

ここでおずおずと宇都宮さんが手を挙げた。

「どうしました、宇都宮さん？」

「や、実は……あの……朝起きたらレグルス様の枕元にも妙な物がありまして」

促されてレグルスくんが差し出したのは、前世の時代劇っていうのに出てきた巻物みたいなのと、虹色の羽根で作られた羽根ペンで。

「巻物の中身は確かめましたか？」

「うちゅのみやがさわろうとすると、びりびりするの」

「そうなんです、宇都宮が触ろうとすると手がビリビリして痛くて！」

おやまあ。

兎に角その巻物を受けとると、はらりと封をしていた紐がほどける。中には流麗な文字が短く書き付けられていた。

「『ひよこよ、兄を助けて勉学と棒振《ぼうふり》に励め』ですって」

文章の終わりに墨で、蓮《はす》の花の、丁度私やレグルスくんの額にあるような模様が描かれていて、自ずと手紙の差出人が知れた。

姫君が氷輪様に託して、託された氷輪様はレグルスくんが寝てるのを見計らって、枕元にも置いてくれたのだろう。

宇都宮さんにそう告げると、しゃらんと涼しい音を立てて巻物が消えた。

残った羽根ペンをレグルスくんに渡すと、嬉しそうに見慣れないポシェットにしまおうとする。

首からかかったそれは、ひよこの形の小銭入れに紐が付いたもので、どう見ても羽根ペンが入る大きさじゃない。止めようとすると、ひよこの頭についたがま口から、するすると羽根ペンが中に入っていって。

「レグルスくん、それ……？」

「おたんじょうびに、ちぇんちぇにもらったのぉ！」

先生、沢山いるんですけど。

というか、私、自分の誕生日に気を取られて、レグルスくんが何を貰ったのかちゃんと聞いてもなければ、お礼も言っていない。

「先生方、ありがとうございます。父に成り代わりお礼を申し上げます」

「いえいえ。私からはひよこのマジックバック、ラーラからは……」

「ボクからは、そろそろ弓をちゃんと教えてあげようと思って、エルフの弓術セットだよ」

ヴィクトルさんからは、ドワーフの名工が作ったペーパーナイフを頂いたのは知っていたけど、お二人からもプレゼントを頂いたレグルスくんは、その場できちんとお礼が言えたらしく。

「『ありがとうございます、これからもがんばります』って、きちんと言えたよ」

「そうですね、ちゃんと噛まずに話せてましたし」

なんということでしょう、四歳になったばかりだというのに、レグルスくんときたら。

「天才かな？」

「この兄にしてこの弟ありってのが妥当だと思うよ、あーたん。れーたんのステータスも、僕は正直怖くて直視できないもん」

「やだなぁ、私が何かおかしな生き物みたいじゃないですか」

ヴィクトルさんの言葉がちょっと納得できなくて唇を尖らせる。なのにロマノフ先生もラーラさんもこくこく頷くし、ロッテンマイヤーさんに至っては目も合わせてくれない。なんでさ。

そんな調子で朝の一時を過ごして、お腹も落ち着いた辺りでロッテンマイヤーさんに案内されて、今は使用していない別棟のサンルームへと足を運んだ訳で。

埃が積もってるだろうからと、エリーゼや宇都宮さんはモップとバケツ、雑巾を、私はこども用の箒を用意しておいた。

で、長く閉めきっていた扉を、ロッテンマイヤーさんが持っていた鍵で開けると、中の淀んだ空気と埃が外へと流れる。

思わず咳き込むと、何故かついて来たエルフ三人衆のうち、同じく咳き込んだヴィクトルさんが指を良い音をさせて弾いた。途端に風が私達を避けながら、埃を吹き飛ばす。

箒を隅々までかけたように、埃っぽさがなくなると、それまで見えなかった床が。

タイルをモザイク模様に組み合わせたそれは、蝶々が舞い飛ぶ花畑になっていて、貴婦人が過ごすには相応しい空間を演出していた。

「とりあえず大まかに埃は吹き飛ばしたけど、拭いたり掃いたりはしないとダメかな」

「ありがとうございます、後は人力で頑張りましょう」

ヴィクトルさんにお礼を言うと、ロマノフ先生がエリーゼから受け取ったバケツに水を満たす。

それに雑巾を浸して絞ったものを受けとると、同じくレグルスくんも受け取ったようで、見回すとラーラさんたちも雑巾やモップを手にしていた。

新年早々大掃除をやるとは思わなかったけど、それなりの人数でやると、さくっと終わるもんで。

しばらくすると、何処もかしこも拭き清められて、ずいぶんと綺麗になった。

カーテンも外して洗濯に出すと、サンルームの名に相応しくステンドグラスになった天窓から、キラキラと虹色の光が部屋を照らす。

その光の暖かさに目を細めていると、ツンツンとシャツの裾が引かれて。何かと思うと、レグルスくんが空っぽの本棚に裏向きで立て掛けられた大きな額縁を指差した。

「にぃに、あれなぁに？」

「なんだろうねぇ」

とてとてと持ち前の好奇心で近付いていくレグルスくんと、一緒にその額縁に近付くと、持っていた雑巾で埃まみれの額縁を拭く。そしてその大きな額をレグルスくんと協力して、表向きにかえると、そこにはやっぱり埃は被っているけど貴婦人の肖像画があった。

「にぃにとおなじいろ……」

「ああ……そう、だね。髪とか目とか……」

凛とした佇まいに、意志の強さが滲み出る大きな眼、すきっとした眉と。流れるような黒髪に、薔薇の花弁のような唇が合わさると、相乗効果で輝かんばかりだ。

「『若い頃は麒凰帝国の誇るフェアレディなんて呼ばれたのよ』と、口癖のように仰ってましたが……お歳を召してからも、本当にお美しい方でいらっしゃいました……」

懐かしむようなロッテンマイヤーさんの声に、部屋中の視線が肖像画に集中する。

「確かに……」と、囁くような言葉が漏れたのは誰の口からだったろうか。

「では、この方が私の……？」

「はい、先代の伯爵夫人・菊乃井稀世様。若様のお祖母様でございます」

美形遺伝子、何処で断絶したんだろうか。

思わずジト目になったのは、私だけだったようだ。

かぼちゃよ、さらば

私と祖母の間で行方知れずになった美形遺伝子さんは兎も角、私と祖母と母は確かに血の繋がりがあるようだ。

髪とか目の色がまるで同じだもん、否定のしようがないよね。

とりあえず、肖像画に傷が付かないように埃を魔術で払ってもらうと、ロマノフ先生やヴィクトルさんの手を借りてそれを掲げる。

綺麗になったサンルームは、生前の祖母が好んだ状態になったろうか。

まあ、過ごしやすくなったのは確かなので、部屋からタラちゃんを連れてきて虫籠から出してやる。すると跳ねるように飛び出して、辺りを窺うようにしてから、天窓の近くに巣を張り始めた。

タラちゃんはこどもの顔くらいの大きさだけど、だからって巨大な巣を張るわけではないようで、小ぢんまりと六角の糸を張り終わると、そこから糸を使ってサンルームの中を冒険する。絶対に肖像画には糸を触れさせないようにしている辺り、本当に賢い。

「ところで、タラちゃんの餌は？」

「あー……禍雀蜂《テンペストキラービー》やら大毒蛾《ポイズンモス》だそうです。一度ご飯を食べたら、一年くらいは食べなくても良いらしいですけど、そんなわけにはいかないかなって」

私だって三食食べるのに、必要がないからって一年に一回とかはどうかと思う。

ちょっと痛いけど布を調達する必要経費として、冒険者ギルドにタラちゃんの餌を調達してもらうように依頼をだそうか。

そう伝えると、ロマノフ先生とヴィクトルさん、ラーラさんが円陣を組んでゴニョゴニョと話始めて。

「そろそろ……」とか「でも運動苦手だし……」とか、多分私のことを言ってるんだろうってのが解ったけど、とりあえず黙っているとやがて三人が顔を上げた。

「では課外授業です、タラちゃんの餌を調達しに行きましょう」

「えーっと……？」

「幸い禍雀蜂《テンペストキラービー》も大毒蛾《ポイズンモス》も、菊乃井のダンジョンにいますしね。鳳蝶君もそろそろダンジョンや戦闘を見学しても良い頃合いでしょう」

きょとんとした私がロマノフ先生の言葉に頷けずにいると、横合いからロッテンマイヤーさんが口を挟んだ。

「お待ちください、先生。若様はその……」

「戦闘には向かないとは言っても、モンスターがそれを考慮してくれるわけではありません。まして菊乃井はダンジョンを領地に抱えている以上、モンスターの大繁殖による氾濫が起こる懸念があります。それが起こったとき討伐の指揮を取るのは鳳蝶君かもしれない。得意じゃないからやらないで済ませられるほど、平らかな環境ではありません」

きっぱりと言い切るロマノフ先生の横顔は、いつもの様に柔和な物でなく、少し厳しい。それにロッテンマイヤーさんが息を飲んだのを察して、ヴィクトルさんとラーラさんが間に入ってくれた。

「まあまあ、そりゃいきなりでビックリだよね。でもさ、いずれはやらなきゃいけないことだし。幸いあーたんは付与魔術がかなり使えるから、防具とかきちんと準備していったら、怪我なんてしないと思うよ」

「そうそう。アリョーシャだけじゃなく、ヴィーチャやボクも一緒に行くしね。菊乃井のダンジョンは初心者に優しく出来てるから、何だったらピクニックに行くくらいの気持ちで大丈夫さ」

安心させるように軽く肩を叩くラーラさんに、ロッテンマイヤーさんの八の字になった眉が、少し戻る。

と、今度はレグルスくんが手を上げた。

「れーも！　れーもいく！」

「レグルス様、お兄様は遊びに行くんじゃないんですよ。レグルス様は宇都宮とお留守番してましょうね？」

「やー！　れーもいくのぉ！」

レグルスくんが地団駄を踏んで珍しく自己主張する。

菊乃井に来る前から、レグルスくんは聞き分けが良くて我が儘らしい我が儘を言わない子だったらしいし、普段はジタバタ駄々を捏ねたりはしない。

「いけません」と言われれば、多少は残念そうな顔をするけれど、それだけで後を引くことなんてないのに。

どうしようか考えて、レグルスくんの手を握る。

「あのね、遊びに行くんじゃないし、どっちかって言うと楽しくないし、怖い思いをするかもしれないんだけど……」

「やーだー！　れーもいくのー！」

「うーん、お家でお留守番しててほしいんだけどなぁ」

「いーやー！　れーもいきたいー！」

じわっと涙目でジタバタするとか、本当に珍しい。こんなのは初めてで、ロマノフ先生に助けを求めて視線を向けると、先生は小首を傾げた。

「構いませんよ。ピクニックみたいなものだと言いましたし、なんなら奏くんや源三さんも誘いましょうか」

「ふぁ⁉」

「ただし、準備はきっちりしていきましょう。それから冒険者ギルドに行って、初心者指南講座も受けて、冒険者の仕事とはどんなものか学びましょうね」

いいの⁉

だってダンジョンに潜るんでしょ⁉

危ないじゃん！

びっくりしていると、ラーラさんとヴィクトルさんも、首を縦に振る。

「まあ、ボクらがいて踏破出来ないダンジョンじゃないし」

「そうそう。何だったら最下層の見学もさせてあげられるよ？」

気負いない言葉にはっとする。

そうだった。先生たちは国家認定の英雄で、目茶苦茶強かったんだっけ。

野良仕事したり鶏追いかけたり、雪合戦したり泥遊びしたり、私が教えたオクラホマミキサーやらジェンカ踊ったりしてる姿のが身近だったから忘れてた。

それはロッテンマイヤーさんや宇都宮さん、エリーゼもそうだったらしく「そういえばぁ、先生がたってぇ、お強いんでしたねぇ」とかほえほえ頷いてる。

てか、エリーゼの気配の消しっぷりは宇都宮さん以上に上手い。

その「ああそう言えば」的な視線にいたたまれなくなったのか、ロマノフ先生が咳払いを一つ。

「ええ、まあ、そう言う訳ですので、菊乃井ダンジョンツアーを課外授業として開催します。お弁当持っていきましょうね」

「勿論、現地で手を加えて食べられるものでも構わないんだけど」

「参加者はボクとヴィーチャとアリョーシャ、まんまるちゃんにひよこちゃん、それからカナと源三さんで決まり？」

「う、宇都宮もレグルス様の守役として参加します！」

ラーラさんの言葉に、宇都宮さんが手をあげる。それに頷くと、改めて人数をロッテンマイヤーさんが確認して。

丁度仕事に来た源三さんと、勉強兼遊びに来た奏くんに確認を取ると、二つ返事で参加してくれることになった。

「さあ、では鳳蝶君。付与魔術のお勉強も兼ねて、君やレグルス君、奏君の防具を作りましょう」

「はい！」

ダンジョンに行くのは二週間後。それまでにどれだけの物が作れるだろうか。


ダンジョンに行くとして、防具って言われるとスケールメイルとかプレートメイルとかを想像するんだけど、ロマノフ先生やラーラさんを見ているとどうも軽装なんだよね。

その答えはヴィクトルさんがくれた。

「だって、アリョーシャにしても、ラーラにしても、あの軽ーく見える服にこれでもかってくらい付加効果ついてるもん。勿論僕もだけどね」

「なんですと⁉」

「いやいや、驚くようなことじゃないよ？」

ダンジョンではドロップ品として、頑健《がんけん》やら物理防御力向上やらの付加効果がついた防具が手に入ることも、攻撃力にブーストがかかる武器を手に入れることもあるそうで。

大概の冒険者はそう言うものを身につけているし、言ってみれば強い冒険者ほどレアなダンジョン産の防具や武器を持っているそうだ。そうじゃなくても、腕の良い冒険者ほど、装備品にお金をかけるので、良い品物を身に付けているかいないかは、冒険者としての腕の良し悪し強い弱いの、一つの目印となるとか。

「駆け出しの冒険者なんて、仕事が危険な割にまともな装備もないってひとがほとんどなんだよね……」

「そんなの、危ないじゃないですか……！」

「でもね、あーたん。お金を稼ぐ方法がそれしか選べないって状況で冒険者になる人だって多いんだよ？　それでまともな装備を用意出来ると思う？」

「それは……」

「なけなしのお金で革の胸当てと短剣買って、それで簡単な依頼をこなして信用つけて、良い武器と防具を買って、また依頼を受けたりダンジョン踏破して、成り上がる。これが冒険者の実状だよ」

なんと世知辛い。

特に菊乃井のようにこれと言った産業がないと、継ぐ農地や商売がないと冒険者か行商人を職業に選ぶより他ないらしい。

そりゃ若者の流出が止まらんわ。

菊乃井はまだ大丈夫だけど、お金がない領地だと若者の流出が止まらず、領民が農地を捨てて逃げていくこともあるのだ。

生かさず殺さず倦《う》まさず張り詰めさせすぎず。

人を治めるのは実に難しいのだ。

って、そういうことじゃない。

「だからね、安いハンカチに頑健とか物理防御力向上とかの付加効果を付けて売り出すのを、僕は慈善事業にも等しいと思ってるんだよ」

それはどうだろう。

私が作るハンカチなんて、そんな流通する訳じゃないし、個人的にお小遣い稼ぎたい時に出してるものは、菊乃井の冒険者ギルドのマスター・ローランさんがお買い取りして、然るべきに流してるそうだし、それがどうなってるかまで、正直興味無かった。

これからはちょっとくらい、興味を持った方がいいかも。

それはそれとして、レグルスくんや奏くんがラーラさんから貰ったエルフの弓術セットにも秘密があるのだとか。

弓はエルフの里の梓《あずさ》で作った梓弓で、持ち主の成長に合わせて大きさが変わる魔術が付与されていて、アンデットの中でも実態を持たないゴースト系もぶち抜けるらしい。矢は折れない限り勝手に戻って来て、矢筒に収まる仕様の魔術付き。

胸当てとグローブも、物理防御力向上や魔力向上が付いてるそうだ。

だったら素早さの向上や、防具なり弓なりが壊れにくくなる魔術を付与した方が良いかな。

それから、防具の下に着るシャツや肌着、ズボンにかぼちゃパンツ……ドロワーズにも刺繍で付与魔術を固定させてみよう。それで重ね着したらどうなるかも試してみたいし。

そんな訳で鑑定眼を持つヴィクトルさんにご協力頂いて、色んな刺繍をシャツに刺して付加効果を確認中だ。

ちなみに協力モデルはレグルスくん。着せ替え人形になるために、絵本を読みながら待機中だ。

チクチク針を動かす度に、開いていた刺繍図案集が「ハチドリの紋様は素早さをあげるわよぉ？」とか「猿はちょっと魔素を集めやすくなるわねぇ」とか教えてくれるんだけど、声が何か野太い。

とは言え、教えてほしいことを的確に教えてくれたりする辺り、流石ロマノフ先生のお母さんの図案集だ。

最後の一刺しして、糸を始末すると、ドロワーズに防水の刺繍が出来上がる。なんで防水にしたかって言うと、レグルスくんだってまだ四つ。正確に言えば三歳十一ヶ月な訳ですよ。ダンジョンで怖い目にあってお漏らししても、びしょびしょにならないための工夫ってやつ。

胸当て、シャツ、タンクトップみたいな下着、ズボンにドロワーズ。

全てに物理防御力向上を付与して、更にシャツには俊敏と魔力向上、タンクトップには頑健と魔力向上、ズボンには俊敏と防水、ドロワーズには頑健と防水の組み合わせ。

さてどうなることかと、ひよこちゃんに冒険者の服セットを渡すと、ちゃっちゃか着替えてくれて。

「にあう？」

「うん、似合うよ」

流石に胸当ては一人ではつけられなかったので手伝ったけれど、他は自分一人で着替えられたことで、ヴィクトルさんに向かって「ふんす！」と胸を張る。するとヴィクトルさんも「えらいね、れーたん」と拍手をしてくれた。

そして暫くレグルスくんの頭の先から爪先まで、何度か視線を往復させて、ため息を吐く。

「あー……解っちゃいたけど、本当にどうしようね。物理防御力が高くて【武器破壊】効果が出てる、他もちょっと変化……防水が【吸・防水】になってるとか、【魔力向上】が【魔力吸収】になってる……。重ね着すると素晴らしく効果が上昇するみたい」

「えー……と、つまり？」

「あーたんの冒険者の服セットは、名工が鍛えた鎧と同等か少し上ってことだよ。ちなみに武器破壊効果って、例えば槍で突かれても相手の槍の穂先が、剣で切られたなら相手の剣がご臨終ってことだからね？」

「ひょえ⁉」

肩を竦めるヴィクトルさんに、私は顎を外す。

まあね、攻撃魔術を使うより付与魔術のが得意だとは思ったけど、重ねたらこんなになるのか。

わぁ、自分のことながら、これは怖い。

「……つかぬことをお聞きしますが、菊乃井のダンジョンって、これでも食い破ってくるような魔物っていいます？」

「うーん、絶対いないとは言えないよね。冒険なんて思ってもないアクシデントに見舞われたりするもの。そういうのをまったく加味しなければ、いないって断言出来るよ。更に言えば菊乃井のダンジョンに出る魔物の討伐難易度は、あーたんの飼ってるタラちゃんよりみんな下。タラちゃん連れてる限り、頭の良い魔物はまず寄ってこないよ」

「え⁉　タラちゃん、そんな強いんですか⁉」

「そりゃ強いよ。だって禍雀蜂《テンペストキラービー》やら大毒蛾《ポイズンモス》なんて、菊乃井ダンジョンにいる魔物の討伐難易度の上位にいるのに、それの天敵なんだから。禍雀蜂《テンペストキラービー》の巣の近くに奈落蜘蛛《アビスタランテラ》を一匹放り込んだら、巣ごと全滅させてくれるよ」

「ヤバい、禍雀蜂《テンペストキラービー》の蜂蜜は一応菊乃井さん宅の特産品なのに！　全滅はダメ、絶対！　Ｎｏ全滅、Ｙｅｓ生かさず殺さず！」

「あーたん、たまにお腹黒いよね」

だって蜂蜜は貴重な特産品なんだもん、保護するに決まってるじゃん。だからって人間を圧迫してもらったら、それはそれで困る。

共生が出来ればそれに越したことはないけど、出来ないからって根絶やしにするのはいけない。

まあ、それは置いといて。

とりあえず重ね着すると、一つ一つの付与魔術が重ねがけされたような効果が出ることが解ったんで、レグルスくんだけじゃなく、奏くんにも冒険者セットを作ることにしよう。

私も勿論自分用に作るけど、私は二人と比べて運動得意じゃないから、どうしようか。

つらつら迷っていると、ズボンを脱いだレグルスくんがドロワーズ姿で、持っていたそれを差し出した。

「れー、ひよこのかいてほしい！」

「描いてって……ああ、ひよこの刺繍してほしいの？」

「にぃに、ひよこすきだから、れーもひよこすき！」

あらやだ可愛い。

ちょうどズボンの尻ポケットが空白だったから、そこにひよこの刺繍を入れようか。

「ん！」と渡されたズボンを受けとると、刺繍が入るのをみたいのか、ドロワーズのままでしゃがみこむ。こどもがドロワーズを履くと、本当にお尻がぷっくりしてかぼちゃとか、見ようによってはアヒルとかひよこのお尻に見えて可愛い。

「ドロワーズをかぼちゃパンツって呼べる着こなしが出来るのは、精々かなたんやあーたんくらいの歳までだよねぇ。育つと全然可愛くなくなっちゃって」

和んでいると、しみじみとヴィクトルさんが首を振った。

「僕らみたいにとうが立つと、ドロワーズなんか単なる短いズボンみたいに見えちゃって面白くもなんともなくてさ」

今、何て言った？

まるでドロワーズを大人なヴィクトルさんたちまで着てるみたいに言わなかった？

愕然《がくぜん》としていると、ヴィクトルさんが「なんか変なこといった？」と、同じく首を傾げる。

待って、ちょっと待って。

確かにこの国って言うか世界は、服装が前世の「フランス革命」前後の時代に凄く似てる。

あの時代、下着って言えばドロワーズやら、それに似たタイプの下着を愛用してた筈。

ってことは、もしかして。

「……みんな、かぼちゃパンツ」

なんてこった！

下着の歴史を紐解けば、太古は腰巻のような感じで、腰やら股間やらを隠していたそうだ。民族の違いはあれど、そこから褌に似た形になったり、中世ヨーロッパでは薄いズボンのような布を腰と太ももに紐で固定したタイプに、更に上からタイツみたいなズボンを履いたりしていたそうな。

男女ともそういう下着になったのは、用を立ったまま足す文化があったせいで、もともとドロワーズも股座は用を足しやすいように股間部分に穴が空いてるのが普通だったようだ。

これは前世のドロワーズが発生した時代——近世辺りの話だけど、此方の方がトイレ事情が進んでいても余り変わりないみたい。

それはそれとして、褌《ふんどし》タイプでなくズボンタイプが発展したのは、股間がどうとかいうより、足を見せるのがはしたないとされていたからのようだ。

で、そこから腰から足首まである長ズボンタイプやら、シャツまで一体化したつなぎタイプになったり、様々な変遷があって。

実はブリーフやトランクスなんて言うのは、二十世紀に入ってから登場したのだ。

なんでこんなことを知ってるかっていうと、その辺りのコスプレをしようって親友に誘われた

『俺』は、何故だか凝り性を発揮して、下着から何から何までその時代に合わせようとしたから。

実際ドロワーズを作って履いたら、違和感が半端なかった……気がする。

閑話休題。

翻って、こちらのファッションはローブ・ア・ラ・フランセーズが主流と言うことだから、時代的には前世のフランス革命前夜辺り。

脚を見せちゃ駄目ってしきたりは無いけど、下着の主流がドロワーズでも、服装的になんの不思議もない訳なんだけど……。

『我に何故そんな話をするのだ……』

「だって私の中の昭和・平成の記憶がかぼちゃパンツを拒むんですもの」

『……そうか』

私のベッドに腰掛けた氷輪様が、ゆったりと長い脚を組み直した。

カタカタと足でペダルを踏むと、そこから魔力を吸い上げて、ミシンが布に糸を刺していく。

ヴィクトルさんに下着の話を聞いて勉強会が解散になると、私は一目散にサンルームに駆け込んだ。

目的はタラちゃんに魔力を渡して、伸縮性があるけど肌触りの良い布を畳一畳分ほど織ってもらうこと。

ついでにゴム紐っぽいのも、イメージを頭に浮かべて魔力を渡すと、ちょっと考えてからきちんとイメージ通りのものを作ってくれた。

そして、ジャストナウ。

『つまり、お前の記憶にある下着を作りたい。もっと言えば流通させたいということか』

「流通……は別にしなくても良いんです。私の違和感のために、自然な発展を遂げているファッション史をねじ曲げるのはどうかとも思いますし」

『今更だな。お前が持ち込んだカレー粉とやらは、その前世の何とか時代にはあったのか？』

「うぐっ……それは、その……生意気を申しました……」

『良い。自然に発生したならやがて自然に行き着くものを、自分の違和感だけで早めることに疑念を抱くのも解る話だ』

ピシャリと言われてしまったけど、そうだよな。こんなに色々無いものを持ち込んだんだから、今更違和感あるからって下着に云々言うなんて……とか矛盾も良いとこだよ。

あっちの世界だってドロワーズやらつなぎだった下着が、トランクスやブリーフみたいなボクサーパンツ型に変わったのには相応の理由がある。

それならこちらにだって、そんな理由があるはずだ。

うーん、皆見た目に違和感がある訳じゃないなら、使い心地で攻めようか。

しかし、かぼちゃパンツだって履き慣れていれば、そんな悪いものじゃないし。

やっぱり私の感性的に、見た目に違和感があるから止めてって言うのは単なる我が儘なんじゃなかろうか。

思考は堂々巡りしても、手や指はカタカタとミシンに合わせて布を手繰る。それを見つつ、氷輪様が眼を細めて顎を擦った。

『我の治める冥府に、中々次の生へと赴《おもむ》かぬ魂があるのだが』

「そう、なんですか……？」

『うむ。生きていた頃は冒険者だったのだが……死因がな』

冒険者で死因というと、余程惨たらしく魔物に殺されたのだろうか。

痛ましく思っていると、私の心を読んだようで、氷輪様が『否』と首を振った。

『格下の敵と戦っていた時に、下着の紐が切れたらしい。それに気を取られて隙が出来てしまったらしく「あ⁉」と思った瞬間に……』

顎の下、首を横に薙《な》ぐ仕草に、背筋が寒くなる。

なんということだろう。

戦って死ぬのは想定内だろうけれど、原因が下着の紐が切れたのに気をとられた隙に……とか、それは正直あんまりだ。

しかし、恐ろしいのはそれが一人や二人ではないらしく。

『死に方が余程堪えたとみえてな。皆口を揃えて、あんな死に方をまたするかもしれないなら、新たな生などいらんというのだ』

「……うわぁ」

トラウマになってるんだろうな、そういうのって。

あれ、ちょっと待てよ？

「つまり、今のかぼちゃパンツだと、そうなる危険性があるよってこと……？」

『まあ、人生何が起こるか解らぬからな。お前の言う異世界の下着なら、紐が切れたところで身体に密着するから余程のことがなければそうはならんのだろう？』

ああ、つまりこれは「そう言う口実で説得できるんじゃないか」って、提案して下さってるわけだ。

ならばそれに乗らない訳にはいかない。

丁度手元では、ボクサーパンツの試作品第一号が出来上がっていた。

じっとそれを見ている氷輪様に気付いて、そっとパンツを差し出してみる。

すると、指先で布をつまみ上げてしげしげとご覧になられて。

『履くとどうなるのだ？』

「どうって……パンツですから……」

『だから、どうなるのだ？』

冷たい印象を与える眼が、実は好奇心で輝いているのが解る。

つまり、着てみせろってことですよねー……。

その後、何枚か試作してみたボクサーパンツで、氷輪様が気がすむまでファッションショーをしたのは、私と神様のみぞ知る、だ。

人生にそんな驚きは求めてない

真冬と言っても、たまに物凄く天気が良くて暖かい日があるもので。

お空は雲ひとつない快晴、小春日和といって良いだろう丁度良い温かさの外出日和、レグルスくんと奏くんとおててつないで、お弁当を持って、山深い奥地の洞窟——ダンジョン攻略中だ。

前はロマノフ先生とラーラさん、後ろは源三さんとヴィクトルさん、左右は宇都宮さんとタラちゃんに固めてもらって、てくてくと意外に整った洞窟の中を歩いてる。

ダンジョンに行く前に一応、街のギルドに寄って仮の冒険者登録を済ませた証明のドッグタグ型ネックレスを受け取ったんだけど、ローランさん曰くこのドッグタグはかなり優秀らしい。

まず魔力を通して加工をした金属の小さなドッグタグに、血液を一滴垂らす。そうすると、金属に施された魔術が反応して、ドッグタグに生体データが登録されるそうだ。

この技術は冒険者ギルドだけでなく、あらゆるギルドで使われていて、私がスパイスを仕入れている商人さんからもらった木札も、似た魔術が施されているらしい。

冒険者ギルドでは冒険者としての位階が上がった時と、年一回は情報更新を義務付けているそうで、情報更新も血を一滴貰ったタグに垂らせばおしまい。後はギルドにある専用の読み取り水晶で生体データを読み取るなどして、身分証の代わりにしているのだとか。

で、さ。

生体データの登録とかするんだから、当然それを作るときは嫌でもステータスを見なきゃいけなくて。

それでもステータスなんてのは究極の個人情報だから、ギルド職員と本人だけに開示されるんだけど、私の場合はロマノフ先生が「職員の精神衛生のために」って言うから、ローランさんを交えて私と先生で登録をしたんだよね。何か奏くんとレグルスくんで、職員さんが目を回すようなことがあったかららしい。

それで結論を言えば、ローランさんが「ぬぁんじゃ、こりゃぁぁぁぁぁっ⁉」って野太い悲鳴を挙げて、ロマノフ先生が真顔になった。

そのステータスがこちらですよ、はいドンッ！

名前／菊乃井 鳳蝶
種族／人間
年齢／六歳
LV／10
職業／貴族・商人・付与魔術師（上級）・魔物使い（上級）・神の歌い手（究極の一）
スキル／調理A＋＋　裁縫Ex　栽培A＋＋　工芸A＋＋　調合A　剣術E　弓術E　馬術C　魔

術A+　調教A
特殊スキル／青の手　緑の手　超絶技巧　祝福の紡ぎ手（究極の一）
備考／百華公主の寵臣、イゴールの加護（中）、氷輪公主のご贔屓

見たことないのが生えていた。

いや、それよりも、「究極の一」ってなにさ。

魔術がある世界なんだから生体データも見られるんだろうぐらいにしか思ったことしかなかったけど、そもそもこのステータスとか言うのから本来疑問なんだけどね。

まあ、そこからはアレですよ。

肉があんまりなくなった頬っぺたをもちって「お肉は薄くなったけど肌のもちぷに具合は変わってない！　流石、ラーラ！」とか、ロマノフ先生がラーラさんのエステの技術を絶讃したり、ローランさんに拝まれたり、なんか忙しかったな。

「絶対に迂闊《うかつ》に他人に開示しちゃダメですからね！」って、ロマノフ先生とローランさんの二人がかりで耳にタコが小一時間で出来るほど言われたけど、見せるわけないよね。

んで、付与魔術師はいつも付与魔術を使ってるからだろうってことなんだけど、魔物使いに関しては原因はどうもタラちゃんらしい。

タラちゃんは氷輪様からの貰い物だけど、魔力をあげたことでどうやら私とタラちゃんは主従関

係になったらしく、糸や布を作らせたのが調教に当たるんだそうな。知らんけど。

無用なトラブルを避けるために、魔物使いには使い魔を冒険者ギルドに登録する義務があるから、私の使い魔としてタラちゃんはドッグタグと同じ魔術が施された脚輪をはめている。

ちなみに冒険者登録と言うのは、仮のものならば赤ん坊でも出来るそうだ。

夫婦で冒険者をしていると、旅先での出産や子連れでの任務とかも珍しくないらしく、身分証明のために仮登録を許可しているとか。それをしておくと、万が一両親に不測の事態が起こっても、速やかに冒険者ギルドが遺されたこどもを保護してくれる仕組みになっているのだ。

登録を済ませたのだから私もレグルスくんも奏くんも、今日から冒険者（仮免）を名乗れるし、仮免冒険者でも受けられる依頼があるのでお小遣い稼ぎも出来るって訳。

まあ、仮免冒険者に用意されてる依頼なんて、足の悪いご老人に代わってお買い物とかだけど。

それでも奏くんには大したことらしく、「おれもこれからはぼうけん者の一員だな！」って鼻息を荒くしてた。

冒険者ってやっぱり男の子には人気の職業のようだ。

ロマノフ先生やラーラさんの冒険話も、奏くんやレグルスくんは楽しく聞いてるし。

ついでに女の子の人気職業は、帝都のオートクチュールのお針子さんだそうな。これはエリーゼが言ってた。

そうそう、エリーゼと言えば最近刺繍の腕やつまみ細工の腕が飛躍的に上がったそうで、何でかと思ってステータスをチェックしたら「青の手」が生えていたそうだ。

Effet・Papillonがこれから育つには、これは凄く心強いこと。売り上げが増えたらエリーゼには職能手当を出さなきゃ。

ぽてぽてとこどもの歩みに合わせてるし、団体さんだからか、行き交う冒険者さん達からジロジロ見られるんだけど、私の手と糸を繋いでるタラちゃんを眼にすると、皆ぎょっとしてそくさと逃げていく。タラちゃん、大人しいのにね。

中には絡んで来ようとする人もいるんだけど、そんな人は源三さんに一睨みされるか、ラーラさんやロマノフ先生の氷の微笑みで逃げていく。

「お気をつけて」とか声をかけてくれる友好的な人もいるから、冒険者って言っても千差万別だ。

さて、休み休み歩いて腹時計がお昼を訴える頃、ダンジョンの最短ルートを通って初心者が来られる層と中級冒険者推奨の層の境い目に到達。

ちょっと開けた場所に結界でも張ってお昼御飯にしようってことになって。

ランチ場所を探して奥に進んでいくと、ピクリとタラちゃんと繋がった糸が動く。

同時に前を行くロマノフ先生とラーラさんが、ぴたりと歩みを止めた。

「アリョーシャ、誰かが戦ってる」

「……おかしいな、この階層にはいないモンスターの気配がしますね」

「この階層にはいない……？」

「ええ。このフロアはどうしたって戦わなければいけないモンスターがいるんですが、それよりも強い気配がありまして……」

「だからって怖がらなくていいレベルだよ」と、ラーラさんは補足してくれたけど、この階層の要するにボスモンスターより強いのがこの先で暴れてるってことじゃん。

青ざめた私を他所に、レグルスくんや奏くんは何やらちょっとワクワクした雰囲気だし、源三さんも宇都宮さんもあまり気にしてない感じ。

「ヴィーチャは敵影が見えたら、念のために結界を張って下さい。先に戦闘になってる誰かさん達が危なくなったら私とラーラが行きます」

「あいよ～」

ふわっふわな返事ですね。

まあ、それくらい焦ることのないモンスターなんだろうけども。

金属が打ち鳴らされる響きと、男性の怒号というか悲鳴というかが段々と近付いて来る。

じょじょに数名の人影と、カサカサと何かが蠢くのが見え始めた。

が、なんか、ちょっと、カサカサいう音が、厨房とかに油断するといる某黒くて艶々してて下手すると跳ぶイニシャルGっぽくて。

その内、襲われていた男の人が、こちらに気付いたらしく、助けを求めてか走り寄ってくるではないか。

そしてその後ろを追う、どうみてもイニシャルGにしか見えない人間サイズの昆虫は、なんと一匹だけじゃなくワサワサと十匹程も。

余りの気持ち悪さに、ふっと一瞬起きてるのに意識が遠ざかる――かと思いきや。

ぱしゅっと軽い音で何かがレグルスくんと奏くんの方から飛んだかと思うと、ウジャウジャと蠢いていたデカいGが二匹頭を貫かれて暫く痙攣した後、やがて弛緩《しかん》する。

「にぃにのきらいなものは、れーがナイナイしてあげるー！」

「じぃちゃん、当たったぞ！」

左を見ると、奏くんが弓を構えて、更に矢をつがえているし、右を向けば私の小さなひよこちゃんが、どこから出したのか木刀を構えていた。しかもひよこちゃんが木刀をブンブン振るたびに、小さな鎌鼬《かまいたち》が出来てるし。

友達と弟が、いつの間にか戦闘民族になっていたとか、私聞いてないよ？

あ……ありのまま、今起こったことを以下略。

私の七歳のお友達と四歳の弟が、この階層のボスより強い巨大イニシャルGを一撃瞬殺したんだけど、どういうことよ？

唖然《あぜん》としていると、横から二の矢が放たれて、八匹残ってたイニシャルGが七匹に。しかも今度も見事に頭を貫通してる辺り、精度も抜群だ。

もう一つおまけにレグルスくんが「とりゃー」と気合を入れて木刀を振れば、巻き起こった剣圧が鎌鼬のようにイニシャルGをズンバラリンとばらばらにして、あと残り六匹。

ヤバい、夢じゃなかった。

しかも今度も見事に頭を貫通してる辺り、精度も抜群だ。

が、それにラーラさんが首を振る。

「ひよこちゃん、カナ、マナー違反だよ」

「マナー違反って……？」

こんな時にもマナーなんかあるのか。

大の大人の男が三人、顔を洟と涙でグシャグシャにしながら尻餅をついてる。どうみてもエマージェンシーなのに、そんなのあるの？

疑問が顔に出てたようで、ラーラさんが腕組みしながら「お勉強の時間だね」と真面目な顔で私やレグルスくんや奏くんを見た。

「モンスターは倒すと必ずとは言わないけど、アイテムを落とす。冒険者はモンスターを倒して手に入れた戦利品を売ったり使ったりで生計を立ててるんだよ。戦闘に割り込むのは、この戦利品を横取りする行為に等しい。だから基本的に相手が助けを求めるまでは、どんなに冒険者が危なくなっても手を出してはいけないんだ」

「ああ、なるほど……」

「おれたちがやっつけたら、あのオッサンたち、ごはん食べられなくなっちゃうのか……。ひよさま、ごはんはだいじだ！」

ラーラさんの説明に頷くと、奏くんが雷に打たれたような顔をして、レグルスくんを説得にかかる。

しかし、レグルスくんは嫌々と首を振った。

「ナイナイだめなのぉ？　にぃに、あれきらいなのに？」

「きらいでも、若さまはよその人のごはんは取っちゃだめって言うよ。な?」

「う、うん。あれがご飯の元になるなら、私はまあ、大丈夫……」

「わかったー」

良い子のお返事をするレグルスくんに、大人達が優しい眼差しを注ぐ。

ほわっと雰囲気が和みかけるが、それを野太い悲鳴が遮った。

「た、助けてくれぇっ!?」

「死にたくないぃぃっ!?」

ヒィヒィ泣き声混じりのSOSに、ラーラさんとロマノフ先生の目がそちらに向いて、奏くんとレグルスくんがすかさず弓を構える。と、私と繋がった糸を揺らしてタラちゃんが自己主張してきた。私が嫌いなイニシャルGもタラちゃんにはご馳走らしく、「食べちゃダメですか?」と言いたげに見上げてくる。

「タラちゃん、放して良いですか?」

「ああ、どうぞ」

「じゃあ、はい。タラちゃん、行っておいで」

糸を放してやると、一目散にご馳走に向かって飛び跳ねていく。

そう言えば私はタラちゃんがどうやって獲物を狩るのか正直解ってない。つか、蜘蛛は巣を張って待ってるもんじゃないんだろうか。

そう思って見ていると、タラちゃんが粘着性のある糸を塊にしてスリングを作り、それを次々に巨大イニシャルGにぶつけていく。かなり威力があるようで、ぶつけられた側はぴくぴくと脚を震えさせながら、腹を天井に向けて倒れた。

それを更に糸で動けなくすると、次の獲物を求めて跳ねて行く。アグレッシブ。

タラちゃんが狩りをしているのを邪魔しないように、奏くんとレグルスくんは近付いてくるのを射殺し、ラーラさんとロマノフ先生は氷や雷の矢で虫を退治して。

あっという間にGを殲滅したんだけど、その亡骸は全てタラちゃんのお腹の中へ消えていった。南無阿彌陀仏。

んで、ガクブル可哀想なくらい震える三人のオジサンのところに行くと、何と言うかツンと鼻に来る異臭がして。

あんまり見ると良くないかなと思ったけど、尻餅をついた地面の色が変わっていてついでに水溜まりも出来てたからお察しだ。

ぐずぐずと洟を啜る三人に追い討ちかけるのもなんだけど、そのままの格好でいると風邪を引くかもだし、何より怪我してた時に不衛生だもんね。

腹を括っていつも付けてるウェストポーチから三枚、ボクサーパンツを取り出す。

これは氷輪様とファッションショーした後、ちゃんとお洗濯して万が一の時のために持っていたやつで、魔力の通った布で作ったから大人もこどもも履けるのだ。

「あの……これ……下着ですが」

「うぉ⁉　あ、ありがとよ……」

三人のオッサンを代表して黒髪のやる気なさげな垂れ目の、草臥《くたび》れた雰囲気の人が人数分のボクサーパンツを受けとる。

襲われた事情とかも聞きたいし、逃げられては困るからロマノフ先生と源三さんとが見張りに付くと、ヴィクトルさんは結界を張り、宇都宮さんがレジャーシートの代わりに持ってきた厚手の布を敷いて。

私はと言えば臭いとか残ると嫌だから、魔術で辺りを清めて、ご飯の終わったタラちゃんと再び糸で手を繋ぐ。

と、下着をつけた三人が、おっかなびっくりといったていでこちらにやって来た。

「あ、履き心地大丈夫ですか？」

「お、おう、ちょっと締め付けられる感じはあるけど、まあ安定感があるというか？」

「布がぴっちりしてるから、ずり落ちなくていいなぁ」

「そうですか、差し上げますから使ってくださいな」

返されたって使えないもんね。

にこっと笑うと、オジサンたちはちょっと戸惑った感じだったけど頷く。するとヴィクトルさんが、オジサンたちのズボンを差し出した。

「魔術で洗って乾かしておいたから。あと、その下着は菊乃井の冒険者ギルド御用達の Effet・Papillon 製だからね」

「ま、マジで!?」

「あの、ギルマスが有望な駆け出し冒険者に購入を奨めてるっていう⁉」

「小物だから安価だけど、付加効果付いてるからあるとなしとじゃ、駆け出しには段違いっていうやつか⁉」

……待て、なんだその評判は。

私、そんなの聞いていない。

若干胡乱な眼差しでヴィクトルさんを見ると、肩を竦めるだけで。

ロマノフ先生がそれを後押しするように、にこやかにオジサンたちに話しかける。

「私やそこの魔術師のエルフも、その下着を使ってるんですよ。下着なのに魔力上昇や物理防御向上とか付いてるので。新製品のお試しに付き合うのを条件に、ただで沢山貰ったんですよ。ね？」

バチーンとウィンクが私やヴィクトルさん、レグルスくんや奏くん、源三さん、つまり私が作った下着を履いてるメンバーに飛んでくる。

確かにただで渡したよ。

だけど流通するほど作ろうなんて思ってないよ？

私は自分含めて周りがかぼちゃパンツでさえなけりゃ、それで良いんだから。

胡乱どころかジト目になると、ラーラさんが追い討ちをかけてくる。

「女性用もあればいいんだけど、中々恥ずかしがって作ってくれないんだよね」

だって！

女性用下着の構造なんか解んないもん！

教えてくれたら作るけど、誰がそれを私に教えてくれるのさ。

次男坊さんか？

次男坊さんに聞けばいいのか？

現実から逃げていると、ズボンを履き終わったオジサン三人組が、ようようと口を開く。

「何にせよ、助かったよ」

「ありがとよ」

「アンタら命の恩人だよ」

「いいえ、ルールより先に手を出してしまって失礼しました」

お辞儀してランチ用の布に招くと、宇都宮さんがすかさずお茶をお出しする。

アクシデントがあった時用に、お茶もお昼も多少多く持ってきていて良かった。

出されたお茶を飲んでから、大きく息を吐くと、
三人組のうちの一人、黒髪のとは別の茶色の髪の毛に無精髭《ぶしょうひげ》を蓄えた人がぽつりと溢す。

「ちくしょう」と言う、絞り出すような声に何事かとその人を見ていると、同じく三人組の中の頬に大きな傷痕のあるオジサンが拳を握り込んで地面を叩いた。

「よろしければ……お話をお伺いしても？」

おずおずと声をかければ、黒髪のオジサンが頷く。って言っても、周りは少なくてもオジサンより強いんだから、話すしかないんだけど。

帝都では最近、「ショコラトル」とかいうものを使ったお菓子が流行っているらしい。

で、そのショコラトルとやらは「カカオ」と言う、南方の国で取れる植物から抽出されるそうだ。

ロミオ・ティボルト・マキューシオの三人は幼馴染みで、それぞれ家も継げない貧乏農家の次男坊やら三男坊。

それが味噌《みそ》っかす同士集まって、冒険者として身を立てようと、故郷を出て一年。

ろくな装備も買えない冒険者に出来る依頼なんか限られてはいるけれど、それでも地道にこなしていた。

そんな時、隣の男爵領で自分たち三人より冒険者としての階級が上のパーティーと組んでする仕事が舞い込んだ。

組むことになった冒険者たちは見るからに武器や防具も良いもので、この仕事はきっとギルドがその冒険者たちに目当てのモンスターを狩らせるために、自分たちをそいつらのアシスタントとして手配したものだと思った。実際請け負ったのはモンスター退治でもあったし。

そして仕事が終わった途端に、冒険者たちは取引を持ちかけてきたのだ。

曰く「現金の手持ちが少ないから、報酬は全部自分達にくれ。代わりに今帝都で流行っている『ショコラトル』の原料の『カカオ』をそちらに渡す。『カカオ』はギルドに買い取ってもらえば、今回の報酬と同じくらいか少し高いくらいだ」と。

三人には手元の現金が幾ばくかあったから、それならばと応じた。

決めては「帝都では同じくらいの値段だけど、田舎なら倍額出すらしい。迷惑かけたから、その礼として教えてやるよ」と言う、リーダー格の気の良さそうな男の囁きだった。

しかし。

「カカオどころか巨大ゴキブリの卵を掴まされてた訳だ」

ギルドの応接室、ソファに座って三人組と相対するローランさんが、ガシガシと頭をかいた。

あれから三人組——黒髪の草臥《くたび》れたオジサンがロミオで、茶髪のオジサンがティボルト、頬に傷を持つオジサンがマキューシオで、なんとオジサンだと思ったらまだ二十歳の若者で、彼らが老けてるのは疲労と栄養不良が原因だとラーラさんが言ってた——から事情を食事をしながら聞いて、取り急ぎ街に戻って来て、今ここ。

天を仰いだギルマスに、俯く三人組。表情はどちらも苦い。

それもその筈、三人組は詐欺の被害者でもあるけれど、一面を返すと加害者になる寸前だったのだ。

ゴキブリと言うのは繁殖力が強く、一匹見たら三十匹はいると思えが鉄則。

あの時私たち戦力過剰団体が通りかかって、孵化《ふか》してから時を置かずに殲滅したから良かったものの、誰も通りかからず、彼らが餌になっていたら、浅い、初心者冒険者たちが沢山いる場所で、彼らでは決して太刀打ちできないモンスターが大量発生していたかもしれない。

誰もが暗い雰囲気のなか、ふと何かしら思い付いた顔で、奏くんが「はーい、しつもん」と手をあげた。

「何で売れればお金になるって言われたもんをもったまま、オッサンたちはダンジョンに入ったんだ？」

「そ、それは……」

言われてみれば確かにおかしい。

まだ何か隠していることがあるのだろう。

三人に部屋にいたすべての眼差しが集まる。

そのプレッシャーに耐えかねたようにティボルトさんが口を開いた。

「『カカオ』にはたまに蟲《むし》型の弱いモンスターがくっついてて、レアドロップで魔石を落とすことがあって、下処理しないでギルドに渡したら魔石分の金を損するかもしれないから……って言われて……」

「その分の欲をかいて死にかけた訳か」

身も蓋も底もないローランさんの指摘に、三人が俯く。

ぐすっと洟を啜るのに、誰もが微妙な顔をするのは、心情的に完全に同情しかねるからだろうか。

騙されたのは気の毒だと思うんだよ。思うんだけど、余計な欲を出してパンデミックだかスタンピードだかを招きかけたってのがねー……。

いや、まあ、それも騙した奴らが悪いんだけど。

なんとも言えない顔をしていると、ローランさんが顎を撫でつつこちらを向いた。

「どうするよ?」

「んん? どうするって?」

「うん、あのな。コイツらは意図せずとも、大発生の引き金を引きかけた訳だよ。モンスターの大発生が起こったら、当然コイツらは死んでたとしても、他の連中も巻き添えにするとこだったし、最悪菊乃井全体に大きな被害が出てた。未然に防げたのは運が良かっただけの話で、コイツらがやったことは重大事だ。ご領主として、コイツらを処分してもそりゃあ構わん案件だと思うが……」

「処分するって……反省文の提出とか？」

「いやいや、最悪これでもしゃあねぇべ？」

手を横にして丸で首を切るかのような動作をしたローランさんに、目が丸くなる。

「いやいやいやいや⁉　未然でそんな⁉」

「そんなことをコイツらはしたんだよ。悪気も他意もなくモンスターの大発生なんて起こされてたまるか」

「そうですよ。今日、私たちが通りかからなかったら、どれだけの命が失われていたか。それは決して軽い罪ではありません」

びくっと肩を跳ねさせた私に、ローランさんとロマノフ先生が厳しい表情を見せる。

確かに、モンスター大発生が起こっていたら、沢山の人が傷つき命を落としたかもしれない。それは領主として赦してはいけないことなんだろう。だけど、実際は起こらなかった。起こらなかったことで、人の命を奪って良いんだろうか。

元はと言えば彼らだって食い詰めた何処かの領民だ。

それは裏を返せば菊乃井の領民が、どこかで同じことを起こしていたかもしれないって可能性を示唆してる訳で。

どうしよう。

何が最適解なのかが解らない。ただ、死なせるのだけはしたくないんだけど。

迷っていると、本格的に泣き出した三人組の声が、ふと耳に入ってくる。

「どうせ俺たちみたいな貧乏人は泣きをみるだけなんだ……」

「なんで俺たちだけがこんな……」

「ちくしょう……虫けらは虫けらでしかないのか……」

うん、騙されて悔しいのは解る。

だって彼らは真面目に仕事をしてて、ちょっと欲を出しただけの話だ。

「ちくしょう！　殺すなら殺せよ！」

「どうせ俺たちなんか生きてたところで、良いことなんてなんもないんだからな！」

「どうせアンタらもバカな俺らが悪いって思ってんだろ⁉」

……解るんだけど、あなた方、迷惑を見ず知らずの誰かにかけたことへの詫びはないんかい？

ぷちん、と、何か切れた。

「やっかましいわ！　こっちとら、どうやったら殺さずに済むか考えてるってのに！　そんなに死にたかったら、死ぬような目に遭わせてやろうか⁉」

頭に来て、三人と私の間に置かれた机のテーブルクロスに幻灯奇術《ファンタスマゴリア》をかける。

映し出した映像は三人が巨大ゴキブリに襲われて、誰も助けに来なかった場合の末路だ。

蟲の顎に肉を引き裂かれ、骨を砕かれ、眼窩《がんか》を啜られて、生きたまま食いちぎられたかと思うと、ゴキブリが増殖を始める。そうして殖えた蟲が一塊となって菊乃井を襲い、無辜《むこ》の誰かを食いちぎって――。

「ひぃぃぃっ⁉　や、やめてくれぇ⁉」

「やめてくれぇ⁉　わ、悪かった！　俺たちが悪かったから！」

「許してください！　こんなことになるなんて思ってなかったんだ！」

ブルブルと震えるのは三人組だけでなく、同じ光景を見たレグルスくんも奏くんも涙目だ。

大人は若干青褪めるくらいで済んでいるけれど、それでもヴィクトルさんやラーラさんも口を押さえて目を逸らす。

流石の胆力は源三さんとロマノフ先生とローランさんで、口を引き結んで難しい顔のままで。

「……えげつないな」

「鳳蝶君、たまに容赦ないんですよね……これが暴君の片鱗かなぁ？」

「若様のお祖母様の稀世様もこんな感じでしたのう。血筋ですなぁ」

何か聞き捨てならないことを言ってくれてるけど、今はそれどころじゃない。

それは兎も角、三人の処遇だ。

頭を抱えた三人に「処分ですが」と告げれば、自然に顔が上がる。

その眼には罪の意識が確り宿っているように見えたから、それを利用させてもらおう。

出きるだけ重々しく、口を開く。

「あなた方の立場はご理解いただけましたね？」

「はい……」

「本当に悪いことをしたと……」

「申し訳ありませんでした」

「では、一度落とした命です。もう一度落とすも同じですね？」

神妙になった三人に頷いて、ごほんと咳払いすると、エルフ三人衆に声をかける。

「ヴィクトルさん、ラーラさん、ロマノフ先生、この三人に伸び代はありませんか？」

「んー……そうだね、栄養をちゃんと摂って、武術をきちんと基礎から修めれば悪くはない、かな？」

「うん、魔術の方も魔術師にはなれないだろうけど、初級の魔術なら確実に使えるようになると思う」

「総合すると、三ヶ月あればひとかどにはなるかと」

「そうですか、解りました。」

私の意図を察したようで、エルフ三人衆が肩を竦めて見せて、冒険者三人組がキョトンと目を瞬かせた。

「あなた方には三ヶ月みっちり先生方について修行をしてもらいます。ええ、一度死んだんですから、何でも出来ますよね？」

にっと笑うと、三人が怯えたような気がしたけど、何にも私は気づいてません。

今回の事件、この処置だけだと、大局的な意味ではなんの解決にもなってないわけで。

ギルドには菊乃井の領主代理として、彼らを詐欺にかけた連中を全大陸レベルで指名手配してもらった。

というか、大発生の引き金になるような生物の卵を持ち歩いている時点で悪質な冒険者と判断した帝都のギルドが、全大陸にギルドとして賞金首に指定してくれたと言うか。

三人組が罰を受けるなら、彼らを詐欺にかけた連中もまた裁かれなければいけない。

天網恢恢疎《てんもうかいかいそ》にして漏らさず。

この件に関しては、神様にお頼みしてでも許しはしない。

それはそれとして、三人は治安維持要員として家で雇ったことにして、三ヶ月みっちり先生方に剣や槍、弓やらの戦闘技術や、初級魔術、更に読み書き計算の一般教養を学ばせることに。

菊乃井エルフィンブートキャンプってやつだけど、誤算は「言い出しっぺが何にもしないってダメだと思うよ？」っていう、ラーラさんの鶴の一声によって私やレグルスくん、奏くんもブートキャンプに参加することになったこと。なんでやねん。

まあ、こども向けと大人向けでカリキュラムは違うんだけど、結構辛い。

これに加えてローランさんと「初心者冒険者に贈る冒険の書」というものの制作に取りかかっちゃったから、まあしんどい。

三人組の事件は、ようは初心者がきちんとした訓練や知識もなく冒険者になったから泣かず飛ばずで騙されたという側面がある。

知識も用意もなく危ない職種に就かないのが一番なんだけど、経済事情がそれを許さない。なら、ギルドに登録しに来た時に教育を施してしまえっていう。

ギルドに冒険者として登録しに来た時に、一定の研修をして、その後希望者にはいくつかの条件付きで格安の冒険者の衣服セットを販売するのだ。

衣服セットは勿論 Effet・Papillon で用意する。

シャツ・クロース・グローブ・ボクサーパンツ・ズボン・胸当て・膝当て・靴。

どれもこれも付与魔術をきっちり付けて、命を最優先して守れるようにして。

ただし、これらを渡す前に過不足なく自分の実力を把握してもらうために、実習にも出てもらう。

それが条件の一つで、後は菊乃井の治安維持に協力してもらうとか、その辺が妥当だろうか。

あーん、やることが多い。

会社もボチボチ売り物の利益が出始めてるし、少しずつなら奏くんが計算してくれるけど、これが大量になったら経理に誰かを回さなきゃいけなくなる。

一番有能なロッテンマイヤーさんをそっちに回すと、屋敷の運営が回らなくなっちゃうし。

あれだよ、家政って言うか家庭は営む、つまり経営するもんなんだよ。ロッテンマイヤーさんの経営能力が無くなっちゃったら菊乃井屋敷がヤバい。

人手不足辛すぎる。

ぷすぷすと頭から煙が出そうなくらい、色々考えて行動してるんだけど追い付かないんだよねー……。

首を左右に振るとコキコキと骨が鳴る。肩凝りが悪化した気がするけど、気のせいかしら。

私の一日は朝起きたら身支度して朝ご飯、終わったら歌いながら散歩、動物の世話をしてからエルフィンブートキャンプに参加してお昼ご飯。午後からはローランさんとの打ち合わせ含めてEffet・Papillonの仕事。その合間にレグルスくんと本を読んだり字の練習をしたりして。

そういえば最近レグルスくんには趣味が芽生えたようで、私が用意したシマエナガとひよこの駒で、奏くんとよく陣取りゲームで遊んでる。

奏くんもお昼からレグルスくんと勉強したり、私の仕事を手伝ってくれたりで大活躍だ。で、遊びも勉強も終わった辺りで夕食。週に二回はマナーを学ぶっていう名目で、屋敷で仕事をしている人と全員で食事をとることにしてる。

それも終わればお風呂で、湯上がりにはラーラさんのエステとマッサージ。

後は寝るまで私の趣味の時間で、この時間帯に私は氷輪様と手芸や演劇の話をして、一時間後には就寝。

タラちゃんはお昼はサンルームにいて、夜になると私の部屋に戻ってきて糸で天蓋《てんがい》を毎日作ってくれる。その天蓋も次の日には素材として再利用するんだけど。

そんな忙しい毎日にも、一週間に一度はお休みを取るようにしてる。

これは屋敷の人たちみんなにもそうしてるんだけど、働き詰めはよくない。疲労は作業効率を下げる。

なので、私やレグルスくんや奏くんも一週間に一日はお休みで、遊びに行くことにしてた。

三人組を拾ってから二度目のお休み。

私とレグルスくんと奏くんはヴィクトルさんに連れられて、三人組を伴い街へと来ていた。

二週間、ちゃんと栄養のあるものを一日三食に加えておやつを食べた成果で、ロミオさん・ティボルトさん・マキューシオさんは皮膚にはり艶が出てきていて、「オッサンが兄ちゃんになった」と奏くんは笑う。

最初の一週間、三人は物凄くぎこちなかったけど、二週間目となれば少しは馴れてきたみたい。

「こっちだよ」と言われて歩くのは、街の冒険者向け歓楽街の大通り。

夜は賑やかだけど、昼日中はそうでもなくてやや静か。それでもリストランテなんかは結構な賑わいだ。

そこも通り過ぎると、立て看板が立てられて、花が飾られた酒場のような建物が見えて。

立て看板までくると「あ」と奏くんが声をあげた。

「ここって、合唱団のお姉ちゃんたちがいるカフェだ!」

「合唱団のお姉さん?」

「おねーしゃんいるの?」

そういえば、会いに行ける地下アイドル系の専用劇場を作ったたって言ってたっけ。

ってことは、今日はコンサートでも聞かせてくれるんだろうか。

ちょっとワクワクしながらカフェの扉を潜ると、中には小さな舞台とピアノがあって、ピアノの椅子には誰かが腰かけていた。

ヴィクトルさんに手招きされて、舞台がよく見える真ん中の席に陣取ると、舞台端から女の子が五人、センターへと駆けてくる。

栗毛のボブでエクボが可愛い女の子に、波打つ金髪を背中まで伸ばしたおっとりした雰囲気の女の子、それから銀髪を腰まで伸ばしてて泣きぼくろが何だかドキッとする女の子、鳶色《とびいろ》の髪をポニーテールにした大きな目の女の子、眼鏡をかけて黒髪お下げの女の子、年の頃は皆宇都宮さんと同じくらいの十二、三か。

「栗毛の子が凛花《りんか》ちゃん、金髪の子がシュネーちゃん、銀髪の子がリュンヌちゃん、ポニーテールの子がステラちゃん、黒髪お下げの子が美空ちゃん」

「初めまして、よろしくお願いします！」と五人一斉にペコリと頭を下げられたので、「よろしく」とレグルスくんと奏くんと一緒に頭を下げる。

一緒に来ていたロミオさんやティボルトさん、マキューシオさんも、つられて頭を下げた。

「今日はこの子たちのグループ名をあーたんに付けてほしいのと、この子たちとロミたんたちに凄く重大な話があって。あーたんにも聞いといてほしかったんだよね」

「なんです、重大な話って……？」

「三ヶ月後、彼女たちにもロミたんたちにも、力試しに帝都で開催される大会に出てもらう」

なんじゃ、そりゃ？

ぽろんっと誰かが鳴らしたピアノの音が、しんとしたカフェの中で大きく響いた。

スター、誕生

「四の月の半ばから終わりにかけて、帝都では皇帝陛下の即位記念日を祝う催しが毎年開かれてるんだ。その催しの中に、武闘会と音楽コンクールがある。ロミたんたちには武闘会に、合唱団の子たちには音楽コンクールに出場してもらおうと思ってね」

そんなのあるのか、初耳。

そう思ってると、表情がロミオさんたち男性陣と、凛花さんたち女性陣でくっきり別れた。男性陣は暗く、女性陣は明るく。この明暗は一体なんだろう。

と、凛花さんたち五人が円陣を組んだ。

「やるよ、皆！　音楽コンクールで優勝して、菊乃井に沢山お客さんを呼ぶんだ！　そしたら父さんや母さんたちに会いに行ける！」

「うん、頑張る！」

「弟や妹にもいい服着せたりご飯食べさせたりしてあげたいしね！」

「じゃあ、みんなで……」

「えい、えい、おー！」

「おー！」で腕を振り上げた女の子たちに、レグルスくんと奏くんも何だか腕を上げる。

それぞれ皆事情持ちな様子にヴィクトルさんに視線を向けると、かたりとピアノから人影が近づいて来た。

肩を竦めたヴィクトルさんの視線を追って、ピアノの方に目を向けると、整った顔立ちの、けれど甘さの欠片もない雰囲気を持った長身の男性がこちらに歩いて来るようで。

「どちら様ですか？」

ヴィクトルさんに誰何《すいか》すると、私の目の前で男性は胸に手を当てお辞儀すると、跪いて視線をあわせてきた。

「初めてお目もじ致します、閣下。小生はルイ・アントワーヌ・ド・サン＝ジュストと申します」

「ご丁寧にありがとうございます。でも閣下は必要ありません。私はまだ無位無官《むいむかん》ですから。菊乃井鳳蝶です、その様子では知っているでしょうが……」

「お話はかねがねショスタコーヴィッチ卿からお聞きしていました故」

「そうですか。で、貴方が彼女たちの事情を私に説明してくださるので？」

「はい」

灰色の髪をさらりと揺らしたサン＝ジュストさんが言うには、彼女たちは菊乃井の外の子たちで、奴隷《どれい》商に連れられて男爵領に向かうところを、菊乃井のギルドが奴隷商を捕まえたことで、それが反故《ほご》になったらしく働き口として菊乃井でアイドルをすることになったそうな。

「奴隷商で捕まるって……もしかして無許可でしたか？」

「左様です。許可を得ずに奴隷の売り買いをするような人間です。当然働き口も真っ当な所でなく、後ろ暗い趣味を持った連中の溜り場でした。そちらも憲兵の手入れが入ったようで、男爵としてはそやつらとの付き合いがあると知られるのは不味かったのか、『そんな奴隷商も取引もこちらは知らない。そちらでなんとかしてくれ』ということでしたので……」

「なるほど。故郷に返してやりたいけれど、今返したところでまた売られるのが関の山ってとこなんですね。だからこちらで引き取ったと」

「ご明察です」

「丁度あーたんが『気軽に会いに行ける歌い手さんとか役者さんがいて、その人を贔屓《ひいき》してお金を落としたら、応援してる子が握手してくれたり労ってくれたりするって一石二鳥狙えませんか？』とか言ってたから、試してみようかと思ったんだよ。なるほど芸術家を育てるにはお金がいるし、応援されれば芸術家は育つ。一石二鳥だし、応えてもらえばパトロンとしても嬉しい。更にいえば『彼女は俺たちが育てたんだ！』って誇りが次の芸術家を育てさせる動機になるよね」

そう、私が狙いたかったのは集団パトロン化なんだよ。

役者や歌手を育てるのは莫大なお金がかかる。だから芸術家を抱えるのはお金持ちのステータスなんだけど、それを庶民レベルでやろうと思うと個人でなく集団化させたらいい。

なおかつ対象が会いに行けて、言葉を交わせるとなれば余計に親しみも湧く。そうなると一線を越えようとしてくるものもあるだろうけど、集団の利点は互いに抜け駆けを許さない監視体制を自然に敷いてくれるところだ。

それでも力ずくでどうにか企むものには、彼女たちに持たせた魔具がそれを阻んでくれる仕組みになっている。

と、まあ、仕組みとか枠組みの話をしただけで、正直こんなに直ぐに実行に移されるとか思ってなかった。エルフの行動力恐るべし。

「それで、彼女たちの家族は？」

「一応、全員無事。その奴隷商、口入れ屋だって嘘ついて親に彼女達を売らせたみたいだよ。帝都の大きなお店の売り子やお針子に斡旋するって言って。契約書も調べたけど、契約に偽りありって訴えてもどうにもならないように、きちんと奴隷として売る体裁を作ってた。字が読めないのを利用されたんだね」

「あー……せめて識字率だけでも早急にあげないと」

菊乃井でもきっと同じ事が起こってるだろう。

経済を回して富の再配分と識字率の向上を同時にって、どうやれば良いんだ。つか、富の量と行方が手元に来ないのが、本当に痛い。

「ああ、もう！　権力が足りない！」

「手が足りない、じゃなくて？」

「『正しいことをするには偉くならなくてはいけない』ってのは真理です。権限と財力のないものに人は従わない。ごり押しでも領主が『勉強しろ』って言えば領民はそうするし、勉強のための時間を捻出するための費用を出すには財力がいる。それを総合して私は権力と呼びます。まあ、ごり押しは正しいとは言わないいんだろうけど」

頭が痛いな。

大人になったらちょっとは権限が降りてきたりするんだろうか。

そう考えて、「無いな」と自答する。

あの二人のことだ。菊乃井が不良債権でなく、金のなる木だと解れば、骨の髄まで搾ろうとするかも知れない。

その点で私はあの二人に全く良心を期待してないって言うか、最低限の信用もないんだよ。なんせ心暖まらない関係だから。

第一、そこまで生きてないだろうし。

最近忘れがちだけど、私早死にするんだよ。何がどうしてそうなるか、全く見当もつかないけど、あれがどうしても必要でレグルスくんの血肉になるなら、私としては別に避ける気はなくて。

でも死んだ時に菊乃井が貧乏だと色々困るだろうし、姫君とのお約束も果たしたいし。

ダメだ、やらなきゃいけないことが多すぎて、八方塞がりになってる。

「ひとつ、お伺いしても？」と、サン＝ジュストさんから声がかかって、沈みかけていた思考の海から踵を返す。

「何故それほどまでに学問を敷こうとなさるのです？　こう言ってはなんですが、被支配階級に知識などつけては反乱を招く危険もあるでしょうに」

「人間、学問したって現状に不満がなければ、革命なんぞ労力と金のいることを、そうそう簡単には起こさんもんですよ」

「つまり、善政を敷いていれば反乱などない……と？」

「そうじゃない。領民達も政に参加してもらうんです。学問した、政治の仕組みが解った。なら次は参加する。その参加した結果で良くも悪くもなるなら、そりゃ参加した側の自己責任でもあるって言えるでしょ？」

「領民を政治に参加させる……」

「そう。領主ってね、忙しいんですよ。あれもこれも全部やんなきゃいけない。細部まで目配りも気配りもしなきゃいけないのに、物理的にも時間的にも絶対無理。その無理を解消するために集落ごとに代表者を出してもらって、話合いをしたいんです」

集落の代表者は恐らく自分達の良いように運ぶよう、弁舌の立つものを選ぶだろう。しかし、それだけじゃ駄目だ。

いかに自分たちに有利な立場を確保するか。

そういうことを考えるには知識も知恵も必要で、かと言って狡猾なだけでもいけない。

真に政治力に長けるものは、性格は悪くとも守るべきは守る。

ようは優秀な政治家を集落ごとに選出して、中央、つまり領主の元に送り出してもらおうってわけ。

そんで領主は各々の意見を聞きつつ、どこの集落も贔屓しない公正な判断を下す。

これだけでも大分領主の仕事は楽になるんだよね。

だけどその優秀な政治家を選出するには、選ぶ側も知識や知恵が必要だから、それを身に付けさせる。

ええ、ミュージカル見たいだけだけど、副産物として領主の仕事もちょっとは楽になるんですよ！

これなら私が死んだ時に、レグルスくんと仲が悪くなってても、識字率の向上を推し進めてくれるんじゃないかしら……なーんてね。

私とサン＝ジュストさんとのやり取りを聞いていたのか、カフェがいつの間にか静まり返っていた。

すっと、サン＝ジュストさんが、視線をヴィクトルさんに移す。

「ショスタコーヴィッチ卿、話が違う」

「なにが？」

「この方の中には既に議会制の萌芽がある」

「あー……それねぇ。僕もあーたんがそこまで考えてたとか、今初めて聞いたよ」

「ああ、そうですね……。いや、最近忙しくて、どうやったらちょっとは忙しくなくなるのかなって思ったら浮かんだって言うか？」

「話し合いって迂遠だけどね」

「でも内乱起こされたりするより、遥かに人的にも物的にも消耗しないでしょ？　壊すのは一瞬だけど、戻すには倍以上の色々がかかりますから」

肩を竦めて見せると、ヴィクトルさんが「確かに」と頷く。

戦争とか、確かに一時的には特需とかで儲かるんだけど、終わった後の処理費用と損害を比べればマイナスになるもんなんだよ。特に人的資源の方は。

まあ、そこまで大きな話ではないけど、争うより妥協点を見つける方が遺恨に繋がらなくて良い。

しかし、私を知ってるヴィクトルさんは、にやっと笑う。

「で、その心は？」

「私だってレグルスくんや奏くんと遊ぶ時間が欲しいいし、合唱団のコンサートを聞きにきたい！　お休み欲しい！　でもうちの両親に甘い汁吸わせるのは、絶対嫌！」

「だよねー！」

ケラケラ笑うヴィクトルさんと私の間で唖然としながら、サン＝ジュストさんが視線をさ迷わせる。

しかし、なにかを飲み込んで、今度は騎士が王に跪くように頭を垂れた。

「そういうことでしたら、私はお力になれるかと」

「どういうことです？」

「私は北に位置するルマーニュ王国で財務省に勤めておりました。訳あって国を棄てた身ですが、能力は王国でも屈指と自負しております。私をどうかお使いください、我が君」

「サン＝ジュスト君の能力は僕も保証するよ」

何か知らんけど、人材が向こうからネギ背負ってきたよ？

サン＝ジュストさんが国を棄てたのは、汚職を告発したら逆に冤罪をこうむったからだそうで。

以前から音楽繋がりで仲良くしてたヴィクトルさんを頼って帝国に来たら、ド田舎の菊乃井領にすっこんでて物凄く驚いたそうだ。

で、サン＝ジュストさん……呼びにくいし本人が呼べっていうから名前呼びにするけど、ルイさんはそもそもから平民にも学問は必要で、啓蒙主義的な思想を抱いていたため、他の貴族から孤立していたそうな。

あれだ、なんか人間には普遍的な理性と善性が備わってて……とかいうタイプなのかな。

「んー、だとしたら多分相容れないですよ？　私は性悪説の信奉者だから」

「性悪説……ですか？」

「うん。人間が産まれてくるときに持っているのは本能だけで、優しさや理性は後の教育で身につけていくものだ。だから教育は大事ってやつ」

生まれつき人間に優しさや思いやりがあるのなら、赤さんは夜泣きなんぞしないし、逆子もないだろうよ。

優しさや理性は全て生まれ出でてからの経験や学習が育むもので、だからこそ人は死ぬまで学ばなきゃいけないいんだ。

「なるほど。だからこそそれを学ばせるために、領地に学問を敷くと」

「なんでそんなに私を良い人にしたがるかな。私はやりたいことがあって、それをやるには領民の識字率を上げて、経済を回して、金銭と精神と時間に余裕を持てるくらいまで最低限領民皆の生活レベルを引き上げなきゃダメなの」

「じゃないと、芸術が育たないもんね」

「そういうこと」

名君とか神童とか、そういうのは要らない。人間関係に余計なフィルターをかけると、それが違った時のダメージがお互いにひどいだけだ。

「それでも良いなら雇いたい」の「それでもいい」くらいで、食いつき気味に「是非、配下にお加えください」って土下座せんばかりに言われて、なんだかなぁ。

いや、でも、代官が出来る人材は是非欲しかったんだよね。

父の息のかからない、けれど父が頷かざるを得ないほどのやり手が。

だけど、それを父にどう売り込もうか。

ロマノフ先生に頼むか。

でも先生には母に会計監査人を付けてもらった。それは父も知ってるだろうから、ロマノフ先生の紹介では警戒するだろう。

他に攻められるとしたら何処だ？

と、悩んでいるとニヤニヤ笑うヴィクトルさんと目が合う。

「若さま、ヴィクトルせんせいのあの顔は何かたくらんでるときのだから、ふつうに『お願い』した方がいいとおもう」

「ちぇんちぇ、にぃに、こまってるの。おねがいちまつ！」

頭をぶつけそうな勢いで下げたレグルスくんと、手を繋いでたせいで奏くんも頭を下げる。

すると凄く嬉しそうな顔で、ヴィクトルさんがうんうん頷いた。

「そうだよ、あーたん。何もそういう方面で使えるのはアリョーシャだけじゃないんだから！　僕だって帝国認定英雄だし、宮廷音楽家筆頭だよ。貴族社会ならアリョーシャより通じてるくらいなんだから、もうちょい頼りにして！」

「あ、で、では、この件はお願いしても？」

「勿論！　あーたんのお父上のお世話になってる人くらい、僕の人脈で探せるよ。サン＝ジュスト君のことはそこから推してもらうようにするからね」

「ありがとうございます！」

お礼を言うと、もれなく頬っぺたがもちられる。最近すっかりお肉が小削げたから、ちょっと痛い。

上機嫌になったヴィクトルさんは、パンパンと手を打ち鳴らした。

この件はこれで終わりらしく、置いてけぼりにされていたお嬢さん方と、さっきまで暗い顔してた青年三人組が、なんだかきりっとした表情でこちらを見る。

「さて、あーたん。本題に入るよ」

「ああ、はい。お嬢さん方のグループ名でしたっけ」

「そうそう、なんか可愛い感じのが良いかな」

可愛い感じ、ねぇ。

だけど私が可愛いと思う「ポニ子さん」とか「タラちゃん」は、「ちょっとどうかと」って却下されちゃうんだよな。

可愛い女の子アイドルなら、キラキラした感じを想像するんだけど。

乙女、キラキラっていったら私には「ジェンヌ」しか浮かばないよ。

そう言えば、お嬢さんを「ジェンヌ」って呼ぶ国には凄いヒロインがいたような。

確か——。

「ラ・ピュセル……異世界の言葉で乙女を意味します。これは？」

尋ねてみると、それぞれが咀嚼《そしゃく》するように単語を口にする。

そして、お嬢さん方が円陣を組んでぼしょぼしょ話し合うと、もう一度「えい、えい、おー！」と声をあげた。

そしてステージから私やレグルスくん、奏くんに向かって。

「元気溌剌《はつらつ》、凛花です！」

「いつも全力、シュネーです！」

「頑張るあなたを癒したい、リュンヌです！」

「ポニーテールは勇気の証、ステラです！」

「清く優しく真面目に頑張ります、美空です！」

腕を差し伸べるようにして並ぶと、自分の名前とキャッチコピーという辺り、本当にアイドルだ。

そして全員で「私たち、菊乃井少女合唱団『ラ・ピュセル』です！」と声をあわせる。

『俺』が見ていたテレビなら、彼女らの後ろから派手な光とかスモークが出そうな名乗りに、反射的にその場にいた全員が拍手していて。

「いいね、これ印象に残ると思う！」

「ヴィクトル先生、私たちこれで行きます！」

「ありがとうございます、若様！」

「頑張りますね！」

「ありがとうございます……！」

可愛いお嬢さん方がきゃっきゃうふふしてるのって、凄く良い。

華やかな雰囲気に和んでいると、ロミオさんとティボルトさんとマキューシオさんが、きりっとした顔で私の前で片膝を突いた。

「どうしました？」

「……申し訳ありませんでした」

「ふぁ？」

頭を垂れて肩を震わせる姿に首を傾げる。なんか謝られるようなこと、あったっけ？

「俺たちは自分が恥ずかしい……です」

「俺たち、自分のことしか考えないで。あんな映像を見せられても、今の今まで俺たちが騙されたのは世間が悪いんだって、俺たちは悪くないって心の何処かで思ってたんだ」

「でも、俺たちの半分も生きてない若様が、こんなに他人のこと考えて生きてるってのに……」

「だから、私はそんな良い人じゃないってば」

今回の三人組への対応は、いわば前例作りでもあるのだ。

世界の何処かで彼らと同じく、意図せず大問題を起こした人も、問答無用で殺すのではなく反省を促し、必要な教育を施してその分領地へと返してもらえばいい。

そんな前例を作っておけば、まかり間違って菊乃井の領民が外で今回のような事件を起こしても、命ばかりは助かるかも知れないから。

そう説明すると、無精髭もそって清潔にしたことと、栄養が行き渡ったことで、それなり処か結構整った顔つきの三人が、更に精悍《せいかん》な表情を見せる。

「ご恩に報いるためにも、武闘会で良い成績を残します！」

「あんな若い女の子たちが頑張ってるんだ、俺たちだって！」

「やりますよ、生まれ変わった俺たちを見てて下さい！」

おぉう、何か知らんがやる気になって良かった。

なら、私も頑張ろうか。多分ヴィクトルさんが私をここに連れて来たのって、そう言うことだろうし。

「じゃあ、コンクールの時のラ・ピュセルの皆さんのステージ衣装と、武闘会のお三方の服は私が作りましょうね」

「流石、あーたん。察しが良くて助かるよ」

やっぱり。

ニコニコと笑うヴィクトルさんに、「きゃー！」と歓声をあげるお嬢さんたち。

三人組はまだ少し神妙に膝をついたままで、ぐっと拳を握る。それからまた口を開いた。

「俺たちにも名前を下さい」

「名前……ですか？」

「パーティーの名前です。依頼を受けるとき、パーティーだとグループ名を名乗るから」

「ああ……」

ロミオさんの言葉にティボルトさんとマキューシオさんが頷く。

彼らには駆け出し冒険者の星になってもらいたいし。

「星《エストレージャ》ではどうですか？　貴方がたにはこれから冒険者の星になってもらうので」

「エストレージャ……」

噛み締めるように呟いた三人の目には、強い光が宿っていた。


『初心者冒険者に贈る冒険の書は、凄く良いと思う。知り合いのギルドマスターにこの件を話したら、すっかり乗り気だ。なので、こっちにも一枚噛ませてほしい。俺が出せるのは、見習いだけどドワーフの鍛冶屋が作った武器とアクセサリー。これと交換で、服一式をこっちに流してくれないか？』

渡された手紙は、次男坊さんからイゴール様を経て、氷輪様から私の元に。

神様にこういうの頼むって不敬なんじゃないかと思いきや、氷輪様は『ついでだ』と首を縦に振ってくれた。

街から帰った夜、早速採寸したお嬢さん方のデータを元に、デザイン画を描き起こしているところだったから、氷輪様の興味は手紙よりデザインの方に注がれている。

話していて少し感じたことだけど、氷輪様は舞台の話もお好きだけど、舞台装置や舞台衣装の話もお好きみたい。

なんとかって言う舞台の衣装はこんなで……ってお話をすると、細かいディテールを尋ねられたりする。

ラ・ピュセルのステージ衣装が気になってるのも、そんな理由かもしれない。

彼女たちには統一感があって、さりとてそれぞれの特徴のような衣装を誂えなければ。

それからエストレージャたちにも、統一感があって、彼らそれぞれの得物を活かせる服と防具を考えないといけない。

氷輪様が顎を一撫でするとと、デザイン画を指差した。

『この娘たちは踊るのか？』

「え？」

『踊るのであれば、羽が生えているように見えればようけるのではないか？』

「ああ、いいかも！」

そうだ、彼女たちのイメージにあった薄布が、踊る度にヒラヒラしたら羽が生えているように見えて綺麗だろう。

それには色んな布がいるよね。

タラちゃんにも頑張ってもらわなきゃ。

良いアイデアを貰ったからには、それを形に出来なくては職人の名折れ。いや、私職人じゃないけど。

基本のデザインは前世のアイドルさん達を参考に、こちらで奇抜だったり非常識だったりにならならないようなのを考えている。

例えばあまりに脚が出てるのは良くないから、スカートは膝丈。貴婦人はコルセットがマストだけど、締め方にも流儀があるから、慣れない人にはやらせちゃいけない、とか。

今回は歌って踊ってだからコルセットは着けない方向でとは思ってる。

スカートもペチコートやパニエを重ねて、ふわっと広がってボリュームのある構造にしたい。

アイドルは夢を見せるのもお仕事。

女の子がなりたいと思うお姫様を体現した存在でもあってほしいから、衣装だけじゃなくお化粧や髪型も考えてセットしないと。

そしてそれはエストレージャの三人にも言えることだ。

冒険者は男の子の憧れ。

それはなにも成功すればお金持ちになれるからとかだけでなく、誰もが恐れる強い魔物を、剣や槍の一振、或いは魔術で倒せる強さや勇敢さにもあるのだろう。

けれど冒険者がそんな強さや勇敢さ、富や名誉だけでなく、優しさや教養も持ち合わせていたら、彼らに憧れるこどもたちだって、それを得ようと思ってくれるかも知れない。

人は誰しも自分だけの目的を持って人生を歩む。だけど、そのはじめの一歩に確固たる標《しるべ》があれば、最初はそこを目指したっていいじゃないか。そこから自分だけの道を求めて歩けばいいんだから。

『それでお前はあの三人を拾ったのか』

「いいえ、最初は本当に行き当たりばったりですよ。彼らがやる気になってくれたから、じゃあやってもらおうかな……と」

『そうか』

「はい。強くて勇敢な冒険者に、優しさや賢さが合わさったら『英雄』になれます。『英雄』はそれだけで夢を運ぶ。何せこの国でも流行りの演目は、英雄が冒険して美しい姫を助ける英雄譚ですもの」

『夢の裏側には現実があるが？』

「だから僅かでもハードルを下げるために、色々学んでほしいんです」

白鳥は美しいけれど、その水面下ではバタバタと水を掻いている。

学ぶということは、白鳥の水掻きとおなじことだ。

それに知っていて危ないことをするのと、知らないで危ないことをするのとでは、知っていてそれでもやる方が死なないですむ準備もしやすい。人間、なにを言っても命あっての物種、生きているだけで丸儲けなのだ。

『つまりはあたら死なせぬためか』

「そうですね。言い方は良くないし、不謹慎ですけど、死体は経済を回せないし、富を得たとしても無意味だし、何より舞台を見ても感動も出来ないですから」

『……今日は毒が強いな』

「ああ、はい……いえ、そう言う風にピシャリと言ってほしかったので」

私の言葉に氷輪様が微妙な表情をする。

そりゃそうだ、私は別に厳しくあたられて喜ぶ趣味もなければ、誉められた方が木に登るタイプなんだし。

でも最近度が過ぎる。

知り合う人が大概誉めてくれるのは、凄く嬉しい。

でも、私がそもそも識字率を上げるために色々やろうと思ったのは、全て私がやりたいことのためだ。誰かのためじゃない。

識字率をあげるための構造や思惑を話せば、リアクションはそれぞれにしたって概ね好意的には接してもらえる。それは協力体制にもつながるから有り難くはある。

あるんだけど、それで聖人君子か何かのように思われるのは違うんだよ。

このままちやほやされる事に慣れたら、反対する誰かを悪者に仕立てあげて攻撃しないとも限らない。

何せ私は一年ほど前まで、大人ですらガクブルさせるほどの癇癪持ちだったんだから。

最初の頃なんか、厨房に行く度に料理長ったら目茶苦茶緊張してて、凄く気の毒だったもん。

そもそもそんなに性格が良い筈ないいんだよ。

だから私のそういう部分を知ってて、尚且つ「そう言うこと言っちゃダメ」ってちゃんと注意してくれる人に、これは言っちゃマズイだろって事をあえて言って注意してもらいたい訳で。

『確認作業か』

「はい。やっぱり言っちゃマズイだろうって思うことは言っちゃダメだし、こういう言動もスルーして受け入れてしまう人ばかりを周りにおきはじめたら終わりだなって」

どうあったって豚は豚だし、その本質が変わるとは思えない。

あひるが白鳥になることもなければ、豚が豚以外の物になることはないのだから。

『……お前はもう少し鏡を見た方が良いかもしれんぞ』

「毎日見てますよ、ちょっとは痩せたけど……あんまり変わらない気がするんですよね」

『自分のことは自分が一番見えぬからな……』

そうかしら。

不思議なことを呟いて、氷輪様はそっと眼を細められた。

青天にローリングサンダー

一月は行く、二月は逃げる、三月は去る。

前世で使われていた警句だけど、こっちでも同じように言われてるくらい、一の月・二の月・三の月は忙しない。

ヴィクトルさんが誰とどう接触したとかは聞かなかったけれど、話は非常に迅速に進んで、ルイさんは二の月の中頃にはこちらに赴任する形になっていた。

ルイさんがもう既に菊乃井に入っているとは露知らない父は、自身の境遇をナイコトナイコト重ねて説明したそうで。

「あーたんのお父上とは思えないほどおバカさん……げふん、迂闊なひとだと思ったそうだよ」

「今ちょっとレグルスくんに聞かせられない類いの単語が聴こえたような？」

「気のせいだよ、気のせい。兎も角、素性調査もしなければ、上官の紹介っていうだけで信用するとか、まあ、うん……。疑われないように、宰相閣下の紹介状も付けたけども」

「ああ……」

そりゃ疑わないな。

ロッテンマイヤーさんからちょっと聞いただけだけど、父は貴族としては底辺でも軍人としての評価はそこそこなのだとか。

軍人としての評価には、忠誠心や命令を過たず、つまり疑わず実行することも含まれる。

父が上官からの紹介を鵜呑みにした辺りはお察しだ。

それは良い。

お陰でこちらは労せず、父から実質上の権限を取り上げることに成功したのだから。

「ありがとうございます、ヴィクトルさん」

「どういたしまして。だけど宰相閣下のお手紙の威力だよね。サン＝ジュスト君に領地即丸投げとか」

「身内ながらがっかりですね」

大事な自分の息子の養育費の土台になる領地の経営を他人に丸投げとか、本当に何を考えているのかな。

そういやあの人、レグルスくんに手紙とかちゃんと書いているんだろうか。気になることばっかりだ。

ともあれ、折角来たカフェでする話でもない。

二の月某日、私はレグルスくんの手を引いて、ヴィクトルさんとラーラさんと宇都宮さんと街のカフェに来ていた。

レグルスくんも髪が伸びてきたので、理容師さんの所で髪を切ってもらうためなんだけど、貴族は普通出入りの業者を持ってる。なのに何で街に来てるかって言うと、うちが普通の貴族じゃないからで。

領地に帰ってこない領主に、そもそも出入り業者なんかいるわけがなかったんだよ。

そんな訳で、宇都宮さんとラーラさんがレグルスくんにくっついてお店に行ってる。

レグルスくんが慣れない環境で知らない人に髪を触られるのを嫌がるかもしれないから、それをあやすために宇都宮さんが、レグルスくんに似合う髪型を細かく説明するためにラーラさんがいるのだ。

で、私とヴィクトルさんはその間、ラ・ピュセルのお嬢さん方の練習を見に来てる。

コンクールで歌う歌はもう決まっているそうで、振り付けもあるらしく、今は踊りつつ歌っても音程がぶれない、声が上擦ったり掠れたりしないように特訓中だそうな。

そして、彼女たちのファンも順調に付いていていて、中には四の月のコンクールに合わせて帝都に遠征に行くと言ってくれている人たちもいると聞く。素晴らしい。

ちなみにカフェではアルコールを扱わないし、営業は夕食が終わる頃、だいたい前世の八時くらいまで。ラ・ピュセルのコンサートはその半時間前には終了する。

冒険者たちは朝から日がくれるまでが仕事で、夕方は魔物に加え野性動物の動きが活発になるから、余程の討伐依頼がない限り夜には行動しないのだ。それに合わせた営業時間かつ、前世から引っ張り出してきた労働基準に合わせての活動時間で、周りの店との住み分けも考えている。

共存共栄が出来ることに越したことはないのだから。

カロンとドアにつけられたウェルカムベルが鳴る。

自然と目が音に釣られて、入り口に顔を向ければレグルスくんと宇都宮さんが立っていた。

が、一人足りない。

「やぁ、戻ってきたね」

「お帰り。ラーラさんはどうしたの？」

聞けば、私の愛するふわふわしたひよこの羽毛のような前髪はそのままに、サイドを綺麗なコーンロウにしたレグルス君が眉を八の字に下げる。

「らーらちぇんちぇ、ぼうけんちゃぎるど……」

「冒険者ギルド？」

「その……宇都宮にもよく解んないですが、兎に角若様にお知らせしないとと思って」

同じく眉を困ったように落とした宇都宮さんの言うことには、レグルスくんの散髪が終わった後、三人で冒険者ギルドの前を歩いていたそうだ。

すると中から物凄い女の人の金切声が聞こえてきたそうな。

なんだろうと、持ち前の好奇心でラーラさんがギルドを覗くと、ギルマスのローランさんの胸ぐらを、青い髪の毛の気の強そうな女性が掴んでがんがん揺すぶっていて。

「ラーラ様は揉め事を止めに入られたようなんですが、どうも胸ぐらを掴んでいた女性と顔見知りだったようで」

「で、そのままギルドにいる……と」

「はい。その揉め事の内容がどうも Effet・Papillon の売り物の話だったようで、若様にお知らせした方が良いかと」

そう言われたら行くしかない。

カフェで練習中のラ・ピュセルのメンバーに別れを告げると、一目散に冒険者ギルドへ。

まだ揉め事は続いているようで、ラーラさんではない女性の金切声が外まで聞こえていて。

断片的に耳に入ってきた「冒険者の服」・「ギルドお抱え」・「エフェだかエセだかしらないけど」って言葉を総合するに、Effet・Papillon の話と感じた宇都宮さんの判断は正しいのだろう。

ギルドの入り口には、揉め事には巻き込まれたくないけれど、何が起こっているのか知りたいという、物見高い人たちが沢山。

それを掻き分けて中に入ると、厳めしい顔を泣きそうに歪めたローランさんと、耳を指で塞ぐラーラさん、その二人を相手に早口で捲し立ててる青髪の女性が、扉が開いたことで揃って私に視線を向けた。

「こんにちは、随分賑やかですね」

「あ、鳳蝶様！　いいとこに来てくれなさったぜ！」

「まんまるちゃん、よく来てくれたね！」

めっちゃ歓迎されているけど、青髪の女性からは素晴らしく不審な目を向けられている。

「なんなのよ、このこども」って感じの目線に、レグルスくんがちょっとムッとして、眉間にシワが寄った。そのシワを揉みほぐしつつ、ラーラさんの横に行く。

「初めまして、菊乃井鳳蝶です」

「きくのい、れぐるす・ばーんしゅたいん、です」

胸に手を当てて貴族様式の礼をすると、野次馬に来ていた冒険者や街の住人が静まる。

それより私の弟、四歳なのにきちんと挨拶出来たんだよ。凄くない⁉

レグルスくんのふわふわした金髪が揺れるのに和んでいると、ふんっと青髪の女性が鼻を鳴らした。

「菊乃井と言うことは、こちらの御領主の関係者かしら。こどもはお呼びじゃないのよ、大人の菊乃井の関係者を呼んでくださる？」

「生憎ですが、両親は不在です。私で承れないことでしたら、正式に帝都の両親に面会願いを出していらしてください。貴族のお知り合いはいらっしゃいますか？　伯爵家の当主に会おうとするなら、当然紹介状がいります」

「ぐ、そ、それは……」

「きちんと身分を証明出来るものは？　両親には私から、貴女が当家の領地の冒険者ギルドで揉め事を起こして、当主に面会を求めていると報告してはおきますが……それだと、まず面会は憲兵越しになることはご承知くださいね」

「なんですって⁉　私に冤罪をかける気⁉」

「冤罪ではありません。当家のメイドが、貴女がギルドマスターの胸ぐらを掴んでいたのを見ていますし、それでなくともこれだけ目撃している人がいるんです。営業妨害とギルドマスターへの暴行……充分な罪だと思いますよ。私は当主の代行者として、領民の安寧を守らねばなりません。貴女はそれを現行乱していています。代行者として、捨て置けません」

じっと見ていると、つり上がっていた髪と同じ色の目が右往左往する。

恐らくどうするのが良いのか迷っているのだろう。

するとラーラさんがパンパンと手を打った。

「サンダーバード、ここまでだよ。まんまるちゃんは、やるって言ったらやるけど、話はきちんと聞いてくれる。冒険者相手でも軽んじないで、このままだと何が起こるかも説明してくれたんだし、当主代行と話が出来るんだからそれで良しとしたら？」

「くっ……仕方ない。妥協は必要よね……必要だから妥協するだけよ！」

「ご理解いただけて何よりです」

サンダーバードと呼ばれた女性が、腕組みしてそっぽを向く。

彼女の気炎が収まったのにホッとした様子のローランさんが、目だけで礼を伝えてくるのにそっと手を振ると、改めて女性を見た。

青い髪は肩辺りで切り揃えられ、黒い革のポンチョを身につけた、パンツスタイルで膝丈のブーツが脚の長さを際立たせている。

「さて、何故大きな声でお話なさっていたのか、お聞かせ願えますか？」

「簡単な話よ。このギルド御用達の Effet・Papillon の商会長に用があるから取り次いでほしいってだけ」

「Effet・Papillon の？」

「そうよ。会って言ってやりたいことがあるの」

「商品に対するクレームですか？」

「そんなことまで話さなきゃいけないわけ⁉」

きっとまた青い眼がつり上がる。

まあ、迫力。

このサンダーバードってひとも、何て言うか、上背《うわぜい》があって美人だから、怒ると素晴らしくダイナミックだよね。

なんて思って見ていると、サンダーバードさんの表情が変わっていく。

最初はギリギリと怒りに満ちていたものが、奇妙な物を見る目に変わり、更に今度はちょっと怯えが浮かんで、暫くすると真っ青になった。

「なんで私の『威圧』が効かないの⁉　なんなの、この子たち⁉　って言うか、弟？　背中に獅子《しし》が見えるから睨み返さないでくれる⁉　お姉さんが悪かったから！　怖いってば！」

「れーたん、やめたげてー。お姉さん怖がってるから、やめたげてー」

ヴィクトルさんの宥めるような言葉にレグルスくんを見ると、にぱっと凄く笑顔で。

「レグルスくん、何かしてるの？」

「れー、なんにもちてないよー？　にらんじゃめっておもっただけー」

「だよねぇ？　変なの……。それは兎も角、子どもに威圧なんて大人げない真似はおよしなさい。お話はちゃんと伺うし、Effet・Papillonは私が領内に流通させてるものですから、私の管轄です。問題に対処するとさっきから伝えているのにそう言った対応をなさるなら、此方にも考えがありますが？」

って言っても、憲兵に「理不尽に喧嘩吹っ掛けられました」って訴えるしか出来ないんだけど。たまにははったりもいいか。

くっそ真面目な顔を作って伝えると、ヴィクトルさんとラーラさんが私とレグルスくんを庇うように前に出る。

オマケにローランさんも、厳めしい顔に殺気を滲ませて。

「……あーたんが寛容なうちに、態度を改めた方が良いよ？」

「サンダーバード、これ以上はボクも庇いきれない」

「ここまでにしておけ。それから鳳蝶様にお詫び申し上げろ。お前を捕縛するのは、冒険者ギルドとしては心苦しい」

あ、やっべ。

対処の方法間違えた、これ。

当主代行を名乗るなら、この場で一番権力を持ってるのは私だ。その私が「考えがある」って言ったら、そりゃこうなるわ。いかんいかん。

「ま、まあ、兎に角落ち着いて話しましょう。ね？」

わざとらしく咳払いすると、ヒラヒラと手を振る。すると、張り詰めていた空気が少し和らいだ。

するると、涙目のサンダーバードさんがこくりと小さく頷く。

で。

「違うのよ……私、いっつも言わなきゃって思うとヒステリックになって……」

「はあ、なるほど……？　それだけ大事な用なんですね？」

「そう！　そうなの！　だってEffet・Papillonには、女物の下着が無いっていうんだもの！　女性冒険者が困ってるってのに！」

最近下着の話ばっかだな⁉

大事なことだし、伝えなくてはいけないと思えば思うほど、上手く言葉が出てこない。

でも、言葉が出てきたら出てきたで凄く高圧的で攻撃的で、お願いとは程遠い態度になってしまう。

それなのに自分は同じ態度で返されたら、ヒステリックに叫び返して。

「そんな自分が嫌なのに、反省しても繰り返してしまう」

「それは、難儀な性分ですねぇ」

気が焦るのか何なのか、損な体質なのは確かだろう。一種のあがり症なのかもしれない。

「まあ、でも、私の態度も誉められたものではありませんでしたし、それはもうお互い手打ちとしましょうよ」

「そう言ってもらえるなら、私に異存はない……です」

立ち話もなんだからと、冒険者ギルドの奥にあるギルドマスターの執務室に場所を移すと、私の斜め横に座ったサンダーバードさんはうつ向いて小さくなっていた。

サンダーバードさん――二つ名が蒼穹のサンダーバードというそうで、本名は晴《ハル》さんだそうな。本人は二つ名が気に入っているから、もっぱらそちらを使っている。

両親も冒険者だった彼女は、幼い頃から仮免冒険者だったし、それが長じて二つ名が付くほどの冒険者になった。

両親が冒険者を引退して、儲けたお金で楽隠居すると言うので、つい最近独立して単独で世界を回っていて、菊乃井に立ち寄ったのはこの地のダンジョンを踏破したくなったから。

「そしたらギルドで冒険者のために色々付加効果のある小物を安価で売ってるって聞いて……その……偽物掴ませてるんじゃないかって思ったの。それくらい安かったから」

「ああ、Effet・Papillonの冒険者向け商品は、布や糸自体は単なる布と糸ですからね」

材料費が抑えられて、あとは私が刺繍したり歌を歌ったりして付加効果を定着させているだけだし、歌の場合は一度に何個もあるだけつけてしまえるので、労働時間の短縮も出来る。その分価格を抑えて販売しても、回収率は実はそれなりに良い商品なのだ。

晴さんがこくりと頷くと、腰に着けていたポーチから単眼鏡《モノクル》を取り出す。

「これ、アイテムの簡単な鑑定が出来るやつなんだけど、これを使って Effet・Papillon の商品を鑑定してみたら、貴方の言ってた通り安い糸と布が使われてて。でもきちんと付加効果……それは物理防御向上だったけど、付いてた」

「当たり前だろうが。なんでギルマスの俺が、冒険者に偽物掴ませなきゃならんのだ」

「だって！　私、ここのギルドのことよく知らないもん！　知らないけど……ギルマスの癖に、冒険者の上前撥ねたり中抜きしたりする嫌な奴がいるのは知ってるもん！」

「それは……ギルマスとか何とかより、人としてどうなんですか……？」

プンスコするローランさんをなだめ彼女の話を纏めれば、ようは他のギルドには平気で冒険者たちを足蹴にするようなギルマスがいて、ここでも同じように搾取が行われているのかと疑ってしまった、ということか。

なんとまあ、冒険者の事情は知れば知るほど世知辛い。

採取活動も安全なものばかりではないし、護衛任務も討伐任務も命懸けだ。肉体労働者の極みであろうに、その社会的地位は決して高くは無さそうだし。

だけどそれは今論じることではない。

「では、菊乃井のギルドとギルマスについては、誤解は解けたということで構いませんか？」

「う、うん……じゃなくて、はい」

「散々脅してなんですけど、私は爵位もなければ親とも仲が悪いので、私が何か言っても親は取り合いませんよ。だから普通にしてくださいな」

「へ？　そうなの？」

きょとんとした晴さんに、けれど近くにいたヴィクトルさんが首を横に振る。

「親御さんはそうだけど、ここのお代官さんはあーたんのシンパだから、気を付けてね」

「ひぇ⁉」

シンパってなにさ、紹介してくれたのヴィクトルさんでしょうに。

ちょっとジト目になると、ヴィクトルさんが肩を竦める。その脇腹を、ラーラさんが思い切りつつくと、ヴィクトルさんは声もなく悶絶した。

ちょっと外野は放っておこう。

で、だ。

ギルマスとEffet・Papillonの商品への誤解は解けたから、じゃあお得だし自分も何か買おうと思って陳列棚を見ていると、男女共用できるものがほとんどで。

「女性冒険者をターゲットにした商品は少ないし、一番日常でよく使う下着なんかは男性ものしかないって言うじゃない。だからきっとこの商会は女性冒険者を軽んじてるんだって。そう思ったらカッと来ちゃって、ギルマスについつい詰め寄っちゃったの……」

こういうのを絶句っていうのかしら。

しょんぼりと肩を落とす晴さんに、私はおめめが飛び出そうなくらい驚く。

確かに女性をターゲットにした冒険者用商品は少ない。しかし、Effet・Papillonは明確に男性だけをターゲットにした商品も少ないのだ。

けれど何事も例外というものがある。

それが下着だ。

理由は簡単、本当に作り方が解らないというか情報が少ないので作るに作れないっていう。

だけど、それが原因なら誤解を解かなくては。

決めて、口を開こうとする私を、ラーラさんが興味津々に見据えている。

「Effet・Papillonが女性冒険者を軽んじていると言うのは誤解です。が、それを説明するために、晴さんがお持ちの、なんの付加効果もない、刺繍が出来るような布製品と、針と糸をお貸し願えますか？」

「そんなものでなんの証明が出来るの!? ……って、これだからダメなんだよぉ……」

「ああ、はい。仰ることはごもっとも。でも百聞は一見にしかずです。何かありますか？」

「うん、ちょっと待ってね」

自分の瞬間湯沸かし器さにしゅんとしながら、晴さんがポーチから針と糸、それから無地のスカーフを取り出した。

それぞれにモノクルを翳《かざ》すと、鑑定結果は「なんの変哲もない針」と「なんの変哲もない糸」と「木綿のスカーフ」という、解りやすい結果が見える。

「では晴さん、何の付加効果をスカーフにつけましょう？」

「え……じゃあ、精神安定……」

「解りました。ではこれから、晴さんの針と糸で、晴さんのスカーフに精神安定の効果を付与しますね」

「へ……？」

布に針を刺して、糸で形作るのはエルフ紋様の亀甲。硬い甲羅が安定を意味するそうだ。前世にも着物の柄に亀甲紋様とかあったけど、あれにそっくりで六角形を六つほど連ねておく。その内側に花の模様を刺せば、精神異常に対して耐性があがるのだ。

「青の手」と「超絶技巧」のお陰で、素晴らしく早く刺繍が出来上がる。

それを差し出すと、晴さんは恐る恐るモノクルを覗いて、視線を外して、再びモノクルを覗いて。

「な、んで、精神安定と精神異常無効が付いてるの……？」

「あーあー、あーたん魔力注ぎすぎたね。コントロールが甘い」

「う、ちょっと動揺しちゃったのが、コントロールに出ましたかね……」

そう言うと、ヴィクトルさんが眉を珍しそうにあげる。

私はキャンプファイヤーの歌以来、コントロールの精度を上げるのに血道を上げてきた。そのお陰か、魔力制御に関してはヴィクトルさんだけでなく、ロマノフ先生にもラーラさんにも「針の穴を通すほど」とお墨付きを頂いている。

けれど思いもよらず、女性冒険者を軽視していると言われたことで、少し心が揺れた。

私にそんなつもりはない。つもりはないけど、そう思われたのは、何処かに何か原因があるのかと。

意図せず誰かを傷つけたのかと考えると、それが怖かったというか。

「Effet・Papillon の商品を男女兼用にしたのは、本当に偶々だったんです。男性にも私のように可愛いものが好きなひともいるだろうし、女性にもピンクより青の方が好きなひともいるだろうから。どちらでも手に取りやすいよう、どちらでも使えるようにしたかったというか」

「そう……だったんだ」

「はい。それとやっぱり価格を抑えるには凝ったデザインだと人件費もかかりますし……」

「あえての営業努力だったわけね」

頷くと、真剣な眼がこちらにひたりと当たる。

もう彼女にも分かっているのだろう、どうして私が彼女の持ち物に刺繍をして見せたのか。

答え合わせをするように、晴さんへと問いかける。

「もう、お分かりかと思いますが……」

「あなたがEffet・Papillonの商会長で、職人なのね」

頷くと、晴さんの顔から強張りが少し取れた。

髪より少し薄い青の瞳からは険しさが消え失せ、なだらかな稜線を描く白磁の頬は薄い桃色を帯びて魅力的で。

アーモンド型の眼は猫のようで、美人なんだけどとても可愛らしい感じにも見える。

その猫のような雰囲気の人が、眉を下げてついでに頭もぺこりと下げた。

「思い込みで文句つけてごめんなさい」

「いいえ。と言うか、先程のギルドマスターの件から察するに、女性冒険者が軽んじられていると感じるようなことがこれまであったから、晴さんは怒ったんでしょう?」

「そうよ！　そうなの！　女だからって非力だとか、役に立たないとか……！　挙げ句にこっちが努力して強くなって位階をあげても『ギルマスに枕営業したんじゃないのか？』とか言ってくるバカもいるし！」

　おぉう、それはそれは。

　火がついたように眦を吊り上げる晴さんに、ローランさんもヴィクトルさんも苦く笑う。ラーラさんは思うところがあるのだろうか、静かに頷いた。

「モンスターが綺麗なお姉さんだからって手加減してくれる筈もないのにね、大人はおかしなことを言う」

　クッと喉の奥で嗤《わら》いを噛み殺すと、ごくりと息を飲む音と、ふと視線が集中していることに気付いた。

　首を傾げると、レグルスくんがキラキラした目でこちらを見てくる。

「にぃに、いまのもういっかいして！」

「ふぁ？」

「いまの『クッ』て、もういっかいして！　ちゅよそうだった！」

「そぉ？　強そうだった？」

　いやん、兄上照れちゃう。ひよこちゃん可愛い。

　にへらと笑うと、ひよこちゃんも同じく笑う。

　すると地味な咳払いが晴さんから聞こえて。

「貴方のスタンスは解った。でも、じゃあ何故下着だけ女性用のがないの？」

素晴らしく真面目な顔で話の核心に迫る晴さん。

その鬼気迫る表情に、私も誠実をもって答える。

「それは……」

「それは⁉」

「作り方がよく解んないからです」

応接室に響いた私の言葉に、晴さんの顎が外れた。

顎を外したのは晴さんだけでなく、ヴィクトルさんやラーラさん、ローランさんもだった。

その中で一番復活が早かったのはラーラさんで。

「……まんまるちゃんにも知らないことがあるんだね」

「いや、私、こどもなので知らないことばっかです。見たこともないし、説明されたこともないものは解んないし、想像も出来ない」

首を横に振れば、ラーラさんは「確かに」と頷く。しかし、晴さんはそれでは納得出来なかったようで。

「知らないなら、聞いて作れば良いじゃない！　貴方、メイドだっているんだから！」

「それは私に、雇用主の立場を笠に着て、従業員の女性に、下着の形状を答えさせるって嫌がらせをしろ、と？」

「あ……」

自分でもびっくりするくらい低い声が出て、それに付随して室内温度がちょっと下がった気が。「くちゅん」と可愛いくしゃみに、はっとして横を見ればレグルスくんのお鼻から洟がたらりと垂れていた。

急いでハンカチで拭うと、宇都宮さんが恐縮する。

晴さんが身を縮ませて、ぺこりと頭を下げた。

「ご、ごめんなさい。今の言い方は考えなしだった」

「いえ……。まあ、嫌がらせとまでは思われなくても、普通に異性に下着のこと聞かれるとか驚くし、答えるのも余りしたくないことじゃないです？　私も余り聞きたいことでも、聞かれたいことでもないですし」

「そうだよねー。僕達だってあーたんが下着作って持ってきた時は、やっぱり多少は驚いたもん」

「それは……必要に迫られたからで、その……」

皆さんの顔を見ると、かぼちゃパンツが浮かんだからパンツ作ったんですとは言えない。

だから、「氷輪様から教わったのですが」と、件の下着の紐が切れた冒険者の話をして納得してもらったんだけど、そんな私の事情をヴィクトルさんやラーラさんが知る筈もない。

私が皆さんにした下着の話を、今度はヴィクトルさんとラーラさんが晴さんにかくかく然々とやって。

「……それで下着はあるけど、明確に女性用はないわけね」

「はい。その……一応女性も履けるタイプも用意していますが、本格的な女性用となると……」

形状が解らんことには、どうにもならない。

だけど、聞くのは私の側の事情で憚《はばか》られたから、見合わせた。

それがEffet・Papillonに女性用下着がないという状況を作ったのだ。

すると、手をもじもじと組み合わせていた晴さんが、きゅっと両手を握りしめてから、口を開く。

「だったら、私の下着を見せてあげる。それで形状が分かったら、作ってくれるんでしょ？」

「それは……はい。でも、良いんですか？」

「良いも悪いも、言い出しっぺは私だし……。それに、貴方の立場でメイドに下着のことを尋ねたら嫌でも答えなきゃいけないって考えてくれるひとが、それで悪いことしそうにないし」

悪いことってなんだって思ったけど、聞かない方がいいって本能が告げている。

とりあえず、見せてくれるなら見るし、需要があるなら作るのも吝《やぶさ》かでない。

頷くと、こてんとラーラさんが首を傾げた。

「メイドさんに聞くのがダメなら、ボクに聞けば良かったのに。ボクは屋敷の雇用関係の外にいるんだから、権力とか関係ないだろう？」

「男女問わず下着のことを聞くとか、マナー違反にはならないんですか？」

「理由があれば、仕方ないんじゃないかな」

「作ってみたいからって、理由になりますか？」

「作ってみたいってだけじゃ、説得力にかけるよね」

「……そういうことです。明確に困ってるひとや危険があるって解っていれば、ラーラさんにお願いしたと思います。でも現行困ってるとは聞かなかったので、興味本位にあたるかと思って聞きませんでした」

需要がないなら供給したところで採算が取れない。

商いをする以上、採算が取れないことには二の足を踏むのは当然のこと。

だけど需要があるのなら話は別だ。

実利につながるなら、聞くは一時の何とか。私の方に異存はない。

そう伝えると、晴さんに「お願いします」と頭を下げられた。

「女性ってね、そう生れたからには、ある程度大きくなったらある程度年取るまでずっと付き合わなきゃいけない身体の特徴ってのがあるの。その……血の道ってヤツなんだけど」

頷く。

それは確かに男性にはよく解らない話だ。

晴さんによると、その血の道に伴う「血の道症」という不調があるそうで、軽い人でも普段より怒りっぽくなるし、重い人だと腹痛や腰痛、頭痛でのたうち回ることもあれば、動けなくなってしまうらしい。

そうでなくたって、胸が大きければ肩が凝るし、下着が透ければ恥ずかしいし、結構な問題があるのだそうな。

「はぁ、なるほど……。色々あるんですねぇ」

「うん、だから女性冒険者は困ってるのよ」

「でもそれ、女性冒険者だからって言うんじゃなく、女性全体的に困ってるってことじゃないです？」

「え？　そう？　家にいて家事やるだけのひとなら、別にどうとでもならない？　三食昼寝付の楽な仕事でしょ」

うーむ、この人は何だかえらい偏った人だな。

冒険者には冒険者の大変さがあるだろうけど、主婦には主婦の大変さがあるんだよ。

「あのね、メイドさんにも主婦さんにもそれなりの大変さがあるんですよ」

「命懸けってわけでもないのに？」

コクコクと晴さんだけでなくローランさんも頷いて、思わずジト目になってしまったけど、私は悪くない筈だ。

証拠に宇都宮さんの顔は笑顔だけどひきつってるし、ラーラさんやヴィクトルさんなんか思い切り呆れてるし。

こりゃいかん。

偏見に苦労してきたひとが、他の誰かに同じ苦労を背負わせている。

これも全ては知らないから起こることだ。

知らぬなら知らせてみせようホトトギス。

「女性用下着の件は承りました」

「ほ、本当に？　やったぁ！」

「が、条件があります」

「報酬？　どのくらいかかる？」

きらきらと眼を輝かせている晴さんに、にこっと笑う。

「当家で下着が出来るまで、メイド仕事を経験してください。貴女がいうように、メイドさんや主婦さんが簡単かどうかを学んでください」

「な、なんでよ⁉」

「晴さん、貴女は女性であるだけで苦労を強いられたのだと仰る。偏見に苦しめられたのでしょう。でもその貴女も主婦さんやメイドさん、冒険者以外の女性に偏見を持っておられる。それは負の連鎖です。そして負の連鎖は知らないから起こる。だから知ってください。本当にメイドさんや主婦さんが『命懸けじゃない、三食昼寝付の楽な仕事』なのかどうか。ローランさん、貴方もです」

私はやると言えばやる。

ラーラさんの言葉通り、やるとしようじゃないの。

「なんで俺まで⁉」というローランさんの悲鳴は、私には全く聞こえなかった。

主婦の仕事は大まかに言えば家事の一言で終わるのだけれど、実際するとなるとその作業は多岐に渡る。

炊事・洗濯・掃除だけではなく、買い物、繕い物、在庫管理に金銭管理、調度の整備に補修、こどもがいれば育児も入るし、お年寄りがいれば介護も加わり、近所付き合いによる情報収集だって必要だ。

コミュニケーション能力も必要だし、調理や掃除にもテクニックがいる。金銭管理なんかは読み書き計算が出来なきゃ無理。

育児にも介護にも必要とされるスキルは沢山あるわけで。

家庭は営む、つまり経営するもの。多彩な能力が必要なのだ。

「って訳で、主婦やメイドさんが『命懸けじゃない、三食昼寝付の楽な仕事』かどうか、お分かりいただけましたかね？」

「重々承知致しました……！」

「楽な仕事だなんて言ってごめんなさい……！」

あれから一週間、女性用下着とその他色々と引き換えに、ローランさんと晴さんは菊乃井屋敷で見事メイドさん見習い研修を終わらせた。

ロッテンマイヤーさんに事情を話して受け入れてもらったんだけど、眼鏡の奥の眼は絶対笑ってなかったと思う。

ローランさんのギルドマスターの仕事は、その長いエルフ生で一度ギルドマスターになったことがあるラーラさんが、副ギルドマスターをサポートする形で代行していたから、冒険者ギルドは滞りなく業務出来ていたそうで。

「家を維持するなんて簡単だと思ってたが、それすら満足に出来ない上に、ギルドマスターの仕事なんて簡単に取って替わられちまうなんてよ」

「私なんて、モップは上手く捌けないし、食材の一つも鑑定モノクルが無かったら良し悪しが解んなくて買えないし、壺磨いたら割りそうになるし、接ぎ当てても満足に出来ない上に、簡単にロッテンマイヤーさんに背後を取られちゃったり……」

二人の頭上には暗雲がたれ込めていて、雰囲気が暗い。

引き換えに、ロッテンマイヤーさんや給仕に来ていた宇都宮さんはホコホコしていて、なんだか機嫌が良さげ。

「追い討ちをあえてかけますが、メイドさんは職業ですから辞めることも休むこともできます。しかし主婦の皆さんはどちらも出来ないんです。楽だと思いますか？」

「この世の中に楽な仕事などないって解ってた筈なのに、心の何処かで侮ってたんだな。本当に申し訳ない」

「命はかけてなくても、家族の健康や生活を預かってるんだもんね。楽だなんて言ってごめんなさい」

その言葉に首を横に振る。謝ってほしいのではなくて、二人が持つ偏見を捨ててほしかっただけだ。

「晴さんはこれまで、女性冒険者と言うだけで侮られて悔しい思いをされてきたんですよね？」

「うん」

「ローランさんは冒険者は命懸けの仕事なのに、その扱いが悪いことを知っていたし、同じく悔しい思いをしてきたんじゃありませんか？」

「お、おう」

「他者に軽んじられ、侮られる悔しさを知っているのに貴方たちは主婦やメイドを侮った。それは何故ですか？」

「それは……」

菊乃井の応接室から入る日差しが、暖かに二人を照らす。

二人の前に置かれた紅茶が、彼らが身動ぎするのに合わせて、カップの中で波紋を描く。

「知らなかったから」と、小さく晴さんが呟いた。

「知らなかったからよ。私、主婦やメイドの仕事をちゃんと理解してなかった」

「俺もだ。単に食器を洗うにしても脂汚れの落とし方と、茶渋の落とし方は違うとか、そんなことも知らなかった」

「そう、全ては『知らない』から起こるんです。だから私は学んでほしい。この世の争い事の大半は、知識不足と不理解で起こるのだから」

一口、淹れてもらった紅茶を口に含む。

あらかじめ蜂蜜を入れて調整してあるそれは、私好みだ。この私の好みの紅茶の淹れ方を覚えるまで、宇都宮さんは大分しごかれたという。

紅茶のごとき些細なことで叱られるような仕事は、決して楽な筈がない。

私が口をつけたことで、晴さんもローランさんも緊張が解れたのか、同じように紅茶を飲んでほっと一息吐く。

その晴さんの前に、私は風呂敷包みを差し出した。

「これは?」

「ご所望の女性用の下着セットです」

「開けても良い?」

「勿論」

好奇心で眼を爛々とさせる晴さんの言葉に頷くと、少しだけローランさんがぎょっとする。「俺がいるのにか⁉」と悲鳴をあげるのに、晴さんはどこ吹く風で。

「丁度良いじゃない。これも人生経験よ！　何が要るのか知ってれば、困ってる女性冒険者を助けてくれるでしょ？」

「ま、まあ、そりゃあ」

「待ってください。見たくないと言うものを、無理に見せるのも嫌がらせです。ローランさん、嫌ならはっきり断ってください」

「い、いや。大丈夫です。誰かが困ってるときに力になれるかも知れんのなら、恥ずかしいとか言うてられん」

「解りました。では、どうぞ」

するりと解かれた紫の包みの中には、晴さんが好きだと言った青色のブラジャーとボクサーパンツに似たショーツが三組。

この世界、なんとブラジャーがあったのよ。

ってていうかね。

そういや、前世でも十五世紀辺りに作られたブラジャーに似た下着が、オーストリアのお城から見つかってるんだよね。

いやね、それ以前にもブラっぽいのはあったにはあったんだ。だけどそれは、胸を全体的に布で押さえつけて動かないようにするためのもので、肩から吊り下げタイプではなかったらしい。オーストリアでそれが見つかる前は、コルセットと一体化したものが大体主流で、ブラジャーのデザイン自体はこれも二十世紀初頭に出来たものと思われてたそうだ。

ところがどっこい。

そのお城から見つかったブラジャー、なんと刺繍とかしてあった。つまり、見せるものとしてと使われてた形跡があったとか。

それで見せてもらった晴さんの下着もそんな感じで、帝都のオートクチュールで作ったそうだ。

まあ、凄く可愛い刺繍がしてあって、お高そうだったわ。

それをちょっとほどかせてもらって、構造を勉強したあと、ちゃんと元に戻しましたとも。

そんな訳で、刺繍も施した下着セットをご用意したわけですよ。

「効用としては、胸の方は物理防御向上、下着の方は『血の道症』対策に、冷え症防止の為の保温やら、精神異常耐性やらつけておきました」

「あー……ちょっと鑑定させてね？」

晴さんがポケットから鑑定モノクルを出して、下着を隈無く眺める。

何度も頷くと、今度はモノクルをローランさんに渡して、彼も同じ様にモノクルを覗いた。

すると「うーむ」と顎を擦って唸る。

「相変わらず布や糸は安物なのに、付加効果がきっちり付いてるのは流石というか……」

「量産するならコストを抑えて、利益を出さなきゃですからね」

因みに今回縫製したのはエリーゼで、私は歌で付加効果を後々付けただけ。

そう説明すると、晴さんは小さく頷いた。

「充分、うぅん。それ以上だよ。そのエリーゼさんも貴方が任せるくらいなんだから、腕の良いひとなんでしょう」

「ええ、私と同様『青の手』持ちです」

「わぉ……！」

「凄い！」とローランさんの肩をバシバシ叩きながら、晴さんがはしゃぐ。

人が物を作り始めたのは、利便性だけでなく、案外こう言う誰かの喜ぶ顔見たさかも知れない。


「お客さんはお帰りになったので？」

「ああ、はい」

夕方、書斎で祖母の日記を読んでいると、細長い影が差す。

顔を上げれば西日に照らされたロマノフ先生の、緑の眼が優しく私を見ていた。

あの後、晴さんはモジモジと手を組み合わせながら「私もEffet・Papillonの顧客になりたい」と申し出てくれて。

承知すると「材料を持ち込みしたら、ちょっとオマケしてね？」なんて言いながら、ローランさんと街に戻っていった。

「ローランに『この世の争い事の大半は、知識不足と不理解で起こる』と言ったそうですね」

「はい」

向かい合う相手のことを知らないから、自分の価値観や正義が全てと思い込んで、それを相手に押し付ける。

その押し付けが受け入れられないことから端を発して、争い事はおこるのだ。

しかし、相手の事情を充分に知っていたら、彼の事情を考慮した条件を示せるし、まず自分の価値観やら正義を一方的に押し付けようとはすまい。

そう言う意味だと話せば、ロマノフ先生は「なるほど」と細い顎を撫でた。

そして、今回の件で私も思い知ったことがある。

「私も他人のことは言えないなって思いました」

「他人のことは言えない……ですか？」

首を傾げるロマノフ先生を見ながら、読んでいた祖母の日記を畳む。

温故知新《おんこちしん》。

領地を富ませる工夫がないか探すために、祖母の日記を読むことが、最近日課になった。

窓の外は沈む夕陽の赤が、やけに眼に滲みる。

「私もね、領主の仕事に一枚噛むまでは両親を愚かだと思っていました。領主がどんなに忙しいのか知らなかった癖に。とは言え、知った今だって愚かだと思ってますけど」

あの人たちはあの人たちなりに何とか立ち回っていて、それで菊乃井は揚々立っていたのかもしれない。

でも私とあの人たちの関係は冷たい。

人は自分の鏡。

あの人たちが私を疎むように、私もあの人たちを疎む。実に心暖まらない関係だ。

そして、その心暖まらない関係の末に、私はどうにかして両親から権力をもぎ取ろうとしてる。

「父に関しては尽力頂いた結果、近い将来追い落とせる見込みが出てきました。ですが、それが叶ったとして、あの子は……私のひよこちゃんは、私をどう思うでしょう」

今は懐いてくれている。でも、あの子の大事な父親を、私は引き摺り下ろすのだ。

険悪な仲とはいえ、子から追い落とされる父親の受ける社会的な打撃は計り知れない。

私が自分の父親を追い落とした人間だと分かった時、あの子は私を憎むだろうか。

そうして、私はその時、あの子を恨まずにいられるだろうか。

「自信がない」と告げれば、ロマノフ先生の眉が寄った。

「お互い疎みあい、憎しみあう。こうして負の連鎖は続くんです。因果応報とはよく云ったものですね」

でもだからって、あの子を手放そうとは思わない。たとえ将来憎しみあうことになったとしても、私は今出来ることをあの子にしたい。

その結果、あの子が私を殺すことになっても。

呟けば、密やかにロマノフ先生がため息を吐く。

「私たち教師が、それを阻止するためにレグルス君を手にかけるとは思わないのですか？」

「先生方が教え子を弑《しい》するなんて思えません」

「君がレグルス君の手にかかってしまっても、仇討ちもしないと思われてるのは心外ですね」

出来の悪い生徒を宥めるように、ロマノフ先生が肩を竦めた。

それに私は笑顔で答える。

私は、そんな望みは抱いていない。

「私が先生方に仇討ちを望むことはありません。もし最悪私が死んでも、怒りも恨みも呑み込んで、あの子を助けてやってください。でなくては負の連鎖がどちらかの血脈が絶えるまで続いてしまいます。遺言書に書き加えますから、そのおつもりで」

暮れる夕陽に未来のレグルスくんの姿が重なって。

触れられないと解っていながら、手を伸ばさずにはいられなかった。

宇都宮アリスの、おそらく人生で一番目か二番目に長い一日

冬の麗らかな陽当たりを小春日と呼ぶそうです。

サンルームでポカポカと日向ぼっこしながら、若様とレグルス様がうつらうつらしていて、そっとタラちゃんが上掛けをかけに来てくれました。

よくできた蜘蛛ちゃんです。

それに比べて宇都宮は……。

今日も朝からお皿を落としたり、アイロンをかけていたお召し物を焦がしかけたり、失敗ばかりでロッテンマイヤーさんから溜め息交じりにお小言を貰ってしまいました。しょぼんです。

宇都宮は若様とお話ししたあの日、ご兄弟お二人を全力でお守りすると誓ったのに、こんなことではお役に立つ前にお屋敷をクビになってしまいそうです。

失敗つながりで宇都宮が勝手に親近感を抱いている、ダンジョンから連れて帰ってきた男性三人の処遇も、なんとか落とし処に落とせたようですし、Effet・Papillon の初心者冒険者用の小物も数が揃ってきたそうです。

そうなると若様に少しお暇が出来て、レグルス様とお二人で「寝る子は育つ」を実行中。

宇都宮はお二人のお邪魔をしないように、静かにティータイムのお片付けをしていました。

お屋敷に来たばかりの頃の宇都宮のお仕事は、レグルス様のお世話とお屋敷の掃除でしたが、最近では若様のお世話もほんの少しだけですが任せてもらえるようになりました。

出来るだけ物音を立てないように、お飲みになった紅茶やミルクのカップを片付けます。

柔らかな光に照らされて、レグルス様のお髪は太陽のように輝いています。

凄く平和です。

お盆にお皿やカップを集めて、カートに乗せてお部屋に一礼して退出しようとした時です。

ボフッと何かが鈍く潰れたような音がして。

なにか袋でも踏んでしまったのかと、慌てて部屋のなかを確認すると、なんと若様とレグルス様が眠っていらっしゃるソファの辺りが真っ白な煙に包まれているではありませんか！

「わ、若様ー⁉　レグルス様ー⁉　た、大変です！」

もくもくする煙に悲鳴をあげると、宇都宮はカートを放り出してソファへと駆け寄りました。

投げ出した衝撃でカートがドアに当たって大きな音を立てましたが、今はそれどころじゃありません。

「若様！　レグルス様！」

どうしましょう⁉

何が起こってるんでしょうか？

煙を掻き分けてお二人の姿を探すために、宇都宮はソファへと手を伸ばしました。

するとにゅっと、褐色の手が宇都宮の方に伸びてきて。

きっとレグルス様です！

でも、なんだか、いつものレグルス様のお手とは違うような？

それでも宇都宮には解ります。

これはレグルス様のお手！

ちょっといつもより筋ばってるし、結構大きくてまるで大人の男の人のような手ですが、構わずに引っ張ります。

すると——。

「宇都宮、痛い！」

「宇都宮さん⁉　宇都宮さんがいるの⁉」

ざっと煙が晴れたかと思うとそこにいらしたのは、確かに若様とレグルス様のようですが、なんだか、その……！

ひよこの綿毛のような濃い金髪、空に溶けてしまいそうな青い眼、きりりと引き締まった唇と、すらりとした均整の取れた逞しさの滲む姿態《したい》の凛々しいこと。

そしてその凛々しい、年の頃は十四、五の少年が、庇うように背に隠してたのがまた。

夜空に絹糸を浸して染めたような流れる黒髪に、長い睫毛に縁取られた、アメジストもこんなに色濃く輝きはしないだろうというほどの瞳、女の子とも男の子とも判別しにくい華奢な体つきのお方。

金髪の少年より少し年上でしょうか？

金髪の少年が豪奢な白薔薇ならば、黒髪のお方はそれはそれは妖しく艶やかな黒薔薇の風情があります。

でもお二方ともが私の姿を認めて、僅かに強ばった顔を緩められて。

その表情には、さっきまでソファでお休みになっていたご兄弟の面影がしっかりと残っています。

あまりの衝撃に、宇都宮の心の何かが弾け、それは喉を一気に駆け上がり。

「わ、若様とレグルス様がおっきくなってるぅぅぅぅぅっ⁉　っていうか、若様とレグルス様はどこにいらっしゃるんですかー⁉」

魂が一緒に飛んでいきそうなくらい大きな声を上げてしまいました。

「……つまり、若様方は数年後の未来からいらっしゃったと」

「俄《にわか》に信じがたいでしょうが……」

優雅に脚を組み換えて、どっしりとソファに座る若様の姿には、お若いのに威厳のようなものが漂います。

魂が吹っ飛ぶような衝撃のあとのこと。

宇都宮の悲鳴を聞き付けて、エルフの先生方お三方が直ぐにやってきてくださいました。

そしてソファに埋もれる若様方を一目見ると目を点にし、更にもう一度見て天を仰ぎ、三度目にしてヴィクトル様が震える指先でお二人を指されて「なんで二人とも育っちゃってるのー⁉」と悲鳴を上げられて。

凄く大きな声だったので、宇都宮のお耳がキーンとなったぐらいです。

呆気に取られるお三方と宇都宮を他所に、パタパタと廊下を走ってきたロッテンマイヤーさんが若様方に駆け寄ると、一瞬だけ目を丸くして直ぐ様お二人を助け起こし、怪我の有無を確認してました。

流石、ロッテンマイヤーさんです。

ロッテンマイヤーさんの姿に、今度こそほっとしたのか、大きな若様も完全に強張りがとけたご様子。

そうなるといつものご聡明さを発揮されて、少し黙り込むと、ご自身のなかで状況の整理がついたのか、滔々《とうとう》とお話を始められて。

曰く、若様たちは御歳十六歳と十四歳で幼年学校に通っておられるそうです。

そして幼年学校で出来たご学友の課題をお手伝いするために、帝都近くにある「時逆《ときさか》の迷宮」という遺跡へとお出掛けされたとか。

そこは遺跡でもあるけれど、モンスターが出現するような場所だそうです。

「ロマノフ先生やヴィクトルさん、ラーラさんが護衛を申し出てくださったんですけど、学校の課題ですし、それも私やレグルスくんの課題ではないのに申し訳なくて」

「菊乃井のダンジョンに出るものより弱い、それこそこどもが小遣い稼ぎに倒してギルドに持っていくようなスライムくらいしかいない場所だし、なにより『かな』が護衛を務めてくれると言うので……」

若様のお声は男性にしては高く、女性にしては低いという感じで、お姿通り性別の概念が行方知れずの不思議な、でも聞いていると穏やかになるようなお声。

対してレグルス様は、声変わりなさったばかりなのでしょう。いつものこどもの高くて甘い声ではなくて、少年と大人の男性の間を行き来する爽やかで深みのあるもの。

その声で語られる中に、気になる単語が出てきました。

それをラーラ様がお尋ねになります。

「『かな』ってカナのことかい？」

「はい。かなは俺の従者を勤めてくれています。本当は兄上に付く筈だったんですが、その……」

言い淀むと、レグルス様は半眼でロマノフ先生の方をご覧になりました。

それに気付いたヴィクトル様が、肩を震わせてお笑いになります。

ラーラ様も何か気付いたご様子ですが、レグルス様の視線を受けたロマノフ先生はしれっとして受け流しておいでに。

なんでしょう？

宇都宮がロッテンマイヤーさんを窺うように見ると、ヴィクトル様が教えて下さいました。

幼年学校は貴族の子弟たちが通うもの。

入学の際に従者を一人、付き添わせることが可能なのだそうです。

それでかな君はレグルス様に付き添っているんですね。

かな君は小さいのに色々頑張りやさんで、優しくて思いやりのある元気な男の子です。

かな君なら宇都宮は、安心してレグルス様を任せられます。

あれ？　でも、それなら若様のお付きはどなたが？

首を傾げると、ロッテンマイヤーさんがロマノフ先生の方を見て「帝都まで先生なら一瞬ですものね」と呟きます。

宇都宮、ピンッと来ました！

「もしかして若様のお付きはロマノフ先生が……！」

ぽんっと宇都宮が手を打つと、若様が苦笑いされました。

「うん。帝国認定英雄に対して申し訳なく思ってますが、御厚意に甘えてます」

若様がペコリとお人形さんのような小さな頭をお下げになると、さらさらと黒の絹糸のような髪も一緒に動きます。

レグルス様は隣のお兄様の一挙手一投足を、青い瞳に敬意を浮かべて見ておられて。

お二人の醸し出す雰囲気にもう、宇都宮は……！　宇都宮は……！

ぐっと手を握り締めて湧き上がる熱いものに耐えていますと、なんだか鼻がむずむずしてきました。

するとレグルス様が宇都宮を見て、勢い良くソファから立ち上がります。

若様もこちらを見ておめめを丸くしてらっしゃるのは、なんででしょう？

首を捻るとロッテンマイヤーさんが、ぱっと宇都宮のお鼻にハンカチを当てて来て。

「う、宇都宮さん、鼻血が……」

「へ？　え？」

ぱっとロッテンマイヤーさんから鼻を押さえていたハンカチを見せられると、そこにはべったり赤い物が付いていています。

「やだー!?　申し訳ありません！」

「あ、宇都宮さん、頭を揺らしちゃダメですよ」

「宇都宮、大丈夫か？」

はう！

レグルス様に爽やかに苦笑されてしまいました。

ロッテンマイヤーさんからお借りしたハンカチで強く鼻を押さえながら、お辞儀をすると「無理しないでね？」と、若様からもお声をかけていただきました。

お小さい若様もおめめが凄く綺麗で可愛いのですが、大きくなった若様は伏し目がちで、でも長い睫毛から垣間見える瞳にはドキッとするほどの艶が滲むのです。

ドキがむねむね……じゃないや、胸がドキドキしちゃいます。

そうすると、また鼻がむずむずしてきて。

もしかしてこの鼻血は、宇都宮が萌え萌えすると出てくるんでしょうか。ヤバいです。

宇都宮が強く鼻をぎゅっと押さえたのを見て、若様は心配げな顔をしておられましたが「大丈夫です」とお伝えすると、お話に戻られて。

「『時逆の迷宮』の最奥には神々の秘術の跡があると言われていて、今回の課題はその分析だったんですよ。それをあのお馬鹿野郎さん達め……！」

「兄上、ロッテンマイヤーさんが凄く笑顔です！」

レグルス様の半ば悲鳴のような言葉に、若様もはっとしてロッテンマイヤーさんをご覧になり、わざとらしくお声を少々高くされました。

「ええっと……そう！　分析だけで良いのに、あれやこれやと要らんとこ触り倒して、色々やらかしてくれやがったんですよ、あのお馬鹿野郎さん達め！」

「兄上、ラーラ先生も凄く笑顔です！」

「ひぇ！」っとご兄弟揃って飛び上がってる姿は、こちらのお小さいご兄弟の姿とやっぱり重なります。

そんなお二人の様子を楽しむように、ラーラ様が少し意地悪げに口の端をあげられました。

「未来のボクはお仕事をちゃんとしてるのかな？　まんまるちゃんは随分お口が悪くなっちゃってるけど」

「待ってください、ラーラ先生。普段の兄上はそれはもう優雅にお振るまいです。学園で蝶と言えば兄上のことを指すほどなんですから！」

「ちょっ⁉　レグルスくん、恥ずかしいから止めて！」

「そんな蝶の如く麗しく典雅な兄上だって怒るときは怒るんです。今のだってちょっと怒ってただけで！　何せあのクソ野郎共と来たら毎日飽きもせず、兄上に言い掛りをつけて来て……！　特にあの――」

「レグルスくん、それ以上はよしなさい」

少し興奮ぎみに言い募ろうとしたレグルス様を、若様が静かにうっすらと微笑んで止めます。

その言葉にぴたりと止まると「申し訳ありません」と、レグルス様は項垂れました。

レグルス様のひよこの羽毛のような、ちょんと立った髪も心無し萎れているような。

しゅんとしてしまったレグルス様のお手を取り、若様は優しく擦ります。

「あまり未来で出会う人の名や、起こることを口にするのは良くない気がするんだ。仲が悪い人の名前を今知ってしまうと避けるように動こうとする。そうすると……」

「未来が変わるかもしれないから、ですね。俺が浅慮でした……」

「うぅん、小さい頃から君は私を庇ってくれたものね。先生方やロッテンマイヤーさんや宇都宮さんの顔を見てほっとしたから、普段しないようなことをしたんだよ。普段の君は人の悪口も言わないし『クソ野郎共』なんて言わないもの」

「兄上……！」

がばっとレグルス様は兄上様に抱きつきます。

あー、これ、お小さいレグルス様もよくおやりになるんですよねー。

嬉しいことがあると若様に飛び付いて、拍子に若様が転ぶか、鳩尾《みぞおち》にレグルス様の頭が当たって悶絶するやつです。

大きくなったレグルス様に飛び付かれた若様は、現にソファに埋もれてちょっと苦しそう。

「レグルス様、兄上様が潰れてしまいますよ？」

「はっ!?　兄上！」

声をかければ素直にレグルス様は若様からお離れになりましたが、室内の空気が一気に生暖かくなりました。

三つ子の魂百まで。

レグルス様は大きくなってもひよこちゃん。

宇都宮、萌え萌えするので鼻血がまたでそうです。

ロマノフ様やヴィクトル様、ラーラ様も凄くほわっとしたお顔で若様方を見守られています。

けれどやっぱり流石のロッテンマイヤーさん。

ほんわかした空気をそのままに、若様にご説明の続きを尋ねます。

「どなた様かは兎も角、誰かが何かをなさったせいで、今の若様方と未来の若様方が入れ替わった……と？」

「はい。それでね、小さい私たちは奏くんと友人達が保護してくれてるから、まあ心配はないかなって」

「なんで解るの、あーたん？」

「そりゃあ、私の中にある日昼寝してたら突然どこかに飛ばされて、大きくなった奏くんにレグルスくんと二人で保護された思い出があるからです」

「俺も。兄上と二人、大人になったかなに小脇に抱えられて、凄く楽しいところに連れていってもらった覚えがうっすらとあります」

「なるほど。ヴィーチャの眼にも君たちが本物の、私たちの知る鳳蝶君とレグルス君だと映った訳ですし、疑う理由もありませんね」

こくりと真面目な顔で頷くロマノフ先生とヴィクトル様に、ロッテンマイヤーさんも納得したのか、同じく頷きます。

因みに、若様のご学友の方の課題である『時逆の迷宮』の神々の秘術の跡とやらは、秘術というより悪戯のあとなのだそうで。

若様は、あらかじめ姫神様より「あれは過去と未来を短時間入れ換えるだけの遊びの跡」と、教えられていたのだとか。

ただ、入れ替わる年数が一年前から十年前と幅広い範囲だから、今回のことと若様の記憶のなかのことが中々結び付かなかったそうです。

ご兄弟が真面目な顔をされました。

「記憶に間違いがなければ、おそらく明日の朝には元に戻ると思うんです。それまでお世話になります」

「よろしくお願いします」

ぺこりと揃って下げられた頭に、思わず宇都宮も頭を下げました。

するとロッテンマイヤーさんはお顔を横に振ります。

「ここは若様とレグルス様のお家です。若様やレグルス様が今のお二人と違っても、それは変わらぬこと。ご遠慮などなさいませんように。ロッテンマイヤーはいつでもお傍におりますとも」

「ありがとう。あちらでも今頃小さな私たちが、同じ様にロッテンマイヤーさんに出迎えられてると思うよ。ね？　レグルスくん」

「はい。ロッテンマイヤーさんは変わらずロッテンマイヤーさんですから」

にこっとご兄弟が笑われます。その顔に反射的に宇都宮は手をあげてしまいました。

う、宇都宮も！　宇都宮も、若様とレグルス様が小さかろうと大きかろうとお仕えいたしますとも！　未来の宇都宮もきっとそう思っていますから！

でも、宇都宮の口から出たのは、そんな言葉ではなくて。

「何は兎も角、若様とレグルス様がご無事でよかったです……」

「ああ、ありがとう」と微笑む少年・レグルス様のお顔に、幼児のレグルス様の面影が重なって、宇都宮はとても眼の奥が熱いです。

未来、宇都宮はお二人の傍に置いていただけているのか、宇都宮には自信がありません。それが情けなくて、唇を噛んでなければ泣いてしまいそうなのです。

でも、泣くのはなんだか違う気がして……。

意識を逸らすと、レグルス様がふと宇都宮を見ているような？

なので、宇都宮もレグルス様を窺うと、ふいっと顔を逸らされてしまいました。

それにしてもレグルス様、ちょっと素敵な男の子になりすぎです。

お陰で宇都宮、鼻血を沢山噴いちゃったじゃないですか！

さて、それから。

お小さい若様とレグルス様のことが気にかかりますが、大きな若様の仰ることには、今頃はあちらのお屋敷でかな君と遊んでる最中じゃないかと。

それに若様方は姫神様のご加護のお陰で、危険から遠ざけられるようになっているそうで、此度のことも危なくはないから起こったのだろうとも仰いました。

こちらからは未来に干渉することは出来ませんし、未来のことを大きな若様やレグルス様は強いて話さないようにしておられるみたいです。

そうならば、宇都宮には、いえ、誰にも何も出来はしません。

なので、大きな若様方には、ここで普段通りにお過ごしていただければということになりました。

そうなると問題がまた出てきます。

若様もレグルス様も遺跡からお屋敷に飛ばされたからか、お召し物に土埃が付いていていて、お風呂に入ることになったのです。

下着は先日小さな若様が大人もこどもも魔力を通せば履けるモノをお作りになったので、それで済むのですが、お小さいレグルス様の服を、大きなレグルス様が着られる筈もありません。

しかし、ここは滅多にお出《い》でにならなくても、レグルス様のお父様のお屋敷。着替えるに困らない程度にお父様のお召し物も備えてあります。

レグルス様はすこぉし、ほんのすこぉし、嫌そうな顔をされましたが、男の子は年頃になると父親と距離を置くと言いますから、多分それでしょう。

簡素なシャツにベスト、スラックスにブーツが良くお似合いで、未来のレグルス様は精悍《せいかん》で凛々《りり》しくて、きっとおモテになるに違いないのです。

困ったのが若様の方。

お父様のお召し物はおろか、体型が一番近そうなヴィクトル様のお召し物をお借りしても、縦はなんとかなるものの横が余ってしまって。

小さな若様はお正月にはもうお腹はぺったんこだったんですが、大きな若様はほっそりしていて痩身という言葉がぴったり当てはまる感じなのです。

「うーん、ボクの服を貸そうか？」

ラーラ様がお部屋から持っていらしたブラウスをひらひらさせながら、若様の身体に当ててご覧になられます。

「さすがにそこまで細くないですよ」

「それにしても痩せたねぇ。今でももうまんまるじゃないのに、更にまんまるじゃなくなっちゃったね」

そう言ってお笑いになるヴィクトル様に、ロマノフ先生もラーラ様も頷かれます。

「そうみたいですね。自分では気付かなかったんですけど、この時期にはもうそんなに丸くなかったと聞いて驚きました」

苦笑いされていますが、大きな若様は本当にすらりとしていて、レグルス様と並ぶとレグルス様が立派な体格なせいか、凄く華奢に見えるのです。

でも守ってさしあげたいというよりは、お仕えしたくなるというか？

いえ、そもそも宇都宮は若様とレグルス様にお仕えする身ですし、それが楽しいのですが、なんというか、若様の人となりを知らなくても、若様に見つめられると思わず跪きたくなるような、そんな雰囲気がおありになるのです。

きっと若様の瞳が、とても魅惑的で目力が最強だからでしょう。

それは置いといて。

お召し物についてああでもない、こうでもないと先生方は色々、思い思いにご自分の物を若様に着せようとなさいますが、やっぱり合わないのです。

その光景を見ていたロッテンマイヤーさんが「あ」と小さく呟いて、それから早足で何処かへと行ってしまいました。

どうしましょう？

先生方の着せ替え人形になっている若様に、レグルス様はオロオロしていますし、若様は魂が飛びそうなお顔です。

若様をお助けした方がいいのかも。

宇都宮が覚悟を決めて先生方に声をかけようとした時でした。

音もなく早足で颯爽とロッテンマイヤーさんが戻ってきて、ふぁさっと腕に抱えた何かを拡《ひろ》げます。

「若様、こちらを」

「ああ……これは……」

ロッテンマイヤーさんが若様にお見せしたのは、立て襟で袷《あわせ》が前、長袖で丈は足首に着くほど長く、腰骨の辺りに深いスリットの入った黒地の上着に、ゆったりとした白長い幅広なズボンで、よくよく見ると上着の裾には見事な蓮の刺繍が施してあります。

それは大きな若様がお召しになっている服と、そっくりな作りです。

「今、若様のお召しになっている物に見覚えが御座いまして、もしやと思い……」

ロッテンマイヤーさんがその服を差し出すと、若様が受け取りながら頷きます。

「たしか曾祖父様の服だったよね」

「左様でございます。大奥様が形見分けで受け取られたお品の一つだそうで……」

「うん。曾祖父様は今の私と同じ様な体型だったらしいから、試してみたら着れたんだよね」

大きな若様がお召しになっているのは、正真正銘若様の曾祖父様のものだそうで、これは幼年学校に入る直前のある日、ロッテンマイヤーさんが急に大奥様のお部屋にあるマジックバッグの役割を果たす行李《こうり》から出してこられたものなのだそうです。

「あれって私が着てたのをロッテンマイヤーさんは知ってたから、あの日出して来たのかな……。となると、あれは今日があったから……？」

「俺たちの過去と未来がこんな風に交差するって凄いですね」

「本当にね。びっくりだ」

「ふふっ」とご兄弟が顔を見合わせて笑うと、ふわっと背景に花が咲いたようで、宇都宮、今日ほど職場に恵まれたと思うことはありません。

支度を整えるとお二人は仲良くお風呂場へ。

お屋敷のお風呂場は広いのですが、お小さい頃から若様はお一人で入られたり、レグルス様と一緒に入られたりしていたからか、自然お二人御一緒される様子。

疲れをお湯で流されている間に、宇都宮はレグルス様と若様のお召し物をお洗濯に出す準備をします。

するとロッテンマイヤーさんから、先生方に若様とレグルス様がお脱ぎになった服やアクセサリー、刀をお見せするように言われて。

言いつけ通りに、リビングにいらっしゃる先生方へと藤の籠に入れた若様方のお召し物を持って行ってお見せすると、ヴィクトル様がまずご覧になって溜め息を吐かれました。

「……駄目だ、見られない」

そう仰ると、ロマノフ先生もラーラ様も顔色をさっと変えられて、次のヴィクトル様の言葉を待ちます。

なんだかお三方とも固い表情をなさっているのが、宇都宮には気になります。

するとヴィクトル様が宇都宮に笑いかけてくださいました。

「そんな心配そうな顔しなくても大丈夫だよ、アリスたん。付与魔術が沢山、それもかなり強固にかけられてて、どれがどれやらさっぱり解んないってだけだからさ」

「つまり、鳳蝶君はヴィーチャの眼をもってしても、上手く読み解けない複雑な術式を駆使出来るようになるんですね」

「まんまるちゃんも凄いけど、ひよこちゃんの身のこなしも鮮やかだし、刀も相当な業物だよ。こんなの扱えるってどれだけ研鑽したんだろうね」

「本当にね、あーたんの後ろをぴよぴよ付いて回ってたれーたんが……」

「感慨深いものがありますね……」

お三方の仰ることがどれほど凄いことなのか、想像さえ追い付かない自分が悔しいです。

「アリョーシャ、そのにやけた顔見たら、まんまるちゃんとひよこちゃんがドン引きするから、お風呂から二人が上がる前になんとかしなよね？」

「何をいうんです、ラーラ。教師としてこれ程の成長を見せられて喜ばない訳には行きません。たっぷり誉めてあげなくては……！」

「気持ちは解るけど、二人とも抱っこして高い高いして喜ぶ歳じゃないと思うよ」

「む……」

「ここは僕がお祝いの曲を作ってあげる場面だよね」

「それ、今日中には無理でしょ？　十年後に聞かせてあげるの？」

喜ぶロマノフ先生とヴィクトル様に、ラーラ様が的確に突っ込みをいれます。

それにぐぬぐぬと唸るお二方に、ラーラ様は肩を竦めました。

「ストレートに伝えればいいじゃないか。『小さな君たちがこんなに強くなるなんて、十年後のボクたちはきっと誇らしく思ってる』って。今のあの子達の頑張りをボクらは知ってるし、頑張るあの子たちを今だって誇らしく思ってるんだから」

「ねぇ？」とラーラ様が涼しげな瞳で宇都宮に尋ねます。

宇都宮、僭越ながらラーラ様に完全同意です。

思いの丈を込めてブンブンと首を上下に動かすと、ロマノフ先生もヴィクトル様もはにかむようにお笑いになりました。

「なんか、気負っちゃったね」「そうですね」と、言い合うお二人を見て、ラーラ様は宇都宮へとウィンクを投げてくれます。

一件落着、そういうことなのでしょう。

「それでは宇都宮はお仕事がありますので！」

菊乃井の使用人たるもの、いつでも丁寧な振る舞いを心掛けねば。

スカートをちょんっとつまんで、宇都宮は皆様にお辞儀すると若様とレグルス様のお召し物を持ってリビングを退出致しました。

それからエリーゼ先輩とお二人の御召し物をお洗濯です。

エリーゼ先輩もロッテンマイヤーさんから、若様とレグルス様が未来の若様とレグルス様と入れ替わったことを聞いたとのこと。実際お風呂場で準備をしたときにお二人にもあったそうで。

「若様ったらぁ、大奥様にぃ、そっくりでいらしてぇ、わたしぃ驚いちゃったわぁ」

「あ、そう言えば以前見せていただいた肖像画の大奥様にそっくりです！」

「レグルス様はぁ、旦那様にぃ、そっくりぃ」

「が、外見だけです！　中身はレグルス様ですから！」

「『にぃに大好きひよこちゃん』のままぁ？」

「です！」

「そぉなのぉ～」

エリーゼ先輩がくすくすと笑います。

言いにくいことですが、やっぱりレグルス様のお父様――旦那様はこちらでも矢張良くは思われていないご様子。

そりゃあ、宇都宮も旦那様の若様に対する態度を見るに、ちょっとどうなのかと思います。レグルス様に対しても、あまりに素っ気ない気もしますし。

帝都にいた時は、奥様――いえ、レグルス様のお母様がご存命の折りには、もっとお優しい方だったような？

でも旦那様と宇都宮の接点は少なく、奥様がお亡くなりになるまで、直接お話をすることなどほぼほぼ無く、旦那様のお話は全て奥様からお聞きしたものばかり。

奥様の話の中の旦那様は、それはこどもと奥様想いの、優しくて頼りになる素敵なお方でしたのに。

そう言うとエリーゼ先輩は、苦く笑います。

「あちらの奥様はぁ、旦那様をぉ、凄く立ててらしたのねぇ」

「……それはやっぱり、実際の旦那様はあまり……その……」

「それ以上はぁ、言わぬが華よぉ」

「はい……」

そう、それ以上はいけません。

考えを振り払うように首を振ると、お洗濯に取りかかります。

と言っても、お洗濯自体は洗濯機がやってくれますし、宇都宮はエリーゼ先輩が魔術であらかた乾燥させたものを天日干ししていくだけのこと。

二人がかりでやればさっさと終わります。

エリーゼ先輩はEffet・Papillonの商品作りの一端を任されるほど、お裁縫の腕が確かなのですが、その先輩をして若様のお召し物は匠の逸品との見立てで、特に刺繍は目を見張るほど素晴らしいものだそうです。

レグルス様の軍服のような肋骨服も、おそらくは若様のお手になるもので、それも本当に見かけは簡素で普段使いに適したように見せ掛けて、その実大変素晴らしい仕立てなのだとか。

「勉強になったわぁ」とエリーゼ先輩は、とっても良い笑顔でした。

さてさて、お洗濯が終わると今度はお夕飯のお支度です。

料理自体は料理長さんの領分ですが、配膳は宇都宮やエリーゼ先輩、ロッテンマイヤーさんの領分。

厨房に行くと、ロッテンマイヤーさんから料理長さんも若様方の異変を知らされていたようで。

「うーむ、レグルス様は十四か……。育ち盛りだな」

「はい。それはもうすらっと背も高くて、逞しくていらっしゃいます」

「ってことは、多分よく食べるな」

料理長さんによれば、十四歳くらいの男の子の食べっぷりを侮ると痛い目をみるそうです。

特によく動く男の子は、よく食べるのがセオリー。

レグルス様はお小さくても、元気に走り回って、刀の鍛錬も欠かさず、ご飯も大人と同じ様な分量をペロッと食べてしまいます。

それが大人とそんなに変わらない体型で、先生方のお話では相当な研鑽を積んで来られたご様子。

それってつまり。

「めっちゃくちゃ食べるやつだな」

「そうかも、です」

「かも、じゃないな。かなりの健啖《けんたん》と見た！」

これはえらいこっちゃと厨房がざわつきます。

そういえば育ち盛りはレグルス様だけじゃなく、十六歳の若様もです。

それには料理長さんは首を横に振りました。

「若様は前からどっちかというと、量は少しずつ品数で勝負って感じだからな。いや、まあ、それも怖いんだが」

なるほど、色々です。

ともかく料理長さんは色々考えてご飯の量を増やすことにしたそうで、かなり忙しそう。

宇都宮もナイフを渡され、お芋の皮剥きに駆り出されました。

そうして整えられたお夕飯の席。

宇都宮はレグルス様の給仕のために、いつもはレグルス様の横に座って用意しているのですが、今日はそれがいりません。

ちょっと寂しく思うまもなく、若様やレグルス様、先生方が席につくと、どんどこ配膳をしていきます。

メニューは若様とレグルス様がお好きな出汁蒸し卵に、ミートローフ、サラダ、お野菜の煮物やお魚の焼いたの、他にも色々。

かなり豪勢で、若様もレグルス様も目が点です。

「料理長が本日は未来の若様方の記念になる様に……と」

「ああ……今日が楽しい思い出になる様に、ですね。ありがとう。あとで料理長にも挨拶に行きますね」

「俺も一緒に行きます。それにしても……どれもこれも俺の好きな料理だ」

「私もだよ。今も小さいときも、私たちは料理長の味で育ってきたんだもの」

そう言ってご兄弟は顔を合わせて、穏やかに微笑みます。

ヤバい、お鼻がムズムズしてきました。しかしこんな時に鼻血を出すわけにはいきません。

萌えてはいけないメイド業、ツラい。

そんな萌え萌えしている宇都宮を他所に、先生方とご兄弟は談笑されながらお食事を楽しまれました。

料理長さんの読み通り、レグルス様はマナーは完璧、立ち居振舞いはスマートに、それでも若様の三倍ぐらいお召し上がりになっていましたし、なんなら「これ凄く美味しいから」と若様にお口の中にお料理を運んで貰っていたぐらい。

なんでしょう。

若様の中のレグルスは、小さなひよこちゃんのままなんでしょうか。

レグルス様も「自分で出来ます」と言いつつも、決して嫌がってない辺り、自認がひよこちゃん

もですね。

のままなんですか、そうですか。

未来の宇都宮、ちゃんと「ひよこちゃんじゃありませんよ」って鏡を見せ……ても聞いてないかもですね。

だってレグルス様ですし。

それに考えたくありませんが、宇都宮は未来でお側にいないかもですし。

宇都宮が遠い目をしている間にお食事は終わり、皆様はリビングへとお移りになりました。

考え事をしていても宇都宮の身体はちゃんとお仕事をするなんて、日頃の訓練の賜物ですね。

食器を全て厨房に戻して、今度はお茶とカップをカートでリビングに運びます。

すると中から静かなロマノフ先生のお声がしました。

「……この十年、随分と二人とも頑張ってきたようですね」

「うん、あーたんの付与魔術は帝国一になってるんじゃないかな?」

「凄いよ、二人とも。きっと未来のボクらもそう思ってる」

「ロマノフ先生……ヴィクトルさん、ラーラさんまで……ありがとうございます」

「ありがとうございます。先生方のご指導のお陰です」

宇都宮、なんだか今度こそ本当に泣いてしまいそうです。

お小さいレグルス様と二人、旦那様とこちらに連れてこられた時は、不安で不安で、でもレグルス様をお守りできるのは宇都宮しかいないと思っていました。

このお屋敷はレグルス様をよく思っていない人たちばかりの敵地くらいに意気込んでいたもので

す。

けれどここではレグルス様は元のお屋敷にいた頃より、ずっと自由に伸び伸びなさっていて悪戯もする腕白な面も見せて下さるようになりました。周りの皆さんもレグルス様に好意を持って接してくれます。

特に若様はお立場的に一番難しいでしょうに、レグルス様を可愛がってくださって。

ここに来て良かった。

宇都宮は心底そう思います。

ぐっと奥歯を噛み締めると、込み上げてくるモノを抑えつけます。

泣くのは後です。

宇都宮には皆様に、お茶をお届けする使命があるのですから。

深呼吸してリビングまで行くと、開いているドアをノックして、入室することを皆様にお知らせします。

そうして運んで来たお茶を皆様にお配りしながら、お顔を窺い見ると、皆さんとてもよい表情。

宇都宮の胸もポカポカです。

なのに宇都宮ったらこんな時まで、カーペットに足を引っかけてお皿を落としたり、お茶を溢してしまったり……。

怪我をしていないか若様にご心配までしていただいて、宇都宮顔から火が出そうでした。

けれど宇都宮がどんな失敗をしても、楽しいお話は時間を忘れさせるもの。

気付いた時には夜も更けていて、宇都宮はレグルス様をお休みになるためにお部屋にご案内します。若様のもレグルス様のも、大人になっても使える大きなベッドだから、困ることはありません。廊下を御一緒していると、キョロキョロとレグルス様は辺りを見回します。どうなさったのかお声をかけると、ふっと口の端をあげられました。

「いや、十年後と変わらないなと思って」

「そうなんですか？」

「ああ。俺の部屋も兄上の部屋も同じ場所だ」

お部屋の扉を開けて、レグルス様が中にお入りなったのを見て、宇都宮はそっとスカートを持ち上げてお辞儀します。

すると「ちょっと待て」とレグルス様からお声が。

顔をあげると、レグルス様がなにやら照れて不貞腐れているようなお顔をなさっていました。

「その……初めてここに来たとき、宇都宮がいたから俺は不安じゃなかったぞ。今日だって宇都宮の手だって直ぐに解ったから、安心したんだ！」

「レグルス様……!?」

「じゃあな、お休み！」

ばたんっと勢いよく扉が閉められてしまいました。

宇都宮はビックリして、もう……！

気がつけばぐすっと洟を、自分の部屋で啜っていました。

翌日、レグルス様を起こしに行くところから、宇都宮の朝が始まりました。

と言っても、宇都宮が起こす前にいつもレグルス様は起きていらっしゃるし、なんなら若様のお部屋に朝のご挨拶に行ってお部屋がもぬけの殻だったりします。

試しにノックをすると、中から聞こえた低い声に一瞬ドキリとして、そういえばと昨日のことを思い出しました。

そう、小さなレグルス様でなく、大きなレグルス様がいらっしゃるのです。

「おはようございます、お着替えをお持ちしました」

「ああ、ありがとう……」

扉を開けて大きなレグルス様が出ていらして、宇都宮が差し出したお召し物を受け取られ、再びドアを閉められました。

待つこと暫く、キリッと青の肋骨服に腰に刀をさして出ていらっしゃると、すたすたと歩き始められて。

「宇都宮、兄上にご挨拶にいくぞ」

「あ、はい！」

後ろからレグルス様を追いかけて行くと、階段に続く曲がり角でロッテンマイヤーさんと御一緒の若様とばったり。

「おはよう。レグルスくん、宇都宮さん」

「おはようございます、兄上。ロッテンマイヤーさんもおはようございます」

「おはようございます、レグルス様」

宇都宮は若様に、ロッテンマイヤーさんはレグルス様に、それぞれお辞儀すると、若様とレグルス様が並んで歩き始められました。

それから朝御飯のために食卓へといらっしゃると、そこには先生方が昨日と同じく揃っていらっしゃいます。

もうすぐ、大きな若様とレグルス様が、元の場所に戻ってしまうからでしょうか。

皆さんのご兄弟を見る目が、凄く優しくて、宇都宮はまたちょっと泣きそうになりました。

朝御飯のメニューは料理長さんが作った、三角形の卵焼にひよこちゃんのおにぎり、具沢山のスープと、どれもやっぱり若様とレグルス様のお好きなものです。

もしゅもしゅと言葉少なく皆さん朝御飯を食べられると、静かに食後のお茶を楽しまれました。

そして太陽が菊乃井の玄関を照らし、扉を開けると光が沢山入る頃。

「お世話になりました」

「ここは若様方のお家でございますから」

「うん、ありがとう」

大きな若様とレグルス様がお辞儀をするのに合わせ、ロッテンマイヤーさんを始めとしてエリーゼ先輩や料理長さんや宇都宮もお辞儀をします。

三人の先生方も、ご兄弟にお手を振られます。

「「「いってらっしゃいませ！」」」

「「「行ってらっしゃい」」」

「「行ってきます！」」

若様とレグルス様は光が溢れる玄関へと、手を繋いでお外へ歩いていくと、一際大きく光が弾けます。

その目映い輝きが収まると、ちかちかした目がとらえたのは――。

「「ただいまー！」」

いつもの小さな若様とレグルス様でした。

「「「お帰りなさいませ！」」」

お戻りになったお二人が、昨日のお二人より少し大きくなったような気がするのは、宇都宮の気のせいではないはずです。

後日。

「おとなの『かな』のほかにも、きれいなおねーさんいたよ！」

「うん。未来が変わっちゃうかもだから、今は名乗れないって言われたけど、凄く綺麗なご令嬢だった」

「おにいさんもいたよー！　れーのがつおいけど！」

「そうなんですか？　お屋敷はどうでした？」

お菓子とお茶を用意して、若様とレグルス様のおやつの時間は完璧です。

レグルス様がパンケーキを召し上がりやすいように、小さく切ってフォークに刺してお渡しすると、パクッと大きなお口でケーキを頬張ります。

「ロッテンマイヤーさんも先生たちも皆変わらずにいてくださって」

「うちゅのみやも、いっしょ！」

「そうなんですか。宇都宮も若様とレグルス様のお側にちゃんといられてるんですね」

「うん。ありがとう、宇都宮さん」

「うちゅのみや、いつもありがとー！」

そう言ってニパッと笑われたお二人に、昨日の大きな若様とレグルス様の面影が浮かびます。

お鼻がむずむずするし、目の奥は熱いし。

宇都宮は鼻血を出しながら泣くという、世にも珍しい経験をしてしまいました。

ひよこ巾着ポーチ（お家用）の作り方

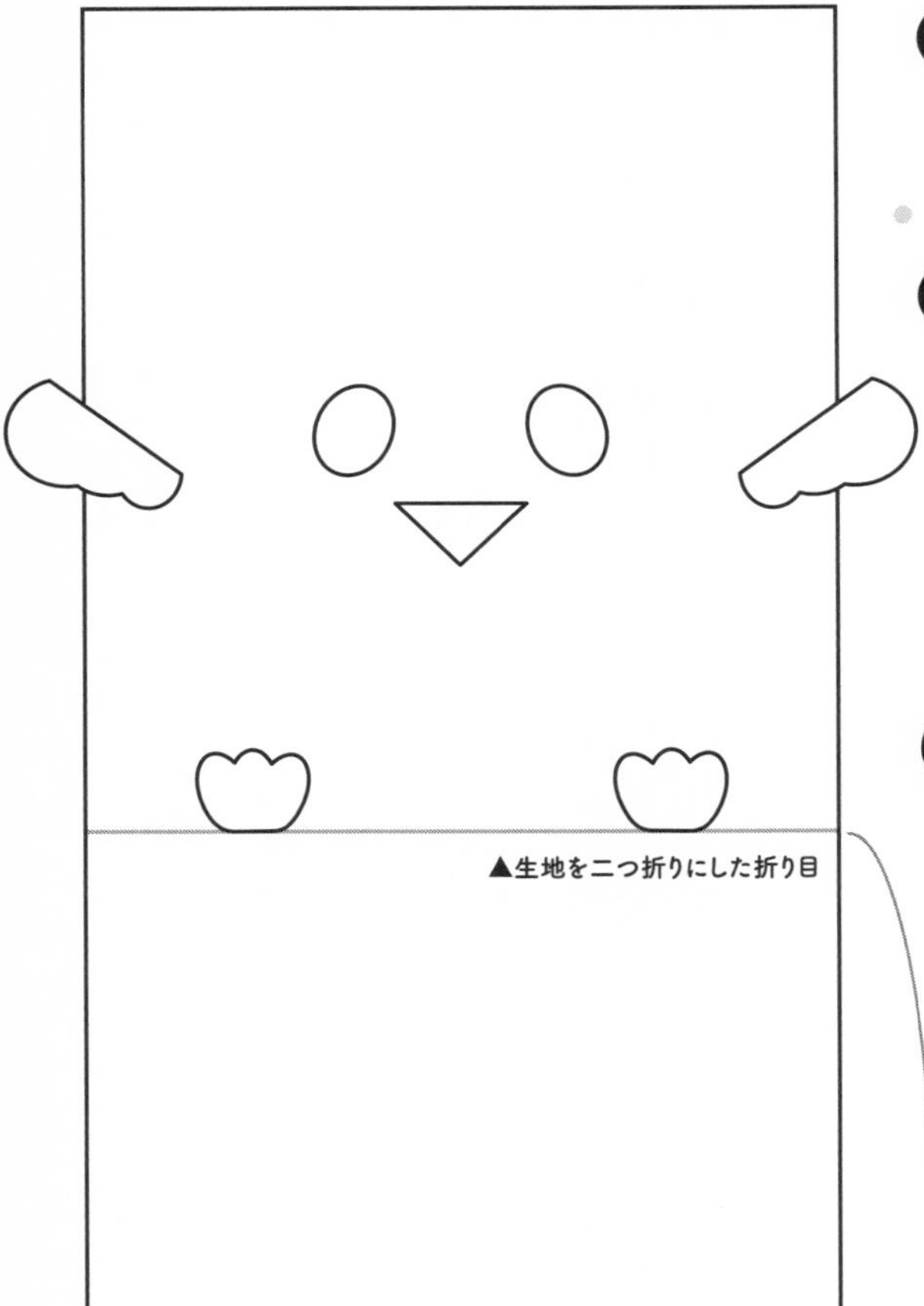

型紙

＊230％の倍率で
拡大印刷してみてね！

材料

・布
・糸
・フェルト
・接着剤
・ひも（2本）

道具

・針
・アイロン
・鉛筆
・ひも通し

1
ひも通し部分に鉛筆で線を引いて、
アイロンで折り目をつける。

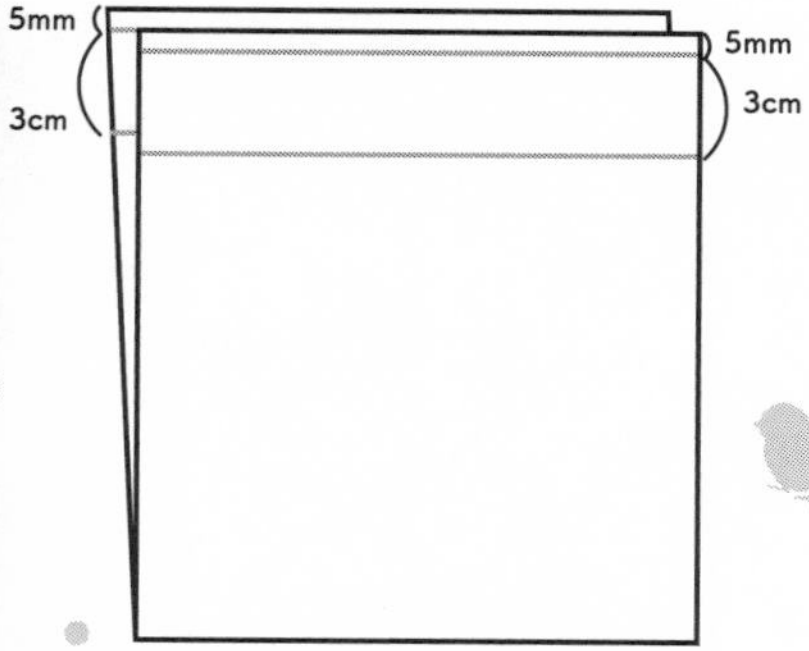

2
折った部分の点線部を縫う。

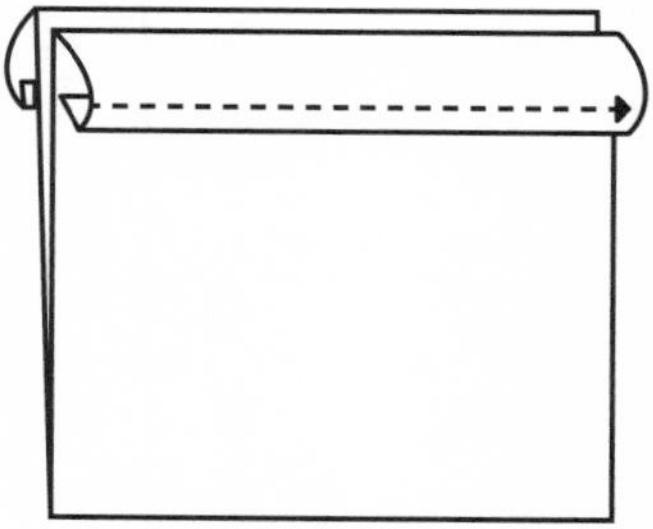

3
左右の端を折って
点線部を縫う。

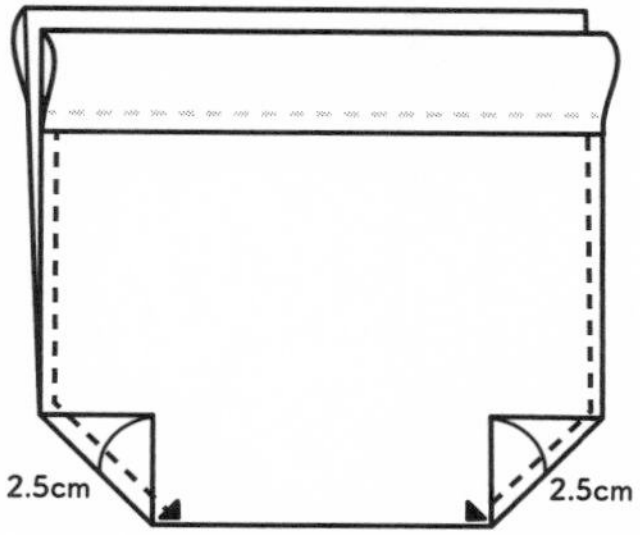

4
裏返して、ひも通しを使って
ひもをひも通し部分に2本通す。

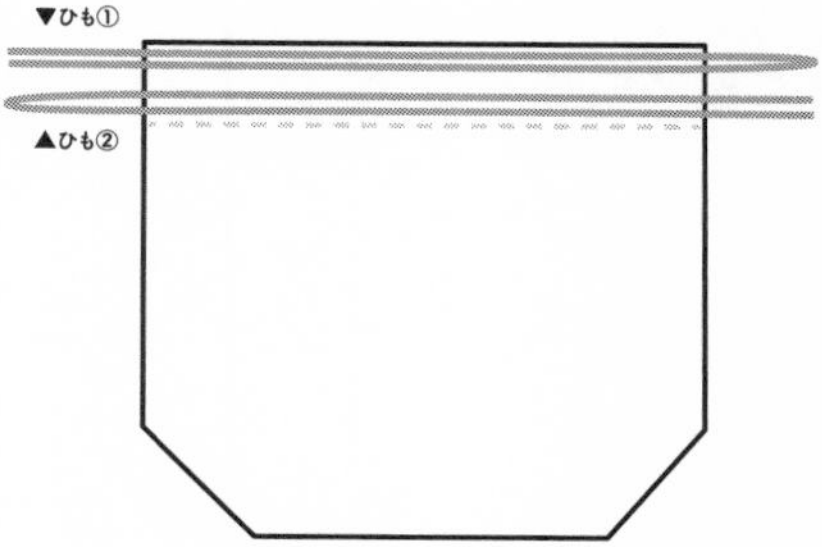

5
型紙に合わせて
切り抜いたフェルトで、
目・口・羽・足をつけたら
出来上がり!

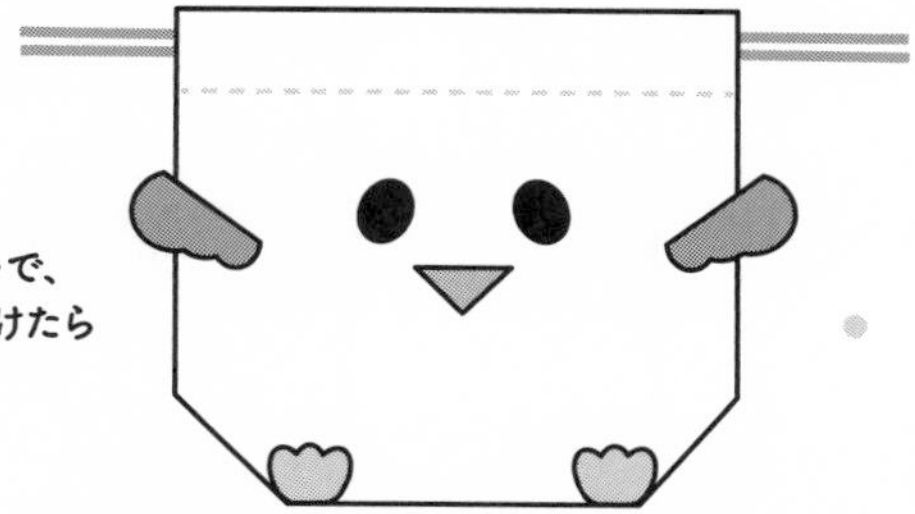

あとがき

こんにちは。

お久しぶりです、やしろです。

この度は「白豚貴族ですが前世の記憶が生えたのでひよこな弟育てます」略して「しろひよ」の二巻をお手に取っていただき、ありがとう御座います。


さて、二巻ですよ。

一巻に引き続き、私の好きなモノをぎゅうぎゅうに詰め込んでみました。

特にミュージカルやオペレッタ関係。

作中に出てきた『恋はやさし野辺の花よ』（作詞・作曲フランツ・フォン・スッペ／訳詞：小林愛雄）は、大正時代浅草オペラで人気だったスッペのオペレッタ『ボッカチオ』からの出典で、秦基博さんがカバーされてたりします。大変良い曲です。

更に「しろひよ」の世界におわす神様の一人、氷輪公主の外見に影響を与え、人の営みに興味を持たせた『エリザベート』もまた、ウィーン発の世界的ミュージカルです。

作中にも出てきましたが、十九世紀末に実在した美貌のオーストリア皇后・エリザベートの、伝統と格式を重んじる宮廷との軋轢《あつれき》からの苦しみと、それからの逃避行の末の暗殺という生涯を、彼女を見初めた「死」或いは「黄泉《よみ》の帝王」という存在を絡めてドラマチックに描く物語。

日本では宝塚版と東宝版があって、それぞれ視点が異なり、同じ物語であるのにちょっとずつ風味が違って一粒で二度美味しい感じです。

余談ですが、ヅカオタあるあるとして「ハンガリー語で万歳が言える」というのがありまして。これはミュージカル「エリザベート」にハンガリー語の万歳を織り混ぜた歌があるのと、フィナーレの階段降りでその曲が歌われるためだと思われます。

作中でも前世が菫の園オタクだった「俺」のお陰で、主人公の鳳蝶もハンガリー語の万歳が言えてますし（笑）。

他にも色々と私の「萌え」や「推し」が、本作には沢山散りばめられています。

そうそう、ブロマンスにも進展がありましたね。

同じく弟を持つ奏という友人が出てきました。

鳳蝶とは弟に対するスタンスが違うのですが、彼は菊乃井兄弟の良き友人になる予感です。

鳳蝶とレグルスが一歩を踏み出す度に、世界はより複雑さを増して、そこに住まう人達の多様性を二人に知らしめます。

世の中は柔らかいだけじゃなく、時々厳しくて、だけど優しさだってそこかしこに落ちている。

これからも二人が歩んでいく世界を、どうか御一緒いただけますよう、よろしくお願い致します。

謝辞

この度は「白豚貴族ですが前世の記憶が生えたのでひよこな弟育てますⅡ」をお手に取っていただき、ありがとうございます。

無事に二巻が刊行されましたのも、前作をお手に取ってくださった読者の皆様のお陰です。


一巻に引き続きイラストを担当してくださった keepout 様。

下書き時点から「おお、神よ……！」と真顔で拝みたくなる素晴らしい絵を、今回も拝見できて幸せです。ありがとう御座いました。


秋月真鳥様。

今回のおまけ「ひよこちゃん巾着ポーチ」型紙の制作にあたり「秋月えもん、何とかしてよ～」と泣きついた私に、わずか半時間ほどで「出来ましたよ～」と軽く型紙と制作見本まで作ってくださったこと、本当に感謝感謝感激雨あられです。


そして担当の扶川様。

相変わらず、リアクションが面白いです。

活動報告のネタに困ったら、まずいただいたメールを読み返しております。

多くの方々に携わっていただいて、この本は出来ております。

そのご縁に心からの感謝を捧ぐとともに、皆様のご多幸ご健勝をお祈り申し上げます。

会社の利権を賭けた
武闘会《軍権掌握》——からの
親子喧嘩へ!?
あー……えっと
白豚貴族ですが前世の記憶が生えたのでひよこな弟育てます
III
やしろ
illust. keepout
発売予定

2020年・秋

聖ミーア学園開校へ！

第二部「導《しるべ》の少女」クライマックス！

新種の小麦開発ってお祖母さますごいですっ！

しかし、このままでは…

庶民のために…さすがミーアさまです！

ティアムーン帝国物語Ⅳ
断頭台から始まる、姫の転生逆転ストーリー
2020年6月発売！
Tearmoon Empire Story
餅月 望——著
Gilse——イラスト
わたくしによる
わたくしのための
学校ですわっ！
コミックス①巻も好評発売中！

白豚貴族ですが前世の記憶が生えたので
ひよこな弟育てますⅡ

2020年　6月　1日　第1刷発行
2020年10月30日　第2刷発行

著　者　やしろ

発行者　本田武市

発行所　TOブックス
〒150-0002
東京都渋谷区渋谷三丁目1番1号　PMO渋谷Ⅱ　11階
TEL 0120-933-772（営業フリーダイヤル）
FAX 050-3156-0508

印刷・製本　中央精版印刷株式会社

ISBN978-4-86472-982-6

Printed in Japan